KAMPENWAND
VERLAG

ISBN: 978-3964432612

© 2023 Kampenwand Verlag
Raiffeisenstr. 4 · D-83377 Vachendorf
www.kampenwand-verlag.de

Versand & Vertrieb durch Nova MD GmbH
www.novamd.de · bestellung@novamd.de · +49 (0) 861 166 17 27

Text: Johanna Kramer
Covergestaltung: Marie Graßhoff, www.marie-grasshoff.de
Bildmaterial: ©Shutterstock
Illustrationen: ©Debbie Clark, www.debbieclark.co.uk
Lektorat, Satz: Claudia Pietschmann, www.ebooks-perfekt.de

Druck: CUSTOM PRINTING
Wał Miedzeszyński 217, 04-987 Warszawa, Polen

WIR

JOHANNA KRAMER

KÖNNEN

ALLES

SEIN

Für meine Mutter, die ein ganzes Leben gab.
Und für meinen Vater, der zwei hinter sich gelassen hat.
Ihr seid stark.
Dann bin ich es auch.

*Ich könnte jederzeit zurück in mein altes Leben. Und was
mir bliebe, wäre ein Ansehen. Eine Nichtigkeit.
Ein Leben, in dem ich die Liebe mit der Schuld teilte,
mit dem traurigen Vergehen der Tage,
und dem erschütternden Gefühl,
sie verpasst zu haben.*

Edinburgh Castle, Grassmarket, Edinburgh

EDINBURGH

Die Gummiabsätze meiner Stiefel klangen dumpf auf den abgewetzten Pflastersteinen, und die Fensterscheiben des Pubs, auf das ich zusteuerte, warfen ihr warmes Licht auf die nasse Straße. Ich öffnete die schwere Tür des White Hart Inn und ein Schwall warmer, feuchter Luft strömte mir entgegen. Ein verschlissener grüner Vorhang grenzte den Eingang vom Hauptraum des Lokals ab. Ich schob ihn zur Seite und trat ein wie in eine andere Welt. Es roch nach Menschen und feuchten Wintermänteln, nach Rauch und Alkohol, nach gebackenem Fisch. Im Stimmengewirr klirrten Gläser und aus irgendeiner Ecke, verborgen im Halbdunkel, erklang ein lautes, gegröltes »Slàinte«, das schottische »Prost«. Das Licht war dumpf, und mit seinen dunklen Balken an der Decke wirkte der Raum einladend.

Ich schob mich an Gästen vorbei und erspähte einen freien Tisch hinten rechts in der Ecke am Fenster. Auf den Bänken lagen keine Kissen und auf dem dunklen Holztisch gab es außer verklebten Whiskyresten keine Dekoration. Von hier aus hatte ich einen guten Blick auf die lange Bar gegenüber. Leider machten sich die Schotten nicht die

Mühe, ihre Gäste zu bedienen. Meinen Whisky musste ich mir selbst holen und auch gleich bezahlen. Ich bestellte zwei Gläser Dalwhinnie und fragte mich, wo Brida blieb. Gedankenverloren drehte ich das Glas zwischen meinen Händen und roch an der goldenen Flüssigkeit darin. Sie duftete sanft und würzig, fast sinnlich nach Honig und Heide mit etwas Rauch. Die Stimmen der Menschen und ihre Sprache hatten etwas Beruhigendes, etwas Sehnsuchtsvolles an sich, etwas, das sich nach uralten, längst vergangenen Zeiten anfühlte.

Ich ließ die letzte Nacht noch einmal in meinem Kopf aufleben, in meinem Mund, auf meiner Haut. Mit einem Lächeln leckte ich mir über die Lippen und nahm noch einen Schluck.

»Danke, dass du mir auch gleich einen bestellt hast.«

Brida stand grinsend vor mir und legte ihren Mantel ab. Sie wusste genau, worüber ich gerade nachgedacht hatte. Das sah ich an ihrem Blick, der ebenfalls die Erinnerung an die letzten Wochen in sich trug.

»Puh, ist das wieder ein schottisches Wetter. Ich brauche dringend etwas, das mir den Magen wärmt.« Sie setzte sich auf die Bank gegenüber.

»Auf uns.« Ich hob das Glas.

»Slàinte«, antwortete sie mit einem Leuchten in den Augen. Unsere Gläser trafen sich klangvoll in der Mitte. In diesem Moment ertönte eine Gitarre neben uns, laut und kraftvoll. Eine Geige schloss sich an, fast so, als würde sie mit uns feiern. Die Töne flogen mir schnell und rhythmisch entgegen und zusammen mit ihnen wanderte mein Herz in die Höhe. Der Sänger war ein junger Schotte, er hatte dunkles Haar und eine kräftige Stimme. Es war derselbe, den wir an unserem allerersten Abend hier gehört hatten.

Ich wandte den Blick von ihm ab und richtete ihn

wieder auf Brida. Sie war gerade dabei, sich eine Zigarette aus dem verschnörkelten Silberetui zu nehmen, steckte sie sich in ihren lippenstiftroten Mund und sah mir in die Augen, während sie ihre zu Schlitzen zusammenkniff und die Flamme des Feuerzeugs mit einem *Ratsch* aufflammte. Als sie den Rauch aus ihrem Mund blies, ruhte mein Blick auf ihren Lippen, wie noch wenige Stunden zuvor ihre warme Haut an meinem Körper. Ich wandte mein Gesicht ab und versuchte, meine Gedanken auf etwas anderes zu lenken.

Manchmal bekam ich Panik, man könnte mir meine Leidenschaft von den Augen ablesen. Das trieb mir eine Röte in die Wangen, auf die ich lieber verzichten wollte. Schottland hatte einen mystischen Einfluss auf meine Gefühle. Etwa so, als riefen mich alte Erinnerungen zu sich, als wollte mir das Land von meiner Vergangenheit erzählen. Ein Gefühl, das eine Melancholie in mir hervorrief, die am ganzen Körper spürbar war. Ich nahm noch einen Schluck Whisky. Wir hatten schon einmal hier gelebt. Da war ich mir sicher. Ich konnte es in den Wolken lesen und im Heidekraut riechen. Es schien überall präsent zu sein, wenn wir in Edinburgh durch die Gassen der Altstadt gingen, wenn wir mit dem Auto über die schmalen Straßen, durch die Täler und über die Berge der Highlands rollten.

Plötzlich schien jemand meinen Namen zu rufen. Ich war so weit zurückgereist, dass ich zuerst nicht bemerkte, dass es eine Stimme aus der Gegenwart war. Bridas Rufe nahm ich nur wie durch Watte wahr, bis ihre Stimme immer lauter wurde und endlich zu mir durchdrang. Mit ihr kamen auch die Musik, das Stimmengewirr und das Klirren der Gläser wieder bei mir an. Sie holte mich zurück ins Pub. So, wie sie mich einst zurück ins Leben geholt hatte.

»Du warst gerade so in Gedanken«, sagte sie jetzt sanft. »Du hast ausgesehen, als ob du sehr weit weg gewesen wärst.«

Das war ich auch. In unserer Vergangenheit.

»Ach, es ist nichts«, antwortete ich und wusste, sie würde es mir ohnehin nicht glauben. Denn Bri fühlte alles. Jeden Gedanken, den ich dachte, und jedes Gefühl, das in mir entstand, reiste ins Außen, als Energie, die sie in sich aufnahm und einfing wie eine Schneeflocke, die langsam vom Himmel fällt. Das konnte sie auch mit allem, was sich in meinem Körper abspielte. Sie spürte, nahm wahr und empfand beinahe so, wie ich es tat. Sie las die Wahrheit in meinen Augen und die Farben in meiner Aura. Sie besaß die Zweite Sicht. Ich konnte nichts verbergen, nichts verstecken. Manchmal glaubte ich, sie kannte mich und mein Innerstes besser, als ich selbst je dazu imstande sein würde. Es störte mich nicht. Wir vertrauten uns. Die Wahrheit stand so kraftvoll zwischen uns wie der Castle Rock, der seit dreihundertfünfzig Millionen Jahren hoch über der Stadt ruht, gleich hier, oberhalb des Pubs am Grassmarket, in dem wir saßen. Sie durfte mein Innerstes und alles, was sich darin abspielte, ruhig kennen. Früher hatte es Tage gegeben, an denen ich gerne die Wahl gehabt hätte, ob ich die Gefühle, die sie betrafen, mit ihr teilte oder nicht. Aber die hatte ich nicht. Also musste ich es aushalten. So, wie ich es aushalten musste, dass sie immer die Vergangenheit wählte, solange sie konnte. Ich wählte Bri und sie den sicheren Schutz vor der Angst. Zumindest dachte ich das.

Während sie der Musik der zwei Schotten lauschte, die mittlerweile zu alten Volksliedern übergegangen waren, betrachtete ich Bri. Sie war schon immer anders gewesen. Ich kannte niemanden, der ihr in irgendeiner Art und Weise glich. Wie ich trug sie am liebsten Schwarz. Sogar wenn wir in den Highlands unterwegs waren, wo alles rau und ruppig war und die Frauen nicht sonderlich viel Wert auf ihr Äußeres zu legen schienen, trug sie roten Lippenstift und ihren schicksten Pullover mit einer schwarzen Lederlegging, während ihre Füße in Gummistiefeln steckten, die glänzten wie ein frisch poliertes Auto. Wir fielen auf. Aber das taten wir auch anderswo.

»Wenn die Menschen, die uns nicht so gut kennen, schon so ein Problem mit uns haben, wie geht es dann wohl denen, die uns nahestehen?«, hatte sie mich einmal gefragt.

Ich hatte mich längst damit abgefunden, dass man den Menschen nur schwer erklären konnte, was das zwischen uns war. Unsere Liebe war kein Samen, den wir gepflanzt und dann gegossen und gepflegt, dem wir beim Wachsen zugesehen hatten. Nein. Wir hatten einfach ein goldenes Tor geöffnet und einen üppigen Garten betreten, dessen süßer und blumiger Duft mir den Atem geraubt, dessen Blumenpracht mich überwältigt hatte. Ich wusste, dass dieser Garten schon vor langer, langer Zeit angelegt, die Samen wohl schon vor Äonen gepflanzt worden waren. Ich glaubte, wir hatten ihn über mehrere Leben hinweg immer wieder betreten, an ihm gearbeitet und Neues dazu gegeben. Dieser Garten war so bunt, dass ich in ihm alle Farben war. Doch bis es so weit war, war ich zuerst monatelang verloren durch karges Land gewandert. Unzählige Male war ich tief gefallen und hatte es doch geschafft, meinen Geist und Körper wieder aufzurichten. Bevor ich diese Nacht mit Bri erfahren durfte, in der wir uns fast aufgelöst hatten, war ich oft kurz davor gewesen, aufzugeben. Bevor ich alle Farben sein konnte, musste ich zuerst erfahren, wie es sich anfühlte, grau und schwarz zu sein.

ERSTER TEIL

Warum gabst uns, Schicksal, die Gefühle,
uns einander in das Herz zu sehn,
um durch all die seltenen Gewühle
unser wahr Verhältnis auszuspähn?

Johann Wolfgang von Goethe

I

BRIDA

JUNI 2012

Ich stellte den Koffer im Flur ab und seufzte erleichtert.
Der vertraute Geruch meiner eigenen vier Wände
verlieh mir einen trügerischen Eindruck von Harmonie,
der so leicht von einem Moment auf den anderen zerstört
werden konnte. Während Joh noch dabei war, das Auto
auszuräumen, genoss ich das Gefühl, das sich jedes Mal
einstellte, wenn ich nach einem Urlaub nach Hause kam.
Ich war noch nie so glücklich darüber gewesen wie an
diesem Tag. Im Flur warf ich im Vorbeigehen einen flüch-
tigen Blick in den großen Spiegel. Ich sah schlecht aus.
Müde und ausgezehrt. Und trotzdem, ich konnte es kaum
erwarten, mich in meine Arbeit zu stürzen. In der Küche
neben dem Esstisch stand mein kleiner schwarzer Koffer.
Ich öffnete ihn und holte meinen Terminkalender hervor.
Erleichtert stellte ich beim Durchblättern fest, dass die
kommende Woche gut gefüllt war. Jede noch vorhandene
Lücke würde ich mit weiteren Terminen schließen. So,
dass ich kaum Zeit zum Essen haben würde. So, dass die

kommenden Tage aus einer betäubenden Abfolge von drei Dingen bestehen würden: Aufstehen, Arbeit, Schlaf.

Je voller der Kalender, desto weniger bestand die Gefahr, dass ich auseinanderfiel. Die Arbeit mit meinen Klienten war wie ein Gerüst, das mir Halt gab. Ich warf einen Blick auf mein Handy. Es würde kein Problem darstellen, ununterbrochen beschäftigt zu sein. In den letzten Tagen hatte ich über hundert Nachrichten erhalten sowie einige Anrufe, die ich im Laufe des Tages beantworten würde. Zuerst zwang ich mich jedoch, die alltäglichen Dinge zu erledigen. Ich packte meinen Koffer aus, brachte die Wäsche in den Keller, stellte die Maschine an. Dann ging ich nach draußen in den Garten. Er war das Wichtigste für mich. Ein Rückzugsort, der mich frei atmen ließ. Blumengießen, abgefallene Blüten einsammeln, abgestorbene Blätter abzupfen. Bei diesen Tätigkeiten fühlte ich. Ich fühlte mich und das, was wichtig war. Doch an diesem Tag vermied ich es, mich selbst zu fühlen. Ich schob mich beiseite, konzentrierte mich stattdessen auf das Licht und die Schatten der anderen.

Eine halbe Stunde später zog ich mich nach oben ins Büro zurück. Der letzte Anruf stammte von einer Nummer, die ich nicht abgespeichert hatte. Es klingelte ein paar Mal, bis jemand den Hörer abnahm.

»Linder«, ertönte die Stimme einer jungen Frau.

»Seitter hier. Sie haben versucht, mich zu erreichen? Ich bin heute erst aus dem Urlaub zurückgekommen. Tut mir leid, dass Sie warten mussten.«

»Ja, ich … vielen Dank für Ihren Rückruf. Ich wollte Sie nicht stören. Das tut mir leid.«

Ein Kribbeln durchfuhr meinen Rücken, wie der Wind, der mir gestern noch am Meer über die Haut gestrichen hatte. »Das macht nichts. Wie kann ich Ihnen helfen?«

»Eine Freundin hat mir Ihre Nummer gegeben. Es geht um meine Mutter, nicht um mich.«

»Ich verstehe, und Ihre Mutter ist damit einverstanden, dass wir über sie sprechen?«

»Ja, sie hat mich gebeten, einen Termin für sie zu vereinbaren. Sie … sie hat Krebs.«

»Das tut mir sehr leid«, sagte ich und fühlte mit ihr, wie ich es immer mit meinen Klienten tat. Doch so gut es ging, vermied ich es, mit ihnen zu leiden. Andernfalls hätte ich Schwierigkeiten gehabt, mich auf meine Arbeit zu konzentrieren. »Ich schaue sehr gerne nach einem Termin für Sie«, fuhr ich fort.

Während ich mit ihr sprach, tauchten aus einem feinen Nebel Bilder auf. Augen. Ein Augenpaar, das mir irgendwie bekannt vorkam. Wo hatte ich sie schon einmal gesehen? Ich blätterte in meinem Kalender. Wo? Doch ich musste meine Erinnerung nicht lange durchsuchen, die Bilder gaben es von alleine preis. Es waren die Augen aus einer meiner Zeichnungen, die ich vor einigen Jahren angefertigt hatte. Das Bild wurde deutlicher. Leuchtende, grün-braune Augen, hinter denen trotz einer starken Ausstrahlung sehr viel Verletzlichkeit und Unsicherheit steckten.

Ich zögerte kurz, sagte dann aber: »Frau Linder, hören Sie, ich habe das Gefühl, es wäre gut, wenn Sie für sich selbst auch einen Termin bei mir vereinbaren. Dann erkläre ich Ihnen, wie Sie Ihrer Mutter helfen können.« Für einen kurzen Moment war es still am anderen Ende. Ihre Anspannung drang deutlich zu mir durch.

»Ist gut«, sagte die Frau, der ich nie begegnet war, deren Augen ich aber kannte. »Ich komme gern.«

Erleichtert über ihre Zusage nannte ich ihr Datum, Uhrzeit und meine Adresse. Dann verabschiedete ich mich und wunderte mich über mich selbst. Normalerweise waren es meine Klienten, die mich darum baten, zu mir kommen zu können. Ich legte das Telefon beiseite, lehnte mich auf dem Bürostuhl zurück und starrte eine Weile auf die Tischplatte. Dann stand ich auf, schob den Drehstuhl vor den Schrank, stieg darauf und holte die vergilbte Schachtel herunter. Ich hatte sie seit Ewigkeiten nicht mehr geöffnet, was sich an der dicken Staubschicht zeigte, die auf ihr lag. Nachdem ich sie mit den Händen weggewischt hatte, nahm ich den Deckel ab. Ein etwas modriger Geruch, der den Duft von Papier und Farbe enthielt, strömte mir entgegen. Wie lange ich schon nicht mehr gemalt habe, dachte ich wehmütig.

Zwischen Aquarellen, Bleistiftzeichnungen und alten Kritzeleien fand ich schließlich, wonach ich gesucht hatte. Tatsächlich, die Augen sahen genauso aus, wie ich sie während des Telefonats gesehen hatte. Ich hob das Bild hoch und betrachtete es aufmerksam. Eigentlich war es gar kein vollständiges Gesicht. Es gab weder Nase noch Lippen, ich hatte nur die Augenpartie auf das dicke Papier gebracht. Über der grün-braunen Iris, die mich an die Farbe des Mooses in meinem Garten erinnerte und an etwas anderes, das ich nicht genau fassen konnte, lagen dunkle, leicht geschwungene Augenbrauen. Es war ein ausdrucksstarkes Augenpaar, das mir entgegenblickte. Und doch trug es einen Widerspruch in sich, einen tiefen Zweifel. Ich erkannte etwas seltsam Vertrautes in dem Blick. Doch bevor die Zeichnung deutlicher zu mir sprechen konnte, bevor das merkwürdige Gefühl in meiner Magengegend stärker werden konnte, schob ich sie hastig zwischen all die anderen Bilder zurück in den Karton und verstaute ihn wieder auf dem Schrank.

Als ich den Stuhl zurück zum Schreibtisch schob, sah ich das dunkle Blau einer Mappe aus einem Stapel Papier hervorblitzen. Sie war mir nicht aufgefallen, als ich vorher dort gesessen hatte. Unter all den Papieren lag unsere Heiratsurkunde, die ich seit Ewigkeiten nicht mehr gesehen hatte. Mit gemischten Gefühlen und einer Vorsicht, als steckte etwas Bedrohliches dahinter, hob ich mit einem Finger den Einband an.

Ehefrau
  Brida Seitter, geb. Reiser

Ehemann
  Joseph Seitter

Warum lag die Urkunde hier? Was wollte Joh damit?

Schnell klappte ich die Mappe wieder zu, schob sie zurück unter den Stapel und mit ihr auch alles andere: das Gespräch, das wir im Urlaub geführt hatten und den reißenden Schmerz in mir.

II

CAROLINA

JUNI 2012

Ein kurzer Moment an der Türschwelle reichte aus, um zu erkennen, dass sie kein gewöhnlicher Mensch war. Ihr fester Blick durchdrang mich mit einer Wucht, mit der ich nicht gerechnet hatte, und ihre Augen schimmerten wie die Fairy Pools auf Skye. Genauso blau, tief und geheimnisvoll. Die Pupillen verstärkten diesen Eindruck noch. Mir fiel auf, dass sie ungewöhnlich klein waren, so, als würde sie in gleißendes Licht blicken und damit die letzten verborgenen Winkel meiner Seele ausleuchten.

Sie bat mich herein. Als ich ihr folgte, betrachtete ich sie verstohlen. Sie trug ein knielanges dunkelblaues Sommerkleid. Das schwache Licht, das in den schmalen Flur drang, schimmerte auf ihrem kinnlangen blonden Haar. Ich schätzte sie auf Ende vierzig. Selbst für die Aufregung, die ich verspürte, schlug mein Herz ungewöhnlich schnell. Unaufhörlich pochte es in meinem Nacken wie ein Hammerschlag. Das Blut rauschte in meinen Ohren.

Sie führte mich ins Esszimmer. Bodentiefe Sprossenfenster gaben den Blick in ihren Garten frei. Durch das gekippte Fenster hörte ich das gluckernde, wohlwollende Geräusch von Wasser. Ich sah einen kleinen Teich und Amseln, die zwischen bunten Blumen zwitscherten und auf Steinen umher hüpften. Sie muss ein Wahnsinnshändchen dafür haben, dachte ich, wenn sie alles da draußen selbst hergerichtet hat. Ich blickte in ein Paradies.

»Man ist dem Herzen Gottes nirgendwo näher als in einem Garten.«

Ich schreckte herum. Frau Seitter stand vor mir und lächelte. Ohne es zu bemerken, war ich ans Fenster getreten und hatte für einen Moment völlig gedankenverloren hinausgestarrt. »Er ist wunderschön«, entgegnete ich mit heiserer Stimme.

Bis auf die Geräusche, die von draußen hereindrangen, war es still im Haus. Etwas an ihr machte mich verlegen, versetzte mich in einen nervösen Zustand. Vielleicht war es die Art, wie sie mich ansah. Sehr intensiv. Sehr aufmerksam. Sehr lange. Als nähme sie etwas an mir wahr, das sonst keiner wahrnahm. Ich sah als Erste weg und senkte den Blick verlegen auf den dunkelbraunen Holztisch, der in der Mitte des Zimmers stand.

»Bitte, setzen Sie sich.« Sie zeigte auf einen der Lederstühle.

Ich nahm mit dem Rücken zum Garten Platz und bemerkte den schweren Schrank, der an der Wand neben mir stand. Mit einem kurzen Blick erhaschte ich einen ersten Eindruck von historischen Romanen, Kartendecks und Büchern über Engel, die dort dicht gedrängt standen, lagen oder offensichtlich aus Platzmangel aufeinandergestapelt waren. Aus Höflichkeit zwang ich mich, nicht genauer hinzusehen.

Als sie sich nach mir setzte, ruhte ihr Blick noch

immer auf mir. Doch nun schien sie meinen ganzen Körper mit ihren Augen abzutasten. Wie ein Arzt es normalerweise mit den Händen tun würde.

»Ihr Herz schlägt ganz schön stark«, sagte sie schließlich. »Schon die ganze Fahrt hierher.«

Sie wusste es.

»Ja …« war alles, was ich mit glühendem Gesicht herausbrachte. Ich sah ihr dabei zu, wie sie eine Mappe aus einem kleinen schwarzen Koffer fischte, der neben ihrem Stuhl stand. Diese Frau kam mir bekannt vor. Als ich sie betrachtete, rätselte ich, wo ich ihr schon einmal begegnet war. Doch dann dachte ich, dass es unmöglich war, dass wir uns schon einmal getroffen hatten, denn wie hätte ich sie wieder vergessen können?

Sie setzte sich eine Brille auf und holte eine Liste hervor, die alle Teile und Organe des menschlichen Körpers zu enthalten schien. »Also«, begann sie, »ich erkläre meinen Klienten zuerst gern, was genau ich mache. Ich arbeite mit Energien. Stellen Sie sich vor, dass jeder Gedanke eine Form von Energie darstellt. Positive Gedanken erzeugen gute Energie, während negative Gedanken schlechte Energie erzeugen. Ich kann diese Energie fühlen. Viele Menschen wissen nicht, dass sie mit ihren Gedanken ihre Gefühle beeinflussen oder sie sogar damit erschaffen. Diese Energien, die wir durch Gefühle und Gedanken in unsere Welt schicken, haben nicht nur einen Einfluss auf uns selbst, sondern auf alles, was uns umgibt. Auf Menschen und deren Befinden, auf Situationen in unserem Alltag, sogar auf das große Ganze auf unserem Planeten. Wir allein haben jeden Tag aufs Neue die Wahl, wie genau wir mit unseren Gedanken umgehen und ob wir unsere Probleme in einem guten oder in einem schlechten Licht betrachten möchten.«

Ich nickte und bemerkte die kleinen braunen Sprenkel, die in ihrer blauen Iris lagen wie Kieselsteine unter klarem Bergwasser, versuchte dann aber, mich wieder auf ihre Worte zu konzentrieren.

»Natürlich gibt es noch andere Dinge, die beeinflussen, von welcher Qualität unsere Gedanken sind. Wie wir unsere Kindheit erlebt haben zum Beispiel oder auch unsere aktuellen Lebensumstände. Wichtig ist, dass wir verstehen, dass wir *allein* über die Macht verfügen, unser Leben damit entweder auf positive Weise zu beeinflussen oder aber uns selbst oder anderen Menschen damit zu schaden. Meine Arbeit besteht also vor allem darin, die Energien, die sich im Körper und in den Gedanken festgesetzt haben oder nicht mehr in die richtige Richtung fließen, aufzulösen. Wenn ich sage, ich löse den Energiefluss auf, dann meine ich, dass ich die Kräfte wieder in die richtige Richtung lenke. Denn oft schaffen wir es nicht aus eigener Kraft, unseren Gedanken wieder eine positive Richtung zu geben oder uns gegen negative Einflüsse von außen starkzumachen.« Sie legte ihre Brille ab. »Dabei gehe ich unter anderem alle Organe und Körperpartien durch und erfühle, wo die Energie nicht richtig fließt.«

»Ich verstehe«, sagte ich und dachte einen kurzen Moment nach. »Aber wie genau funktioniert das auf Distanz? Ich meine, woher wussten Sie, dass mein Herz schon während der Autofahrt so stark schlug?«

»Energien sind überall, wissen Sie? Nicht nur dort, wo der Mensch sich im Moment aufhält. Sie dringen auch aus weiter Ferne zu mir durch. Ich kann sie überall erfühlen. Und deshalb kann ich sie auch von überall aus beeinflussen«, erklärte sie. »Genau genommen kann das jeder, bloß sind wir uns dessen meistens nicht bewusst.«

»Das heißt also, wenn ich an jemanden denke, der gar nicht da ist, dann haben meine Gedanken trotzdem Einfluss auf ihn?«

»Ja, einen sehr großen sogar. Denken Sie nur mal an das Gebet. In diesem Moment senden wir heilende Energien aus. Egal wo wir uns befinden, egal wo sich der Mensch befindet, für den wir gerade beten.« Sie sah mich eindringlich an. »Es gibt dabei nur eine Regel: Ich greife niemals ohne die Erlaubnis des anderen in sein Energiesystem ein. Das wäre Manipulation. Ich handle nur zum höchsten Wohle aller Beteiligten. Es ist ein Unterschied, ob ich jemandem positive Energien schicke, wie etwa Liebe durch ein Gebet, oder ob ich aktiv etwas auflöse.«

Obwohl sie die Gabe besitze, heilende Energie verstärkt durch ihre Hände in meinen Körper fließen zu lassen, erklärte sie mir, müsse sie die Person auch nicht berühren, um ihr zu helfen. Sie müsse sich nicht einmal mit ihr im gleichen Raum befinden. Sie könne sich genauso gut in einer Höhle irgendwo in den Bergen aufhalten oder in einem Zelt in einem Kriegsgebiet. Ihre Energie erreiche die Menschen überall.

Ich glaubte schon immer an eine gute wohlwollende Macht, die wir nicht sehen. Trotzdem war ich überrascht. Nicht nur, dass diese Frau dazu in der Lage war, all diese Energieströme zu erspüren und sie wieder in die richtige Bahn zu lenken, sie schien mir ihre Gedanken zu schicken, wenn sie mich ansah, und mir von etwas zu erzählen, das sie nicht in Worte fasste. Doch vielleicht bildete ich mir das auch nur ein.

»Man muss also auch nicht daran glauben, dass es funktioniert?«, fragte ich.

»Nein, aber man kann den Erfolg der Behandlung blockieren, indem man sich dafür entscheidet, die heilenden Energien, die ich aussende, nicht anzunehmen. Jeder entscheidet also selbst. Auch Ihre Mutter. Sie ist diejenige, die ihren Weg wählt, ich kann ihr lediglich dabei helfen, das Beste aus ihrer Situation zu machen.«

Ich hatte nie bewusst darüber nachgedacht, doch sie erklärte mir, dass Heilung nicht zwingend bedeute, dass ein Mensch körperlich heilt. Heilung, so sagte sie, könne auf vielen verschiedenen Ebenen geschehen.

»Sie können ihr dabei helfen, indem Sie sie ihren Weg gehen lassen«, sagte sie, ihr Blick war weich und warm. »Ohne Druck, ohne Erwartungen. Denn Druck erzeugt immer Gegendruck.«

Ich nickte. Mir war bewusst, was sie mir zu sagen versuchte. Es war ein Gefühl, das ich schon sehr lange in meinem Bauch mit mir herumtrug. Ein schwerer Klumpen Vorahnung, vielleicht sogar Gewissheit darüber, dass meine Mutter nicht gesund werden und der Tag kommen würde, an dem ich sie loslassen musste.

»Was fühlen Sie bei mir?«

»Sie sind sehr angespannt. Wir alle haben eine Mitte, die stark sein muss. Wie die Wurzeln eines Baumes, ohne die er im Sturm nicht stehen kann. Das ist der zentrale Kern. Er fühlt sich bei Ihnen im Moment schwach an.«

Wieder nickte ich. Es war diese tiefe Leere in meiner Bauchgegend. Sie fühlte sich hohl an und versagte mir, mich sicher und aufrecht zu fühlen.

»Wenn Sie daran arbeiten möchten …« Sie stockte. Wir sahen uns an. »Sind Sie allein?«

»Da ist Paul«, sagte ich. »Ich meine, wir leben zusammen, aber wir wohnen nicht zusammen.«

Sie nickte. »Ich freue mich, wenn Sie wiederkommen.«

Mit einem Leuchten in den Augen hatte sie die Schwelle zu meiner Seele übertreten und ich die ihre. Doch während ich bereitwillig alles preisgab, konnte ich bei ihr nur bis zu einem bestimmten Schmerz gehen, einem Riss, durch den etwas hindurchsickerte, das sie zurückzuhalten versuchte.

Als ich ihr Haus verließ, fühlte ich mich, als hätte ich

etwas sehr Zartes berührt, etwas, von dem ich immer gewusst hatte, dass es existierte, dessen Berührung ich kannte, das aber bis heute nicht nah genug gewesen war, dass ich meine Hand danach ausstrecken konnte. Heute jedoch hatte Brida sich unwiderruflich in meine Gedanken eingebrannt.

III

CAROLINA

September 2012

Drei Monate später verließ ich das Krankenhaus durch den Haupteingang. Als ich die Stufen zur Straße hinabstieg, sah ich Bridas schwarzen Wagen auf dem Parkplatz gegenüber stehen. Es war eine milde Septembernacht und bereits dunkel, doch im Schein der Straßenlaterne konnte ich ihre blonden Locken deutlich hinter der Windschutzscheibe erkennen.

»Danke, dass Sie gekommen sind«, sagte ich, als ich auf dem Beifahrersitz Platz nahm, »das ist sehr nett.«

Sie warf ihren Zigarettenstummel aus dem Fenster und ließ die Scheibe hoch. »Lassen wir das mit dem *Sie*. Ich wollte dir längst das *Du* anbieten.« Sie streckte mir ihre Hand entgegen. »Brida«, sagte sie mit einem breiten Lächeln im Gesicht.

Ich lächelte zurück. Sie brachte mich oft zum Lächeln. Dann nahm ich ihre Hand und schüttelte sie. Als sie sie einen kurzen Moment später zurückzog, hinterließ ihre Berührung ein leises Kribbeln auf meiner Haut.

»Klingt außergewöhnlich. Woher stammt dieser Name?«

»Oh, er ist keltisch. Meine Großmutter hatte einen Hang zur Dramatik. Und sie interessierte sich für alles, was mit den alten Kelten zu tun hatte.« Sie wedelte mit der rechten Hand in der Luft umher. Eine Bewegung, die mir nicht zum ersten Mal an ihr auffiel und die sie offensichtlich machte, um einer Sache mehr Ausdruck zu verleihen.

»Er ist eine Abwandlung von *Brighid*, der keltischen Göttin des Lichts.« Sie schüttelte den Kopf, lächelte wieder und verdrehte dabei theatralisch die Augen. »Kurz nach meiner Geburt brachte mein Vater es nicht fertig, mich im Arm zu halten. Er erzählte mir später, mein Blick sei so durchdringend gewesen, dass er Angst vor mir bekommen hätte.« Brida strich sich eine Strähne aus dem Gesicht und klemmte sie hinter ihr Ohr. »Ha! Nicht zu fassen, oder? Also dachte meine Großmutter, ein gewöhnlicher Name wäre ganz und gar nicht angemessen.«

Ich erinnerte mich an den Moment an ihrer Türschwelle, als mich ihre leuchtenden Augen zum ersten Mal trafen, behielt es jedoch für mich.

»Und deiner?«, fragte sie.

»Carolina.«

»Carolina.« Sanft und leise sprach sie mir nach, als wollte sie den Klang wie den Geschmack eines Bonbons in ihrem Mund kosten. »Gefällt mir.« Sie schaute mir in die Augen. »Namen hat man nicht zufällig.«

So wie nichts im Leben zufällig passiert, dachte ich.

»Sie verbinden uns mit einer ganz bestimmten Energie. Man passt sich ihnen an. Du glaubst doch nicht an Zufälle, oder?«

»Nein.« In der Dunkelheit sah ich kaum mehr als ihre Umrisse. Bridas Silhouette war von dem schwachen Licht umrahmt, das ins Auto drang. Wie der Mond, wenn er sich vor die Sonne schob. Nein, es gab keine Zufälle. Ihre Großmutter wusste ganz bestimmt von der besonderen Bedeutung von Namen.

»Ursprünglich hätte ich Monika heißen sollen. Ist das nicht furchtbar?«, fuhr sie fort. »Das ist mein Zweitname geworden.«

»Passt gut zu dir, finde ich. Monika bedeutet *die Beraterin*.« Dass der Name auch für *die Einsame* stand, erwähnte ich nicht. Ich fragte mich, ob Brida nicht des Öfteren sehr einsam war, mit der Gabe, die sie besaß. Dabei fielen mir die Gesichter meiner Familie ein. Die Zweifel und der Unglaube waren in ihren Augen deutlich zu erkennen gewesen, als Brida ihnen auf Drängen meiner Mutter mitgeteilt hatte, was sie in den Schatten ihrer Seele erfühlt hatte. Nämlich, dass ihr kaum mehr als drei Tage zu leben blieben. Im Stillen hatte ich gewünscht, Brida hätte jemanden, der all dieses Wissen mit ihr zusammen ertrug.

»Das passt tatsächlich zu dem, was ich jeden Tag mache.« Sie lächelte wieder. »Und was bedeutet Carolina?«

»Die Freie.«

»Woher weißt du so viel über Namen?«

»Ach, ich lese viel und ich recherchiere gern. Manches davon kann ich mir merken, anderes nicht.«

Brida richtete ihren Blick nach vorn zur Windschutzscheibe. Sie sah nachdenklich aus. Ich betrachtete ihr Profil, und ohne sie wirklich zu kennen, bedeutete mir ihr Anblick in diesem Moment mehr als alles andere.

»Wie fühlst du dich?«, fragte sie.

»Ich habe Angst vor dem Schmerz, der kommt, wenn sie geht.« Meine Brust wurde enger, als ich es aussprach. Dort oben in einem der Zimmer der Intensivstation lag meine Mutter im Sterben.

»Du wirst stark genug sein, um das zu überstehen.«

»Das hoffe ich.« Ich senkte den Blick und tastete nach dem silbernen Ring mit dem kleinen Stein, den meine Mutter mir vor Jahren geschenkt hatte. Ihre Finger waren früher genauso schlank gewesen wie meine, daher passte er perfekt an meinen linken Ringfinger. »Ich wünsche ihr, dass sie in Frieden gehen kann. So schnell wie möglich.« Für einige Sekunden war es still im Auto. Dann hörte ich Bridas Jacke rascheln, als sie sich zu mir wandte.

»Du bist mutig.«

»Ich fühle mich gar nicht mutig. Ich will sie nicht leiden sehen. Und vielleicht«, ich zögerte, »vielleicht wünsche ich mir das auch, weil ich diesen Zustand selbst nicht länger ertrage. Das waren zwei lange Jahre. Bin ich deshalb ein grausamer Mensch?«

Mitfühlend blickte sie mich an und schüttelte den Kopf. »Weißt du, die meisten Menschen halten krampfhaft fest und können nicht loslassen. Damit habe ich oft zu kämpfen. Dabei geht es ihren Angehörigen viel besser, wenn sie loslassen. Sie tun nicht mehr, als eine Schwelle zu übertreten, und sind dann einfach nur auf der anderen Seite.«

»Und was ist mit Gott? Denkst du nicht, dass man den Glauben an Gott braucht, um das zu verstehen?«

»Man braucht den Glauben daran, dass es mehr gibt, als nur das, was wir mit dem bloßen Auge sehen.«

Trotz der Dunkelheit spürte ich, dass mich ihr Blick durchdrang und dass sie Dinge an mir fühlte, die ich nicht verstehen konnte. »Was tust du, wenn die Menschen nicht daran glauben?«

»Beten. Ich bete dafür, dass sie sie gehen lassen. Bei dir muss ich das nicht. Darüber war ich zwar nicht überrascht, aber das kommt in der Tat sehr selten vor. Ich konnte nicht so gut loslassen wie du, als meine Großmutter starb.«

Dass Brida Schwächen haben könnte, war mir bis zu diesem Augenblick nicht in den Sinn gekommen.

»Ich bin schon mit sechzehn von zu Hause ausgezogen und habe fortan immer bei ihr gelebt. Sie war wie eine Mutter für mich, meine Oma Hilde.« Sie unterbrach sich kurz, um nachzudenken. »Als sie starb, war das hart für mich.«

»Wie alt warst du damals?«

»Ungefähr so alt wie du jetzt. Das Haus, in dem ich heute lebe, war ihres. Ich habe es nicht einmal fertiggebracht, ihren Kühlschrank auszuräumen, nachdem sie fort war.« Ihre Mundwinkel formten ein schwaches Lächeln. »Kannst du dir das vorstellen? Die Marmeladengläser und alles andere habe ich ein Jahr lang nicht angerührt.«

»Und wie hast du es dann doch geschafft?«

»Durch einen Traum. Ich erinnere mich ganz genau, als ob es gestern gewesen wäre. Wütend kam sie auf mich zu gerannt und stieß mich mit beiden Händen von sich.«

»Oh, das war dann wohl ziemlich eindeutig. Ich gehe davon aus, dass du anschließend den Kühlschrank ausgeräumt hast?«

Sie nickte. »Wenn wir nicht loslassen, sind die Seelen, die uns verlassen, nie wirklich frei. Deshalb bin ich so froh, dass es dir leichter fällt als den meisten Menschen.«

»Das habe ich dir zu verdanken. Du hast mich darauf vorbereitet.«

»Aber du bist diejenige, die es aus eigener Kraft umgesetzt hat.«

Ich lächelte.

»Weißt du«, sagte sie mit einer Wärme in der Stimme, die meinen Herzschlag beschleunigte, »ich glaube, wir sind uns sehr ähnlich.«

Vertraut, willst du sagen, ging mir durch den Kopf, doch ich sprach es nicht aus. »Ich träume von uns«, hörte ich mich stattdessen sagen. Mit einem Mal wurde mir heiß und ich wusste nicht, ob es richtig war, ihr davon zu erzählen. Doch die Dunkelheit im Auto hüllte mich in einen unsichtbaren Kokon aus Sicherheit. Meine Stimme begann zu zittern, noch bevor ich sie benutzte. Wenigstens würde sie die Röte in meinem Gesicht nicht sehen.

»Was denn?«

»In einem dieser Träume lag ich in einem Bett mit weichen Kissen und schneeweißen Laken. Du hast dich zu mir an die Bettkante gesetzt.« Ich schluckte, hörte das Blut in meinen Ohren rauschen. »Dann sagtest du, dass du mich liebst.

»Und dann?«, fragte sie.

»Dann bin ich aufgewacht.«

Ein paar lange Sekunden schaute mich Brida nur an und sagte nichts. Ob sie wusste, dass ich sie längst liebte?

»Ich habe dich in der kurzen Zeit auch sehr lieb gewonnen«, erwiderte sie. »Ich denke oft an dich. Um ehrlich zu sein, ich glaube, wir kennen uns schon länger. Länger als die Tage in diesem Leben, meine ich.«

Mein Handy piepste und riss uns aus dem Moment, bevor ich Zeit hatte, richtig über ihre Worte nachzudenken. Ein Blick auf die Uhr am Armaturenbrett verriet mir, dass ich vollkommen das Zeitgefühl verloren hatte. Es war bereits weit nach Mitternacht.

»Deine Familie wartet sicher schon längst auf dich«, sagte sie. »Und Paul. Du solltest gehen.«

Ich wollte nicht aussteigen, nickte aber, weil ich wusste, dass sie recht hatte. Eine kurze Umarmung zum Abschied. Dann öffnete ich widerwillig die Beifahrertür und trat in die Dunkelheit hinaus.

Drei Tage nach unserem Gespräch im Auto starb meine Mutter. Es war der 18. September, kurz nach Neumond, in der Nacht von Montag auf Dienstag. Ich war dabei, als ihr Herzschlag eins ums andere langsamer wurde. Hielt ihre Hand, als sie den unsichtbaren Schleier auf die andere Seite durchschritt. Sie war nicht allein. Und sie sah friedlich aus, nachdem es vorüber war. Als ich kurze Zeit später das Krankenhaus verließ, roch mein Schal noch immer nach Bridas Parfum, das sie bei unserer kurzen Umarmung zum Abschied zurückgelassen hatte. Erschöpft tippte ich eine Nachricht in mein Handy.

»Sie hat es geschafft.«

IV
CAROLINA

SEPTEMBER 2012

B ri musste nicht viel reden, um sich mitzuteilen. Oft, so glaubte ich, schwieg sie mit Absicht. Ein Schweigen von quälender Tiefe, auch wenn wir uns unterhielten. Eine Stille um das, was seit unserer Begegnung verheißungsvoll zwischen uns vibrierte. Um mir das Fühlen beizubringen, dachte ich. Nicht, dass ich das nicht schon in ausgeprägtem Ausmaß tat. Die Eigenschaft, Gefühle zu verdrängen, besaß ich nicht. Ich fühlte ungebremst auf das Leben zu, riss das Fühlen an mich wie einen nackten, begehrenswerten Körper. Ich meine das Fühlen der Schattierungen, die andere Menschen um sich tragen, auch wenn man sie nicht sieht und sie nicht darüber sprechen. Die Farben, in denen ihre Wachheit oder Müdigkeit liegt, ihre Angst, die Wahrheit und die Lüge. Und das Fühlen der Dinge, die *sie* nicht sagte, die sie aber fühlte. Für mich.

Ohne zu überlegen, vertraute ich Brida meine Ängste an. Ich sprach gern ehrlich über sie, weil zu viele davon in mir waren. Oft weinte ich auch vor ihr, sprach über die

Enttäuschungen, die ich im Alltag erlebte und darüber, dass ich meinen Bürojob am liebsten gleich morgen schon an den Nagel hängen wollte. Von sich selbst erzählte sie lange nur mit Bedacht, als wäre sie ganz vorsichtig, weil sie zu oft enttäuscht worden war und weil es die Natur der Sache so gebot. Weil ich die Klientin war und sie die Heilerin, die in der Zeit, in der wir zusammen waren, arbeitete und wir nicht nur einfach so am Tisch saßen, um nett zu plaudern. Weil Brida professionell war und die Zeit ihrer Klienten nicht damit verschwendete, über sich selbst zu sprechen. Und dann lud sie mich privat zu sich ein.

»Komm doch morgen Abend zum Essen vorbei. Ich würde mich freuen. Mein Vater bringt selbst geangelte Lachse mit, die wir im Garten in einem kleinen Ofen räuchern.«

Ich stimmte zu.

Als Brida aufstand und der Termin beendet war, betrat Joh die Küche. Er war blond und schmal, ein bisschen größer als sie und nicht so, wie ich mir den Mann an ihrer Seite vorgestellt hatte. Er legte den Arm um sie und zog sie an sich, sodass ihr Kopf auf seiner Brust lag. Kurz sah sie ihn zärtlich an, was mir einen unerwarteten Stich versetzte. Und dann, als wäre es ihr unangenehm, dass ich das mit ansehen musste, lächelte sie mir ein klein wenig verlegen zu. Doch irgendetwas an dem Bild stimmte nicht. Ich dachte wieder an den Riss in ihrer Seele und bekam eine leise Ahnung davon, dass sich ihr Leid im Verborgenen abspielte. Gut abgeschirmt von den anderen. Darin war sie eine Meisterin. Sie legte immer ein Lächeln auf.

Am darauffolgenden Abend empfing mich Bridas Mann. Mir schien es, als hätte er sich das Lächeln, das um seinen Mund lag, in dem Moment ins Gesicht gezwungen, in dem er die Tür öffnete. Den Stimmungswechsel in seinen Zügen hatte ich gerade noch so erhascht, zwischen dem Schatten des Flurs und dem Licht, das nun von der Straße auf ihn schien. Er bat mich herein, gab sich ungezwungen und gut gelaunt. Und schon, als ich die Küche betrat, suchten meine Augen den Raum nach ihr ab, als stünde ich am Gleis eines Bahnhofs oder in einer großen Menschenmenge. Joh bot mir ein Glas Wasser an und fragte mich etwas, doch er schaffte es nicht, meine Aufmerksamkeit bei sich zu halten, und so hatte ich ihn längst neben mir vergessen, als ich Bridas Stimme hörte, die vom Garten in die Küche drang.

Als sie den Raum betrat, schien sich mit einem Mal der Luftdruck zu verändern. Bei ihrem Anblick war ich wie elektrisiert. Sie war derart schön, dass mir heiß wurde und ich den Blick für einen kurzen Moment von ihr abwenden musste.

»Hallo«, sagte sie strahlend und kam auf mich zuge-strömt wie ein Fluss, der alles mit sich davonträgt. Bestimmt hatte sich eine peinliche Röte auf meinen Wangen bemerkbar gemacht, denn mein Gesicht glühte, als hätte ich viel zu nah und viel zu lange am Feuer geses-sen. Meine Gedanken konnte sie hoffentlich nicht im Detail lesen, aber die Symptome meines Körpers waren verräterisch und diese konnte sie sehr wohl erfühlen.

»Komm, lass uns nach draußen gehen, es sind schon alle da.« Brida nahm mich am Arm und führte mich in den Garten.

Ihr Vater stand am Räucherofen und begrüßte mich mit dem gleichen breiten Lächeln und denselben verschmitzten blauen Augen, wie Brida sie hatte.

»Schau dir das an«, rief er und zeigte mit der Grillzange auf die Fische, die in dem kleinen Ofen hingen. Ein köstlicher Duft umfing mich. »Habe ich heute extra selbst geangelt.« Er lachte und stieß mich leicht mit dem Ellenbogen an. »Schön saftig. Das kann doch nur gut werden, oder?«

Ich stimmte zu und erzählte ihm, dass ich Fisch für mein Leben gerne aß, was ihm eine große Freude zu bereiten schien. Brida stand währenddessen die ganze Zeit dicht neben mir. So dicht, dass ich die Wärme, die von ihr ausging, fast am ganzen Körper spürte. Sein Blick huschte zwischen uns hin und her. Ich wurde verlegen, weil ich den Eindruck hatte, dass er ebenso schnell wie sie die Dinge begriff, die ihn umgaben, und er mich trotzdem oder gerade deshalb überaus warmherzig willkommen hieß. Als sie mir schließlich ihre beiden Kinder vorstellte, fühlte ich mich gerührt über die Tatsache, dass sie mich an ihrem Leben teilhaben ließ, sodass mich gleichzeitig das Gefühl überkam, ich würde in etwas eindringen, ich könnte etwas durcheinanderbringen, was nie meine Absicht war.

»Setz dich, Carolina, bitte.« Marie bot mir einen Stuhl an. Sie musste ein paar Jahre jünger sein als ich. Ihr Vater war in ihrem Gesicht erkennbar, doch sie hatte ähnliches Haar wie Brida, blond und leicht gewellt, und einen Hauch von ihrer Aura, die aber aufgrund ihres Alters noch nicht ganz ausgeprägt zu sein schien.

Ich ließ den Blick über den Tisch wandern. Brida hatte ihn auf dieselbe Art dekoriert wie den Garten. Liebevoll und detailreich, sie selbst war darin zu erkennen. Die Blumen waren bunt, das Gras sehr grün und saftig, die Vögel sehr laut und sehr fröhlich. Selbst die Fische im Teich erschienen mir lebhafter als alle anderen, die ich bisher gesehen hatte. An manchen Stellen hingen rostige

Schilder mit Sinnsprüchen über das Leben. Es war ein einladender und gemütlicher Garten, einer, der auf mich wie ein zweites Wohnzimmer wirkte, in dem man sich gerne lange aufhielt. Mit Sitzmöglichkeiten an verschiedenen Stellen. Ein Schaukelstuhl aus Bambus in einer schattigen Ecke. Ein Korbsessel in der Sonne vor einer mit Efeu überwucherten Wand. Auf der Terrasse ein massiver alter Holztisch, der mich ans Mittelmeer denken ließ. Der Tisch, an dem wir an diesem Abend alle Platz finden würden. Ihre Familie. Und ich.

»Schön hat sie das gemacht«, sagte ich und berührte mit den Fingerspitzen eine der Servietten, die farblich auf die Blumen abgestimmt waren. So gelb, orange und pink wie Bridas Wesen.

»Mama übertreibt es manchmal tierisch mit ihrer Deko.« Marie verdrehte die Augen. »Wie alt bist du eigentlich?«, fragte sie ohne Umwege.

»Achtundzwanzig und du?«

»Lästerst du schon wieder über meine Deko?«, unterbrach uns Bri.

»Oh Mamaaa!«, sagte Marie zu Brida und dann zu mir: »Sie hört echt alles! Obwohl sie sich doch gerade mit Opa unterhält. Unglaublich.« Amüsiert schüttelte sie den Kopf, setzte sich und steckte sich eine Zigarette an. Ich lächelte und sofort hatte sich eine freundschaftliche Vertrautheit zwischen uns breitgemacht. »Also zurück zu deiner Frage. Ich bin achtzehn. Du siehst übrigens viel jünger aus als achtundzwanzig«, sagte sie.

»Danke, ich fasse das als Kompliment auf.«

»Na klar, besser als auszusehen wie fünfunddreißig. Ich hoffe, es geht mir auch mal so.«

Ich lachte und dachte, dass sie viel erwachsener wirkte, als sie es tatsächlich war.

»Schwesterherz, du belästigst unseren Gast.« Aron

steckte seine großen Hände in Maries Haar und verwuschelte es grob.

»Hey, nimm die Finger aus meiner Frisur!« Sie duckte sich, um seinem Angriff zu entkommen, und verzog verächtlich den Mund. »Mein Bruder liebt es, andere zu ärgern.«

Bridas Sohn war in meinem Alter, sah ihr erstaunlich ähnlich und stammte aus ihrer ersten Ehe, wie sie mir erst kürzlich berichtet hatte. Er überragte Joh um einen ganzen Kopf und hatte eine sehr massige und doch muskulöse Erscheinung, als ginge er irgendeiner schweren körperlichen Arbeit nach. Es war offensichtlich, dass er ihre ganze Energie und sogar noch etwas mehr davon ausstrahlte. Ein Selbstbewusstsein, das gepaart mit seiner körperlichen Statur wohl schnell einschüchternd wirken konnte, wenn er sie entsprechend nutzen würde.

Der Abend verlief entspannt. Wir lachten viel. Nur Joh schien oft nicht richtig anwesend zu sein. Er beteiligte sich nicht viel an den Gesprächen und starrte oft in sein Handy.

Nach zwei Gläsern Rotwein befand ich mich bereits in einem leicht angetrunkenen Zustand, was dazu führte, dass mir ihre Anziehung noch deutlicher bewusst wurde als nüchtern. Etwas benommen lehnte ich mich in meinem Stuhl zurück und im Radio erklang ein Lied von Passenger, das ich schon beim ersten Ton erkannte. Doch noch bevor ich es sagen konnte, kam Bri mir zuvor und stieß einen Schrei aus.

»Ich liebe dieses Lied!«

Ich wollte sagen, dass es mir genauso ging, doch stattdessen lächelte ich sie einfach nur an. Bri war ein Gefühl, das mich durchdrang. Mich und den ganzen Raum, wenn wir zusammen waren.

Und während ich das dachte, erhob ihr Mann plötzlich die Stimme und fragte: »Seit wann gefällt dir denn Passenger?«

»Schon immer. Hast du nicht mitbekommen, dass ich das schon die ganze Zeit höre?«

Er schüttelte den Kopf und blickte wieder auf sein Handy.

Bri hob das Weinglas. »Auf einen schönen Abend.«

Dann wandte sie sich mit einem Lächeln zu mir und schaute mich eindringlich an. Als sie mit mir anstieß, dachte ich, dass etwas Unausgesprochenes zwischen unseren Gläsern hing. Etwas, von dem bereits alle hier wussten. Alle, nur ich nicht.

V

CAROLINA

OKTOBER 2012

Düfte hatten seit jeher eine besondere Wirkung auf mich. Doch Brida war von einem umgeben, der mich so sehr berührte, dass etwas in meinem Inneren zerriss, jedes Mal, wenn ich ihn wahrnahm. Sie roch nach Erde, nach der holzigen Note von Vetiver, vermischt mit den zarten Gerüchen von Jasmin und Rose. Es war ein unerschütterlicher Duft. Furchtlos, selbstsicher, verwegen und ... auf eine Weise betörend. Manchmal, wenn ich geschäftlich auf Reisen war, dann nahm ich ihn plötzlich wahr, in den wenigen Momenten, die ich für mich hatte. In Stockholms Straßen, in einer brodelnden Menschenmenge in Istanbul, auf Zypern in einem kleinen Restaurant, in Tel-Aviv am Strand oder in Jerusalem auf dem Basar, beim Check-in am Flughafen. Doch wenn ich mich umsah, dann war da niemand, zu dem dieser Duft gepasst hätte, er verflog so schnell, wie er gekommen war, und hinterließ einen kleinen Abdruck der Erinnerung. Brida. Es gab kaum einen Moment, in dem ich ihr Gesicht nicht vor meinen Augen sah, keine Nacht und keinen Morgen, an dem ich nicht mit dem Klang ihres Namens in meinem Kopf einschlief oder aufwachte. Bri. O Bri.

»Carolina, hörst du mich?«

»W-was?«

Ruckartig wandte ich den Blick vom Fenster ab und starrte meine Kollegin an, die mir gegenüber am Schreibtisch saß, die Hand am Hörer.

»Ob du Jens heute noch das Angebot zukommen lässt. Und er will wissen, ob du schon den nächsten Flug gebucht hast.«

»Ja. Sag ihm ja.«

»Zu beidem?«

»Zu beidem. Ich lasse ihm nachher gleich noch die Flugdaten zukommen.«

Als sie wieder in das Gespräch vertieft war, scrollte ich durch meinen Posteingang ohne ihn zu lesen und schob unsinnig Papiere von einem Stapel auf den anderen. Mein Job als Verkaufsleiterin hatte den Vorteil, dass ich den Großteil des laufenden Tagesgeschäfts abgeben konnte und nur Aufgaben übernahm, die ich alleine überwachte und die mir einigen Spielraum gaben, was die Zeit anging, in der ich sie erledigte.

Nachdem ich lange genug geschäftig getan hatte, ging ich in die Kaffeeküche. Zwischen mir und der Welt lag eine dunstige, staubige Schicht aus trockenen Pflichten, von denen ich nur einen Bruchteil erledigte. Ich war müde. Und egal, wie viel ich schlief, wie schnell ich schlief, wie oft ich schlief: Ich konnte mich nicht von der Mattheit des Alltags erholen, der mich jeden Morgen aufs Neue einholte, wenn ich die Stempelkarte an die elektronische Stechuhr hielt. Doch ich konnte auch nicht jeden Tag stundenlang aus dem Fenster starren, um über mich und

Bri nachzudenken. Die Aussicht war ohnehin nicht gut. Ich saß im dritten Stock eines tristen betongrauen Gebäudes, das fast vollständig mit muffigen Teppichen ausgekleidet war. Immer stand eine stickige, schwere Luft in den Räumen, sodass mir das Atmen schwerfiel. Gut war, dass ich einen Weg gefunden hatte, mich etwas zu erleichtern. Jeden Tag öffnete ich ein leeres Dokument und schrieb von der Schwere, die sich auf mich gelegt hatte. So erweckte ich den Anschein, beschäftigt zu sein, erzählte jedoch dem Papier, dass ich müde davon war, ein Leben zu führen, von dem ich nur so tat, als fände ich es toll. Da war Unruhe in mir. Unmut. Unfrieden. Und ich hatte den Grund dafür entdeckt. Es war der Zwang, sinnlose Dinge auszuführen, überflüssige Tätigkeiten zu verrichten. Meine Arbeit, sie hielt mich vom Leben ab, sie hielt mich von dem ab, was ich eigentlich tun wollte, auch wenn ich noch nicht wusste, was genau das war.

Montag, 7. Oktober

Ich fühle mich wie die Ringe im Holz eines Baumes. Eingefroren in diesem Raum, gefangen in diesem Gebäude, mit dem immer gleichen Ausblick auf die Laterne auf der anderen Straßenseite, die zu hell brennt, und der tristen zweispurigen Straße und dem immer grauen Himmel in diesem Kessel aus Bergen. Blätter fallen vom Baum, Äste brechen ab, Blüten gehen auf. Aber ich sitze immer noch hier und tue jeden Tag dasselbe. Ich reihe Zahlenkolonnen aneinander, erstelle Präsentationen, verkaufe Dinge, hinter denen ich nicht stehe, um immer mehr Umsatz zu generieren. Jeden Sommer, jeden Frühling, jeden Herbst, jeden Winter. Ich verkaufe meine Seele. Ich kann es nicht ertragen, die gleichen Dinge zu tun. Die Routine mag ich

*nicht. Die Routine mag man nur, wenn man nach
Sicherheit sucht. Wir suchen überall nach der Sicherheit.
Deshalb sparen wir, deshalb bauen wir Häuser, um an
einem Ort verwurzelt zu sein. Deshalb heiraten wir, ohne
wahrhaftig zu lieben. Deshalb sterben wir lebend.*

Dienstag, 15. Oktober

*Wann habe ich aufgehört, Fragen zu stellen? Als Kind
stellte ich ständig Fragen. Als Kind störte es mich nicht,
dass Antworten Dinge ins Rollen brachten. Ich wollte
wissen, woher alles kommt und warum es so ist. Als Kind
fragte ich meine Mutter direkt und unverfroren »Lasst ihr
euch scheiden?«, weil ich lieber die Wahrheit hörte, als mit
der Angst in der Ungewissheit zu leben.*

*Heute würde ich mich selbst fragen: »Carolina,
warum vertrocknest du hier am Schreibtisch, während
draußen das Leben an dir vorbeizieht?«*

*Bri, auch dir will ich Fragen stellen, aber ich weiß
nicht, ob es zu früh ist, ob du antworten möchtest auf all
das, was mir auf der Seele brennt. Bri, das Schreiben tut
mir gut.*

Freitag, 25. Oktober

*Wie habe ich es geschafft, mein ganzes Leben lang von
Kreativität umgeben gewesen zu sein, ohne selbst etwas
Sinnvolles zu erschaffen? Ich wünschte, ich könnte mein
Leben formen wie meine Mutter all die Jahre den Ton
zwischen ihren Händen. Stimmt mit mir etwas nicht? Bin*

ich falsch, weil ich mich nach Erfüllung sehne? Will ich zu
viel vom Leben?

Ich versuchte mir vorzustellen, wer ich sein würde, wenn ich weitere zehn Jahre hier arbeiten würde.

»Der Krebs ist eine Krankheit, die dich von innen auffrisst«, hatte Bri einmal zu mir gesagt, als sie mir den Zustand meiner Mutter erklärte. Sie wusste, wovon sie sprach, denn sie hatte ihn ebenso durchlebt.

»Der Körper beginnt an sich selbst zu nagen. So als würde die Seele ihm sagen, er solle sich auflösen, weil sie es nicht ertragen könne, an einem Ort zu leben, an dem sie nicht sein darf, wer sie sein will. Und wenn der Körper zerfressen ist, dann kann die Seele frei sein und es noch mal versuchen. In einem anderen Körper, in einer anderen Zeit, in einer anderen Welt, mit einem hoffentlich gesünderen Geist. Oder man ändert etwas, sieht hin und beginnt wieder zu leben, fängt noch einmal von vorne an.« Sie hatte mehrmals genickt. »Ja, man hat die Wahl, auch wenn die Leute das nicht glauben wollen.«

Ich glaubte es. Ich spürte meinen Körper. Er hatte schon begonnen, mit mir zu sprechen, wenn auch nur sehr leise, und ich hatte vor, eine Wahl zu treffen. Doch ich wusste bisher nur, was ich nicht wollte. Wie sollte ich herausfinden, wer ich war, wenn ich verdammt noch mal keine Zeit dafür hatte?

Montag, 31. Oktober

Ich möchte mich auf eine Wiese setzen und in Ruhe über
mein Leben nachdenken. Sinnlos in die Luft starren,

Grashalme aus der Erde zupfen und mich nach dem Sinn
der Farben fragen und der Düfte. Aber ich kann nicht. Ich
darf nicht. Denn ich muss hier sein, weil ich sonst kein
Geld verdiene. Weil ich studiert habe und alles umsonst
gewesen wäre, wenn ich jetzt aufhöre. Weil ich so einen
tollen Job nicht einfach an den Nagel hängen kann. Weil
... (bin ich das oder sind das andere, die so denken?). Und
am Wochenende gibt es wieder Dinge zu erledigen. Und in
der wenigen Zeit, die man dann hat, ist man müde und
muss schlafen, weil man sonst, wenn man die Gelegenheit
dazu bekommt, Fragen stellt, und doch keine Möglichkeit
für die Antworten findet, bevor am Montag wieder der
Alltag beginnt. Deshalb wird man krank. Das ist die Seele,
die den Geist um seine Aufmerksamkeit bittet. Aber man
hört sie nicht. Ich will mich nicht selbst zerstören. Die
Natur macht das so. Wenn etwas nicht funktioniert, dann
schafft sie es ab. Aber die Leute glauben das oft nicht.
Wenn ich es ihnen sagen würde, dann würden sie mich als
herzlos beschimpfen, weil sie es nicht ertragen könnten,
dass sie im Leben selbst für alles verantwortlich sind. Das
wollen sie nicht hören.

Das Display meines Telefons zeigte 16:55 Uhr. Ich atmete
erleichtert aus. Es gab eine Sache, die ich gern wiederholte.
Jede Woche, Monat für Monat. Brida sehen. Ich fuhr den
PC herunter, nahm meine Tasche und verließ mein
Gefängnis.

VI

CAROLINA

NOVEMBER 2012

Unsere Treffen waren mittlerweile privater Natur. So oft ich es einrichten konnte, blieb ich abends länger, und wir begannen, auch am Wochenende etwas gemeinsam zu unternehmen. Dabei gingen wir nie weit weg, blieben nie lange fort. Immer in Reichweite, so wie meine Beherrschtheit und meine Vernunft, die mich am Ende unserer Momente stets daran erinnerten, dass ich alles um mich herum vergessen hatte, als wir zusammen waren. Auch Paul, der womöglich in meiner Wohnung saß und mit einem Glas Wein auf mich wartete.

Nur mal kurz spazieren gehen oder einkaufen. Neue Pflanzen für Bridas Garten, eine Laterne oder Kerzen. Aber niemals zu zweit ein Eis essen oder etwa ins Kino gehen, wie Freundinnen es für gewöhnlich taten. Wenn wir bei ihr waren, saßen wir meistens in der Küche oder im Garten.

An diesem Abend beobachtete ich sie dabei, wie sie zum Kühlschrank ging und mit einem Apfel und einem großen Stück Käse zurückkam. Sie lümmelte sich in den

Stuhl am Esstisch, schwang die Beine nach oben und ließ sie über die Stuhllehne baumeln. So saß sie oft, entspannt und mit nackten Füßen. Ich sah ihr dabei zu, wie sie ruhig den Apfel schälte, ihn in kleine Schnitze teilte. Vom Käse schnitt sie grobe Stücke ab und reichte mir abwechselnd etwas davon.

»Das ist mein Abendessen«, sagte Brida lächelnd. »Das mache ich immer dann, wenn ich keine Lust oder keine Zeit fürs Kochen habe.«

Ich lachte und steckte mir ein Stück von dem würzigen Käse in den Mund. »Manchmal mache ich mir Sorgen, weil ich mich so gut fühle«, sagte ich.

»Freust du dich nicht darüber?«

»Die Trauer war so kurz, dass ich mich fast dafür schäme. Ich habe Angst, dass es eine Illusion ist, dass es nicht sein kann und mich irgendwann alles überrollt, was bisher noch nicht da war.«

»Nein, das glaube ich nicht. Du spürst instinktiv, dass der Tod kein Ende ist. Die Seele hört nie auf zu existieren, sie trennt sich nur von ihrem Körper.«

In diesem Moment schaute ich über den Tisch zum Kamin.

Brida folgte meinem Blick und nickte. »Sie ist da«, sagte sie, als sprächen wir über etwas Selbstverständliches. »Genau da.« Sie wies mit dem Kopf zum Kamin, zu der Stelle, auf der mein Blick ruhte. »Siehst du, du spürst sie deutlich.«

Ich bekam eine Gänsehaut. Doch es war nicht die Angst, die sie auslöste, eher der Moment der Erkenntnis, dass wahr war, an was ich immer geglaubt hatte. »Nachdem sie gestorben war, hatte ich ein paar Tage lang das Gefühl, sie ständig sehr nah bei mir zu haben. Als säße sie auf dem Rücksitz meines Autos, als ich mit Paul vom Krankenhaus nach Hause fuhr, oder als wäre sie im Raum anwesend, als ich in alten Fotoalben die Spuren ihres Lebens nachverfolgt habe.«

»Man sagt, dass die Seele in den ersten drei Tagen noch sehr intensiv bei uns ist, bevor sie an einen Ort geht, den man auch ›das Geistige Tal‹ nennt. Aus der Sicht des Universums betrachtet, ist unser Leben nur ein kurzer Augenblick des Übergangs auf dem Weg, der uns zur Vollkommenheit führt, zurück ins Licht der hohen Heimat.«

»Was glaubst du? Kommt unsere Seele oft hierher? Ins Leben meine ich.«

»Viele Male«, sagte sie. »Und wir werden vorher gut darauf vorbereitet. Unsere Körperhülle ist wie ein Werkzeug, das uns dabei hilft, die Aufgaben, die uns für unsere Leben anvertraut wurden, zu erfüllen.«

»Ich würde gerne wissen, wer oder was ich vorher war. Oder was meine Aufgabe für dieses Leben ist. Aber wahrscheinlich wäre das zu heftig. Ich meine, wie könnte mein Gehirn die ganzen Bilder und Eindrücke aus früheren Leben verarbeiten? Das ist unbegreiflich.«

»Ja, deshalb ist uns unsere Vergangenheit meistens unzugänglich. Wir können nur eine Ahnung oder eine Intuition von dem bewahren, was wir einst waren, damit wir weitermachen, wenn wir verzweifelt sind, uns alles zu mühsam und schwierig erscheint, wie eine harte Prüfung, die wir nicht bestehen können.«

Vielleicht war es der Anblick des Apfels, der etwas auslöste, als sie ihn in zwei Hälften schnitt und das Kerngehäuse zum Vorschein kam. Ich meinte schon immer eine Ahnung von dem gehabt zu haben, was wir waren, doch es war schließlich dieser Moment, in dem ich verstand. Und dann sah sie mir fest in die Augen, als wollte sie mich dazu ermuntern, auszusprechen, was mir durch den Kopf ging, doch ich konnte nicht. Ich wusste, was Bri im Begriff war, mir beizubringen. Ihre größte Stärke. Die, ohne Zweifel der eigenen Intuition zu folgen, darauf zu hören und daran zu glauben, was man tief in sich fühlte. Und ich wusste, dass ich sie kannte und dass ich sie schon einmal geliebt hatte, viele Male. Weil unsere Seele vor Urzeiten als eine erschaffen worden war. Aber ich traute mich nicht, es auszusprechen, und sie wartete und war geduldig. Sie wusste, dass ich diejenige sein würde, die es sagen musste.

»Ich mag überhaupt noch nicht gehen«, sagte ich schließlich.

»Es wäre mir auch lieber, du könntest noch eine Weile bleiben.«

Es fiel mir schwer, mich von ihr zu trennen, doch dann zwang ich mich aufzustehen und zu gehen. Das tat ich oft, wenn sich alles hoffnungslos anfühlte. Wenn ich spürte, dass länger zu bleiben auch nichts daran änderte, dass wir nicht zusammen sein konnten. Die Momente mit uns verblühten zu schnell, wie die Blumen in ihrem Garten. Und doch verspürte ich manchmal den Drang, unsere Zeit selbst zu beenden. Mit diesem Widerspruch kämpfte ich oft.

Danach schrieb ich in mein Tagebuch:

Ich bin nicht stark genug, um bei dir zu sein. Ich bin nicht stark genug, mich von dir fernzuhalten. Wenn ich es versuche, dann werde ich zu einem verzerrten Bild. Dann wird meine Seele undeutlich und langsam, sehr langsam, bis sie schließlich rückwärtsgeht. Das Rückwärtsgehen fühlt sich falsch an. Wenn ich es tun will, windet sich etwas in mir, zwingt mich zur Umkehr, hin zu dir. Diese Gedanken gehen mir immer dann durch den Sinn, wenn wir uns begegnet sind, ohne zu einem Entschluss heranzureifen. Sind wir auch so wie diese Gedanken?

Reifen wir je zu einer Entscheidung hin, die uns an irgendeinen Ort bringt, an dem wir zusammen das sein können, was sich meine Seele wünscht? Und so sitze ich jetzt hier im Dunkeln, höre das Tippen meiner Finger und das Surren des Kühlschranks. Das ist Ruhe, das ist Frieden. Tippen ist Gehen, Schreiben ist Voranschreiten, Wort für Wort, auch wenn mein Körper nicht will, doch meine Seele ihn drängt.

VII

CAROLINA

DEZEMBER 2012

Die Wochen vergingen. In jeder davon traf ich sie. Doch unsere Zeit war beschränkt. Ein Tropfen auf den heißen Stein, wenn ich die Stunden von sieben langen Tagen dagegen aufwog. Ich lief durch den Wald, sog die kalte Luft ein, ließ zu, dass mir die Sonne ins Gesicht schien.

»Bri, wo bist du?«, rief ich.

Die Bäume in diesem Wald standen eng und dicht gedrängt. In etwa so wie die Zweifel und die Fragen in meinem Kopf.

»Spürst du mich? Irre ich mich?«

Mit dieser trüben Unsicherheit verging ich mich an meinen eigenen Gedanken. Ich wusste das. Und mir fiel auf, dass ich in viel kürzeren Sätzen dachte als sonst, etwas abgehackter, durcheinander, so wie die Tage selbst. Ich lief weiter, schwer atmend, und erinnerte mich daran, wie ich als Kind oft bei meiner Mutter in der Werkstatt stand. Ein trockener, erdiger Geruch, ein starker Duft von flüssigem Glas hing im Keller, als sie ein Tongefäß nach dem anderen in einen Eimer voll Glasur tauchte. Ich war wie eines dieser Gefäße. Jedes Mal, wenn ich Brida verließ, wurde ich kurze Zeit später überzogen von einer dünnen Schicht aus sehnsüchtigen und traurigen Gefühlen. Etwas sehr Tiefes, das mich auseinandertrieb und doch auch zusammensetzte. Irgendwie bitter, irgendwie süß. Ich tauchte tief ein in dieses Gemisch aus zerbrochenem Glas und war nicht imstande, es wieder abzubekommen, bis wir uns wiedersahen. Ich suchte sie in der Natur, weil ich dachte, mit ein bisschen Glück könnte ich sie dort lassen. Dort im Wald wollte ich sie zurücklassen, damit mein Fühlen keine Last für sie war.

Ich stieg einen kurzen Pfad hinauf zu einer kleinen Lichtung, auf der ich allein sein würde. Auf der schneebedeckten Wiese ließ ich mich auf die Knie sinken. Ich legte die Arme um meine Mitte, presste sie an mich und weinte. Ich verstand nicht, was mit mir passierte. Ein Loch öffnete sich, in das ich hineinfiel. Ich fiel. Und ich fiel ungefähr drei Tage lang, bis ich mich wieder erholte. Anschließend überlegte ich, das nächste Treffen abzusagen, aus Angst, wieder fallen zu müssen. Aber am Ende brachte ich es nicht fertig und stellte alles in Frage: Was ich dachte. Was ich fühlte. Wohin ich gehen wollte. Was ich sagte, was ich tat.

Nach diesem ersten Überfall an Emotionen richtete ich mich wieder auf und spazierte tiefer in den Wald hinein. Die Sonne glitzerte auf dem Schnee. Ich musste die Augen zusammenkneifen, weil es blendete. Mein Gehen hinterließ Abdrücke und ich schien selbst eine weiße Decke aus Schnee zu sein, die sie einfach so betreten konnte und darauf ihre Spuren hinterlassen durfte, ohne mich um Erlaubnis zu fragen.

Ich hätte ihr gerne davon erzählt, ihr gesagt: »Ich kenne dich kaum. Aber ich liebe dich.«

Sie war so groß. So groß in ihrem Herzen. Und ich glaubte, dass sie das selbst nicht erfasste. Das gar nicht erfassen konnte. Der Rahmen, in dem man sich selbst sieht, ist eingeschränkt, weil die Augen nicht um den ganzen Körper herumreichen, wir mit ihnen nur einen Teil dessen erfassen können, wer wir sind. Um uns selbst ganz zu sehen, müssten wir uns von einer anderen Ebene aus betrachten. Mir war bewusst, dass sie auch mich sah. Dass sie mich spürte, und an manchen Tagen verfluchte ich das. Denn wie konnte ich stark sein, wenn sie all meine Schwächen und Unsicherheiten erfühlte?

Wie konnte ich interessant sein, wenn sie alles hörte, was meine Seele rief?

Wie konnte ich schön sein, wenn sie all meine ungeliebten Stellen kannte?

Wie, fragte ich mich, könnte ich jemals das für sie sein, was sie für mich war?

VIII
CAROLINA

DEZEMBER 2012

Das Sich-Windende, Sich-Nicht-Zeigende, das Hinter-Schichten-Verbleibende. Es hatte keinen Sinn mehr, es noch weiter hinauszuzögern. Ich versuchte, möglichst gefühllos an die Sache heranzugehen, was mir schwerfiel und mir im Nachhinein unglaublich unsinnig erschien. Und so stand ich einige Tage später vor Bridas Haustür, aufgewühlt und innerlich zerzaust in dem Bemühen, irgendwie sicher und beherrscht zu wirken.

Mit rasendem Herzen setzte ich den Finger auf die Klingel. Ich hielt die Luft an, um den Mut, den ich gesammelt hatte, nicht gleich wieder auszuatmen, erinnerte mich dann aber wieder ans Atmen. Ein. Aus. Meinen Herzschlag beruhigen. Selbst nach Monaten gelang mir das nicht. Aus Angst. Vor Freude. Deshalb musste ich es nun aussprechen. Wegen der Freiheit und wegen der Wahrheit. Etwas Unaufhaltsames hatte sich in mein Leben geschlichen, weswegen ich nicht mehr dazu in der Lage war, meinen Gemütszustand mit beruhigenden Gedanken zu kontrollieren. Mein Körper tat, was er wollte. Etwas zog aus der Ferne an mir. Ich wollte am liebsten umdrehen, aber ich konnte nicht.

Brida öffnete die Tür. Sie führte mich wie immer ins Esszimmer. Ich glaubte, sichtbar am ganzen Körper zu zittern, doch ich riss mich zusammen, sobald wir am Tisch saßen.

»Ich muss dir etwas sagen. Und zwar schnell. Sonst traue ich mich nicht mehr.« Das Herz schlug mir bis zum Hals. Es schlug *in* meinem Hals, drohte mich zu ersticken, meine Worte ungesagt abzuschnüren. »Etwas geschieht mit mir, seit wir uns kennen.«

Ich erhob mich von meinem Stuhl und beugte mich über den Tisch zu ihr, konzentrierte mich, um die Scham von mir fernzuhalten.

»Gib mir deine Hand.« Ich nahm sie und legte sie auf meine Brust, über die Stelle, wo mein Herz schlug wie ein Vorschlaghammer. »Spürst du das?« Meine Stimme bebte. Resigniert ließ ich von ihrer Hand ab und setzte mich wieder.

»Wegen mir?«, fragte sie unnötigerweise.

»Ich spüre eine unglaublich mächtige Anziehung. Einen Sog, der von deiner Seele ausgeht, der so stark an mir saugt wie die Tide am Meer. Ich bin machtlos dagegen.« Mein Blick heftete sich auf die mir vertrauten Furchen im Holztisch vor mir, als könnten sie mir einen Halt bieten, um weiterzusprechen und ihr dabei in die Augen zu schauen. »Ich komme schon so lange zu dir, aber es hört nicht auf. Am Anfang dachte ich, es wäre normal, wegen deiner Energie, und dass andere Leute, die zu dir kommen, womöglich das Gleiche spüren.«

»Und das würde dich stören, stimmt's?«

»Ja, weil ich nicht bin wie all die anderen. Und ... weil ich mir nicht vorstellen kann, dass es sich für jeden so anfühlt.« Ich war mir sicher, sie wusste genau, was ich meinte.

Sie schüttelte den Kopf. »Das hat noch nie jemand zu mir gesagt.« Und dann schien ihr plötzlich eine unbestimmte Hitze in die Glieder zu schießen, denn sie streifte sich die Weste von den Schultern und wirkte für einen winzigen Moment nicht mehr so ruhig und selbstsicher wie gewöhnlich, was ihr so gar nicht ähnlich sah. »Und was glaubst du, was es ist?«

»Ich bin mir nicht sicher«, sagte ich und merkte, dass es gelogen war, sobald ich es ausgesprochen hatte. Und dann setzte ich noch einmal an und sagte die Wahrheit: »Ich glaube, wir haben uns schon einmal geliebt. Sehr geliebt, schon immer geliebt. Und jetzt erinnere ich mich.«

Bri war für einen kurzen Moment still, bevor sie etwas sagte. »Und was machen wir jetzt?« Sie griff nach ihrem Wasserglas. »Wir sind beide Frauen und haben beide Partner.« Sie hob es an, führte es zu ihrem Mund, ohne davon zu trinken, und stellte es wieder auf dem Tisch ab.

»Nein, es ist nicht so etwas«, entgegnete ich hastig. »Es hat nichts mit erotischen Gefühlen zu tun.« Und bei diesen Worten fiel mein Blick auf ihre nackten Schultern. Ich schluckte. »Was glaubst *du* denn, was es ist?«, fragte ich.

»Um ehrlich zu sein ... ich weiß es nicht.«

Innerlich zuckte ich zusammen. Das war das erste Mal, dass sie auf eine Frage keine Antwort hatte, und ich glaubte, diesmal war sie es, die gelogen hatte, ohne es zu wollen.

»Aber wir gehen diesen Weg gemeinsam«, sagte sie schließlich und am Ende des Abends verließ ich erleichtert, irgendwie hoffnungsvoll und zugleich verwirrt ihr Haus.

IX
CAROLINA

DEZEMBER 2012

Als ich einige Tage später mit meinen Kolleginnen die Kantine betrat, hatte die Schlange, die sich an der Kasse gebildet hatte, bereits Überlänge erreicht. Der Lärm von klapperndem Geschirr, Stimmengewirr und scharrenden Stuhlbeinen bohrte sich über die Schläfen in meinen Kopf, zog sich reißend bis in meinen Nacken hinab, der ohnehin schon glühte vor Schmerz. Seit einigen Wochen war ich fast wie benommen vor lauter Kopf- und Nackenschmerzen, die einfach nicht nachlassen wollten. Wie an allen anderen Tagen der Woche hatte ich auch an diesem eine Schmerztablette eingenommen. Es war die rechte Seite.

»Links steht für Beziehungen«, hatte Brida mir erklärt, als ich ihr davon erzählt hatte. »Rechts für die Zukunft. Für den Weg, den wir gehen.«

Wahrscheinlich würden die Schmerzen nicht aufhören, bis ich mich entschieden hätte, etwas an meinem Leben zu ändern.

Wir bahnten uns unseren Weg zur Essensausgabe,

hielten dann mit unseren Tabletts Ausschau nach einem Platz an einem der langen Tische, an denen die Menschen dicht gedrängt beisammensaßen. Als wir schließlich eine Lücke gefunden hatten, setzten wir uns zwischen die unzähligen Gesichter, von denen ich einige kannte, die meisten jedoch noch nie zuvor gesehen hatte. Alle trugen dieselbe Erschöpfung in den Augen, doch keiner würde es jemals zugeben. Bevor ich mit dem Schreiben begonnen hatte, konnte ich ganze Abende mit Menschen an einem Tisch sitzen, ihnen beim Reden ins Gesicht schauen und mich danach doch nicht an ihre Augenfarbe erinnern. Ich vermied es, genauer hinzusehen, weil ich nicht erkennen wollte, was hinter ihren schwarzen Pupillen lag. Viel zu viel oder viel zu wenig.

Stumm folgte ich dem Gespräch meiner Kolleginnen und stocherte in einer kleinen Schale Nudeln.

»Und nimmst du sie?«, fragte Annika, während sie sich ein Stück graues Kantinenfleisch auf die Gabel schob.

»Wen?« Andrea schaute von ihrem Teller auf.

»Na die Abfindung?«

»Nee ... die Hälfte wird sowieso versteuert. Bleibt ja kaum was übrig.«

Stimmte nicht. Seitdem die Meldung im Intranet stand, hatte ich alles mehrmals durchkalkuliert. Andrea würde ein kleines Vermögen bekommen, weil sie bereits seit zwei Jahrzehnten im Unternehmen war. Alleine der Gedanke daran, den Vertrag zu unterschreiben und über-morgen einfach so, ohne einen Plan aus der Firma zu marschieren, versetzte mich in Hochstimmung. Doch nicht nur, dass es mir unwirklich erschien, plötzlich frei zu sein, die Vorstellung, jedem Rechenschaft ablegen zu müssen, warum ich es tat, dämpfte meine Stimmung so sehr, dass mir der Appetit verging.

»Ja, und da braucht man auch viel Mut«, sagte Iris

kopfschüttelnd und mit aufeinandergepressten Lippen. »Nach so vielen Jahren ... Das ist keine leichte Entscheidung. In der heutigen Zeit sowieso nicht. Da kann man froh sein, dass man einen unbefristeten Arbeitsvertrag hat.«

Wieder falsch, dachte ich. Man brauchte einfach den Glauben an die Dinge, die man nicht mit den Augen sah. Man musste mutig sein, bevor man sich dazu bereit fühlte. *Wenn du den Weg beginnst, taucht er auf.*

»Was ist mir dir?«, fragte Iris und blickte nun fragend zu Sandra, die in der Disposition arbeitete und ausschließlich mit Zahlen hantierte. Eine Arbeit, die ich als noch trockener und frustrierender empfand als meine eigene.

»Ach ...«, sie machte eine beschwichtigende Handbewegung, »ich beschwere mich zwar oft, aber eigentlich gefällt es mir hier ja ganz gut. Ist schon ein Risiko, wieder von null anzufangen.«

»Genau. Und woher wissen wir, dass es woanders besser ist«, sagte Andrea. »Es könnte noch viel schlimmer kommen.«

Schlimmer als die Mittelmäßigkeit?, fragte ich mich. Das war ein Zustand, in dem wir nichts entschieden. Gar nichts. Weniger als die Mittelmäßigkeit würde immerhin eine Entscheidung erzwingen. Der Rest war nur etwas Gelähmtes. Das kann ja nicht alles sein, dachte ich. Und ich war dabei keineswegs undankbar, bloß, weil ich so viele Annehmlichkeiten des Lebens genießen durfte. Oh nein. Ich war dankbar für jede Kleinigkeit, jeden Tag. Die warme Dusche, der Kaffee am Morgen, die Worte unter meinen Fingern. Undankbar wäre es gewesen, wenn ich nicht versucht hätte, das Beste aus meinem Leben zu machen, eines, in dem ich wirklich glücklich war. Und dann machte es mich, trotz meiner Müdigkeit, mit einem Mal sehr wütend, diesem Gespräch zu folgen. Ein innerlicher Gefühlsausbruch der Art, der mir eine plötzliche Energie verlieh, sodass ich am liebsten geschrien hätte über all die Zerredung, all die Beschönigung der Dinge, die sie doch im Grunde störten. Da war Verdrängung. Und Angst. Und eine Zurückhaltung gegenüber dem Leben, die mich provozierte. Wisst ihr überhaupt, was man alles imstande ist, zu fühlen? Wisst ihr das denn nicht?

Ich dachte wieder an Brida und an das, was uns verband. Es hob mich an, dieses Gefühl, es hob mich über mich selbst hinaus, sodass ich dachte, ich überfühlte sie alle.

»Schlimmer als hier kann es ja kaum noch werden«, mischte ich mich schließlich ein. »Seit der Übernahme hat sich der Laden doch komplett verändert.« Ich sprach mit erhobener Stimme, sodass ich über das Getöse hinweg, das den riesigen Raum erfüllte, überhaupt gehört wurde. Selbst das Sprechen erschien mir an diesem Tag anstrengend.

»Denkst du etwa darüber nach, auszusteigen? Du bekommst ja noch viel weniger als wir. Bist ja erst seit ein paar Jahren da«, sagte Andrea mit hochgezogenen Augenbrauen.

Zehn Jahre waren lange genug, dachte ich.

»Das lohnt sich nicht. Da würde ich lieber bleiben«, fügte sie hinzu.

»Hab noch gar nicht so genau darüber nachgedacht«, log ich. »Hab ja eben erst für die neue Stelle im International Sales Team zugesagt.«

»Eben, das ist doch eine richtige Chance für dich. Das kriegst du nirgends.« Sandra schaute mich mit großen Augen und einem Gesichtsausdruck an, der mir verriet, dass sie nicht verstand, warum ich unzufrieden war, mit dem, was ich hatte. Ja, eine tolle Chance, weitere Chancen zu verpassen, dachte ich. Ich beteiligte mich nicht mehr an der Unterhaltung, bis wir die Kantine verließen. Ich schrieb lieber, als dass ich sprach.

Dienstag, 11. Dezember

Ich habe keine Angst vor der Veränderung. Im Gegenteil, ich warte auf sie. So wie man voller Sehnsucht auf einen Menschen wartet, der längst hätte da sein sollen. Ich brauche sie. Ich will die ganze Welt zu meinem Büro machen, selbst bestimmen, wann und wo ich arbeite. Was ich arbeite. Ich will meinen eigenen Rhythmus finden, mich nicht länger von anderen diktieren lassen. Ich will etwas tun, das meinem Leben Sinn verleiht. Ich muss mich selbst auf den Weg machen, sonst werde ich nie ankommen. Die Abfindung. Es gibt keine Zufälle. Ich könnte sie annehmen. Ich könnte sie einfach so unterschreiben und nie wieder an diesen Ort zurückkehren. Was habe ich zu verlieren?

»Nichts«, würde Bri sagen. »Alles fügt sich.«

Bri, weißt du, dass du mich mutiger machst?

DEZEMBER 2012

S itzt du?«, fragte ich, den Hörer fest in meiner feuchten Hand.

»Wieso?«

»Weil du mir gleich den Kopf abreißen willst.«

»Was ist los?« In der Stimme meines Chefs schwang Misstrauen.

»Ich unterschreibe den Aufhebungsvertrag.«

Kurz herrschte Stille am anderen Ende.

»Du machst Witze, oder? Du veräppelst mich gerade.« Er lachte.

»Nein, im Ernst.«

»Wie bitte? Was hat sich seit dem Wochenende geändert? Habe ich mich benommen wie ein Arschloch oder was? Willst du deshalb aussteigen?«

Nicht er, ich hatte mich benommen wie ein Arschloch. Mir selbst gegenüber. Ich war früh aufgestanden vergangenen Freitagmorgen, weil ich nicht mehr schlafen konnte. Am Abend zuvor war ich in der Dusche meines Hotelzimmers in die Hocke gesunken und hatte geweint, bis ich nicht mehr konnte. Ich kam mir fremd vor. Ich gehörte nicht hierher, auch wenn ich es lange versucht hatte. Zusammen waren wir, mein Chef und ich, im Elite Hotel Marina Tower abgestiegen. Ein schönes Hotel, das ich auf einer privaten Reise sicher genossen hätte.

»Es wird übers Wochenende ja wohl kein neuer Job vom Himmel gefallen sein, oder was für eine Eingebung hattest du plötzlich?«, prasselten die Worte weiter in einem aufgebrachten Ton auf mich ein.

Erstaunlich, wie schnell Nettigkeit in Wut umschlagen konnte. War er nicht in der Lage dazu, sich vorzustellen, dass man manche Dinge spontan entschied, von heute auf morgen? Ich hatte mir meinen Chef, der nur ein paar Jahre älter war als ich, etwas toleranter vorgestellt. Aber in seiner Position konnte ich wohl kaum Verständnis von ihm verlangen. Er hatte schließlich seine Ziele zu erreichen. Er war getrieben vom Geld.

»Es hat nichts mit dir zu tun«, sagte ich.

»Aber irgendwas muss doch passiert sein. Ich verstehe es nicht, Carolina. Da gehen wir in Stockholm Kunden besuchen und besprechen die neue Strategie und du sagst kein Wort. So etwas entscheidet man doch nicht unüberlegt? Oder wusstest du etwa schon länger davon? Wie soll ich das denen da oben im Vorstand erklären ...? Ich stehe da wie ein Idiot! Das ... das ist die totale Scheiße!«

Während er ins Telefon schrie, erinnerte ich mich. Mit einem Kaffee, den ich mir vom Frühstücksbuffet genommen hatte, war ich nach draußen auf die Terrasse gegangen. Sie lag direkt am Wasser. Dort hatte ich mich frierend in einen der Loungesessel gesetzt, vor mir die Saltsjö Bucht. Die baltische See drang hier bis in die Stadt hinein, bis zu mir, bis zu meinen Füßen.

»Sorry, da kann ich nichts machen. Ich kündige«, sagte ich und fühlte mich gut, als ich es ausgesprochen hatte, geradezu euphorisch. Stockholm war voller Wasser gewesen, auf dem sich die Sonne in zarten Farben gespiegelt hatte. Es war das erste Licht des Tages, weich und warm, trotz der Kälte, die mich umfangen hatte. In der Fotografie nennt man diese Zeit die goldene Stunde. Es war die Stunde, in der ich meine Entscheidung getroffen hatte.

Eintrag vom 21. Dezember

Neumond: Neue Absichten setzen.

Mein letzter Eintrag. Übermorgen (an einem Freitag) werde ich mein Büro verlassen, ohne zu wissen, was kommt. Ich habe keine neue Arbeit. Nur Zeit. Und ein neues Notizbuch. Theo hat es mir zum Abschied geschenkt. Mein engster Vertrauter unter den Kollegen, seit ich vor zehn Jahren hier angefangen habe. Es liegt neben mir auf dem Schreibtisch. Der Einband, auf dem keltische Muster eingeprägt sind, verströmt einen zarten Duft nach Leder. Immer wieder streiche ich darüber, kann es kaum erwarten, die Seiten mit meinen Gedanken zu füllen.

»Du machst dich auf eine Reise«, hat er auf die erste Seite geschrieben. »Jede Reise von 1.000 Meilen beginnt mit einem ersten Schritt.« Er hat recht.

Bri, seit ich dich kenne, ist da Wind in meiner Seele. Er wühlt die Gewässer meiner Emotionen auf. Ich lausche seinem Flüstern, und mein Herz, es möchte ihm folgen, diesem Wind.

XI
CAROLINA

DEZEMBER 2012

Der erste Tag, an dem ich nicht mehr zur Arbeit gehen musste, war sehr friedsam. Durch das gekippte Fenster drang eine morgendliche, vom Alltag noch unbelastete Winterluft in mein Schlafzimmer. Der Schneeregen fiel leise auf die Fliesen des Balkons. Ein Tag von der Sorte, an denen man glaubte, das Leben wäre leicht. Doch dieser Eindruck hatte nur so lange angehalten, wie ich noch im Bett lag. Als ich mir einen Kaffee machte, obwohl ich nicht einmal wusste, ob ich ihn brauchte, weil ich sehr wach und sehr aufmerksam war, fiel mir auf, dass ich mich zur selben Zeit zerstreut und strukturlos fühlte. Natürlich hatte ich zu große Erwartungen an den ersten Tag gestellt. Insgeheim hatte ich gehofft, ich würde mit einem Plan im Kopf erwachen. Doch ich schwankte zwischen dem alten, gewohnten Rhythmus, der in mir war, und einer neuen, sehr unbeherrschten Euphorie, plötzlich alle Möglichkeiten zu haben, und wusste nichts mit ihr anzufangen. Also kroch ich zurück ins Bett und schrieb:

Dies ist meine erste Woche in Freiheit. Ich mag es, es so zu benennen, weil es sich so anfühlt. Aber ich weiß nicht, wie ich mich fühle. Viele meiner Emotionen sind im Moment sehr unbeständig. Nur eine davon ist immer dieselbe.

Bri, ich glaube, das Meer fließt zwischen uns. Ein Gefühl, als bewegten sich all die Wassermassen in allen Weltmeeren gleichzeitig. Und trotzdem können wir nie zusammen sein. Vielleicht wegen dem, was die Leute denken, vielleicht, weil wir Frauen sind, vielleicht, weil wir beide vergeben sind. Und wahrscheinlich, weil ich mir selbst im Weg stehe mit all den Gedanken über uns.

Weil ich an manchen Tagen zu unsicher bin.
    Weil du leuchtest, wie ich es nie könnte.
    Weil ich mich selten selbst so fühle, wie ich dich fühle.
    Weil ich Angst davor habe, dein Herz könnte dasselbe fühlen wie das meine. Denn dann müsste ich mich all den Ängsten stellen, die das Leben seit jeher für uns bereithält. Der Angst vor einer Liebe, von der die Menschen glauben, sie existiere nicht.

XII

CAROLINA

JANUAR 2013

Drei Wochen später, an einem trüben Tag im Januar des darauffolgenden Jahres, saßen wir bei Brida in der Küche und tranken Kaffee. Ich genoss es, den Bewegungen ihrer Finger zu folgen, als sie gerade dabei war, ihr Silberetui mit Zigaretten zu befüllen. Wenn sie wollte, dachte ich, konnte sie so vieles an sich auf ganz sanfte Art unanständig wirken lassen. Ihren Blick, ihr Lachen. Die Bewegungen ihrer Hände: geschickt und glühend. Ein leichter Duft nach Tabak hüllte mich ein und half mir, mich wieder zu erinnern. Ein Stück Land hatte sich weit aufs Meer hinausgestreckt wie ein Finger, der auf etwas Unbestimmtes, aber doch sehr Wichtiges zeigte. An dessen Spitze eine mächtige Felsklippe, auf der hoch über dem Meer ein Leuchtturm stand. Alles von der Abendsonne in lilafarbenes Licht getaucht.

Ich hatte das Plakat letzte Woche im Vorbeigehen im Schaufenster eines Reisebüros gesehen, gleich neben dem alten Tabakgeschäft, dem ein süßlicher Duft entströmt war. So unveränderlich wie der Geruch von Bris Parfum, der nun ebenfalls zu mir durchdrang, als sie über den Tisch nach dem Feuerzeug griff und sich eine Zigarette zwischen die Lippen schob. Über dem Bild, das mich auf seltsame Weise in seinen Bann gezogen hatte, stand in Großbuchstaben »Schottland: Entdecke die Welt zwischen Himmel und Erde.«

Es las sich wie ein Rat, ein sehr drängender Rat, der an mich persönlich gerichtet war, nicht wie ein Werbeslogan, der Besucher anlocken sollte. Für den Bruchteil einer Sekunde war die Sehnsucht über mich gekommen, mit Brida zu verreisen. Ich wollte dieses Land mit ihr entdecken, diese schmale kurvige Straße, die ich dort sah, mit ihr entlangfahren, um von den Klippen aus hinaus aufs Meer zu schauen.

Ich beobachtete, wie sie einen Schluck Kaffee nahm und ihr Mund am Rand der Tasse einen roten Lippenstiftabdruck hinterließ. »Ich hätte solche Lust zu verreisen.«

»Wann?«, fragte sie und klang dabei überrascht. »Wohin?«

»Nach Schottland.«

»Warst du schon mal dort?«

»Nein, aber ich habe davon gelesen ... in einem Roman meine ich. Und Bilder gesehen.«

»Dabei warst du fast schon überall. Was meinst du? Wie ist es dort wohl?« Ihr Blick ruhte neugierig auf mir und wegen der Art, wie sie mich ansah, begann mein Gesicht zu glühen.

»Nun, es gibt dort dichte Wälder und hohe, beeindruckende Berge. Sogar weiße Strände. Und schimmernde Flüsse und Lochs. Und Unmengen von Heidekraut.« Verträumt sank ich tiefer in den Stuhl und schloss kurz die Augen.

»Heidekraut ...«, wiederholte Bri nachdenklich und

blies den Rauch aus. »Ich liebe Heidekraut, wusstest du das?«

»Das wusste ich nicht. Für was ist es gut?«

»Blutreinigend ... beruhigend ... das sind nur ein paar seiner Eigenschaften.«

»Und es gibt Whisky. Ich wollte schon immer mal einen richtig guten schottischen Whisky probieren.«

»Das klingt verlockend«, sagte sie. »Außerdem ... ich meine ... Hilde hätte es sicher gefallen, wenn ich mal das Land entdecke, wo die keltische Kultur noch so lebendig ist. Wann fahren wir?«

Es klang beiläufig, so als würde sie fragen, ob ich noch eine Tasse Kaffee haben möchte. Und trotzdem schwang eine Ernsthaftigkeit in ihrer Frage, die mich nervös machte. Und dann lag dieses freche Grinsen auf ihrem Gesicht, das ich so sehr mochte, das sie so viel jünger aussehen ließ, als sie es war.

»Wir beide?« Mein Herz schlug schneller.

»Ja, du hast doch sowieso frei. Oder hast du schon was vor in den nächsten Wochen?«

Ich hatte nichts vor. Und selbst wenn, sicher hatte sie gewusst, dass ich alles abgesagt hätte, wenn es so gewesen wäre, weil sie immer gleich alles begriff. »Du meinst jetzt sofort?«

»Warum nicht? Das fühlt sich gut an. Und außerdem ist bald Imbolc, eines der keltischen Jahreskreisfeste. Das ist das Lichtfest der Brighid.«

Mehr sagte sie dazu nicht, aber an ihrem Gesicht konnte ich sehen, dass es hinter ihrer Stirn arbeitete, und auch wenn sie immer noch grinste, spürte ich etwas, das ich so gut wie nie an ihr spürte. Einen Hauch von Nervosität. Und die leise Nuance der Gewissheit in ihr, dass diese Reise etwas bedeutete. Dann wandte sie sich ab und rief in den Flur hinaus.

»Joh, hast du gehört? Wir verreisen.«

Bridas Mann näherte sich langsam. »Okay ...« Mehr brachte er nicht heraus. Nun stand er am Tisch, in einer wohl vorgetäuscht entspannten Haltung, die Hände in den Hosentaschen verborgen. »Wohin soll's gehen?«

»Nach Schottland«, gab sie zurück und schoss eilig hinterher »Du hast doch kein Problem damit, oder?«, so als hätte er dann gar keine andere Wahl, als einfach ja zu sagen.

Er schaute kurz verdutzt, schien einen Moment darüber nachzudenken, was er davon halten sollte, sagte dann aber, dass er da sowieso nicht hinwolle, weil es in Schottland die ganze Zeit nur regnen würde und viel zu kalt sei. Er bevorzuge seine Strandurlaube in Italien. Doch Bri erweckte so oder so nicht den Eindruck, als ob sie ihn unbedingt dabeihaben wollte, was mich überraschte, aber erleichterte. Denn ich war davon ausgegangen, dass wir alleine sein würden. Tagelang würden wir alleine sein.

Nachdem ich meine Gedanken zu Ende geführt hatte, entfloh ihrer Kehle ein freudiger Schrei der Vorfreude. Sie rutschte auf ihrem Stuhl hin und her und klatschte in die Hände. Ich lächelte, weil sie das oft tat, wenn sie sich über etwas freute. Und es gefiel mir, sie glücklich zu sehen.

»Also gut«, sagte ich entschlossen, »dann lass uns nach Flügen schauen. Und nach einem Mietwagen.« Ich glaubte, dass meine Stimme vor innerem Aufruhr zittrig klang. »Ich will unbedingt auf diese Insel mit dem Leuchtturm fahren. Und wir brauchen natürlich ein Cottage, zum Übernachten.«

»Wo auch immer du hinmagst. Du weißt ja, ich vertraue deiner Reiseplanung voll und ganz.« Durch den Rauch hindurch, den sie eben ausgepustet hatte, lächelte sie mich durchdringend an. Etwas Unausgesprochenes hing zwischen uns wie ein Geheimnis, das nur wir beide kannten. Und als läge ein Stück ihrer selbst in dem Rauch, hätte ich ihn am liebsten zusammen mit ihr tief eingeatmet.

»Gut«, sagte ich.

»Oh Gott, ich bin ganz aufgeregt«, sagte sie. »Weißt du, wann ich das letzte Mal geflogen bin?«

»Mach dir darüber mal keine Sorgen. Du hast ja mich dabei.« Ich lächelte.

»Zum Glück«, sagte sie und lächelte zurück.

ZWEITER TEIL

Glücklich, den ein leerer Traum beschäftigt!
Glücklich, dem die Ahnung eitel wär!
Jede Gegenwart und jeder Blick bekräftigt
Traum und Ahnung leider uns noch mehr.
Sag, was will das Schicksal uns bereiten?
Sag, wie band es uns so rein genau?
Ach du warst in abgelebten Zeiten
meine Schwester oder meine Frau.

Johann Wolfgang von Goethe

I

CAROLINA

FEBRUAR 2013

In der Nähe des Terminals holten wir den Mietwagen ab, den wir schon im Voraus gebucht hatten. Es war kalt, der Himmel grau und die Straßen nass. Ich saß am Steuer und musste mich zuerst an den Linksverkehr gewöhnen. Wir schwiegen, die Luft war von Beginn an seltsam durchdrungen von alten Erinnerungen, die ich in diesem Leben noch gar nicht gemacht haben konnte. Ab und zu wies Brida mich darauf hin, dass ich zu weit nach links an den Straßenrand driftete. Wir ließen Edinburgh über die M9 hinter uns. Als ich mich an das Fahren gewöhnt hatte, tastete ich mit vorsichtigen Blicken die Umgebung ab. Ich erkannte vieles wieder, obwohl ich noch nie hier gewesen war. Die Form der schneebedeckten Berge, wie sie sich vor uns auftürmten und in der Ferne im Dunst ineinander übergingen, die Wasserfälle, die sich silbern wie Adern auf ihnen abzeichneten. Die Art, wie die Wolken am Himmel hingen und sich an ihm fortbewegten. Die Schatten, die sie auf den Boden warfen, wenn vereinzelt das Licht durch sie hindurchbrach. Nirgends war das Licht so wie in Schottland. Ich fühlte Bri und mich darin. Alles an uns war plötzlich deutlicher. Die Gefühle, die Vergangenheit. Es war nicht so, dass ich irgendwelche Visionen hatte oder Bilder auftauchten. Es war eher ein Wissen, das in der Landschaft lag, etwas sehr Altes, das sich uns aufdrängte. Wir waren nicht wie jetzt. Unsere Seelen hatten die gleiche Form, aber andere Hüllen. Verschwiegen und geheimnisvoll saß sie auf dem Beifahrersitz, mit einer Tiefe in sich, wie die Täler, die wir durchfuhren. Das Land rührte etwas in ihr auf. Das verriet ihr Blick, der in die Ferne gerückt war und eine dünne Wehmut enthielt.

»Mein Gott, es ist wunderschön«, hörte ich sie flüstern.

Nach ein paar Stunden befanden wir uns auf der A82 Richtung Kyle of Lochals, die durch das Glen Coe Tal führt. Wir kamen nur langsam voran, und je weiter wir nach Norden fuhren, desto schlechter wurde das Wetter, desto weißer die Landschaft und die Straßen. Doch gut gelaunt darüber, dass wir hier waren, und bis zum Rand mit Vorfreude erfüllt, sprachen wir über die Erlebnisse unserer Anreise.

»Gott im Himmel!« Bri schüttelte ungläubig den Kopf. »Ich dachte ehrlich, wir sterben.«

»Das war der schlimmste Flug meines Lebens«, sagte ich.

»Und du hast schon einige hinter dir.«

»Ich hatte nie Angst vorm Fliegen. Das hat sich seit heute geändert. Komisch, dass du entspannt warst, wo du doch normalerweise Angst davor hast.«

Sie zuckte mit den Schultern. »Ich versteh's auch nicht.

Als ich deine Angst bemerkt habe, bin ich ganz ruhig geworden.«

Während das Flugzeug vom Sturm durchgeschüttelt worden war, hatte Brida die ganze Zeit meine Hand gehalten. Außer der Katze, die vor uns gequält in einem Käfig schrie, war es so ruhig im Flieger gewesen, dass man eine Feder hätte fallen hören. Da der Pilot die Maschine nicht landen konnte, war er noch einmal durchgestartet. In einer gefühlten Ewigkeit hatte ich unzählige Gebete abgeschickt, bis wir endlich den sicheren Boden erreicht hatten und ich vollkommen nassgeschwitzt war.

»Und jetzt fahren wir im schlimmsten Winter, den die Highlands in den letzten Jahren gesehen haben, mit Sommerreifen über die Berge«, sagte ich.

Bri öffnete grinsend die Whiskyflasche, die wir am Flughafen gekauft hatten, nachdem mir von den heftigen Turbulenzen speiübel geworden war, und nippte daran. Wir waren uns sicher, dass mir ein Schluck Whisky und ihr eine Zigarette helfen würde. Etwas sehnsüchtig schaute ich sie an.

»Sorry, du fährst. Ich kann dir leider nix geben.«

»Das ist wirklich fies, ich könnte einen winzigen Schluck gebrauchen. Whisky hilft auch gegen Hunger, weißt du? Und wir haben schon viel zu lange nichts gegessen ...«

»Na ja, wenigstens erleben wir was, findest du nicht?« Sie hüpfte vor Aufregung wie ein Gummiball auf dem Beifahrersitz auf und ab.

»Irgendwie tun wir das immer, wenn wir zusammen sind.«

Bri beugte sich auf dem Beifahrersitz nach vorne, um den Himmel besser sehen zu können. »Es ist eine mondlose Nacht«, sagte sie. Mittlerweile war es stockdunkel. Und dunkel hatte in Schottland eine andere Bedeutung als in Deutschland. Wenn sich meilenweit kein Dorf befindet, das irgendwelche Spuren von Licht in den Himmel strahlt, und es nirgends Straßenlaternen gibt, dann bedeutet dunkel ein Schwarz, das durchdringender ist als die Nacht selbst.

Es begann zu schneien, ließ die Schneeberge, die sich entlang der Straßen gebildet hatten, weiterwachsen. So heftig, dass der Blick nach draußen durch die Windschutzscheibe eher wirkte wie der Blick in das Rauschen eines kaputten Fernsehers und mir schwummrig davon wurde.

»Kannst du auch das Wetter mit Energie beeinflussen?«, fragte ich.

»Ich versuche uns mal Schneeketten ans Auto zu beten und bitte die Engel um Hilfe.«

Wir lachten, doch eigentlich war es gefährlich, was wir hier machten, auch wenn wir nur sehr langsam fuhren.

»Man könnte fast meinen, jemand möchte uns von dieser Reise abhalten«, bemerkte ich.

Bri schaute mich vielsagend an, erwiderte jedoch nichts. Irgendwann tauchte ein Auto mit schottischem Kennzeichen hinter uns auf, das so dicht auffuhr, als wollte es uns von der Straße drängen.

»Ich glaub's ja nicht«, rief sie.

Irgendwann überholte es uns und rauschte fort in die schwarze schottische Dunkelheit, als wäre die schmale Straße vollkommen frei. Doch schon nach kurzer Zeit sahen wir es wieder, wie es im Schnee feststeckte. Und bei diesem Anblick freute sich Bri ein Loch in den Bauch.

»Komm, da halten wir jetzt an und fragen, ob wir helfen können.« Sie grinste breit. »Haha!« Leichte Schadenfreude sprühte aus ihren Augen. »Erst überholt er uns großkotzig und jetzt steckt er fest mit seiner kleinen roten Karre.«

»Und wird überholt, von zwei Frauen in einem Mietwagen«, sagte ich. Nun konnte ich mir das Grinsen auch nicht mehr verkneifen. Wir hielten an. Bri kurbelte das Fenster herunter, ich beugte mich über sie und fragte, ob wir helfen könnten. Sichtlich aufgebracht blickte der Mann nur flüchtig zu uns und verneinte.

Als sie das Fenster wieder hoch gelassen hatte, prusteten wir los. Mit einer Leichtigkeit, die ihn bestimmt ärgerte, fuhr ich den Wagen an.

Irgendwann kamen wir am Fuß des Berges in Glencoe an einer Tankstelle vorbei. »Lass uns anhalten und mal kurz Pause machen. Ich brauche einen Kaffee«, sagte ich. Seit sieben Stunden saßen wir bereits im Auto und mein Magen knurrte unaufhörlich.

»Ihr hattet Glück. Die Straße wurde gerade gesperrt«, sagte der Tankwart, als wir bezahlten. Über der Theke hing ein kleiner Fernseher, auf dem gerade der Wetterbericht lief. Als er sah, dass ich konzentriert darauf starrte, fragte er: »Wo geht's denn hin?«

»Auf die Isle of Skye. Glauben Sie, da ist das Wetter auch so schlimm?«

»An Ihrer Stelle würde ich ein Hotel nehmen und erst morgen weiterfahren.«

Wir kauften zwei Flaschen Wasser, ein paar Sandwiches und setzten uns wieder ins Auto.

»Du hast auch keine Lust, eine Nacht hier zu verbringen und morgen weiterzufahren, hab ich recht?«, fragte ich.

Sie nickte.

Zusammen waren wir sehr unkompliziert. Seit der Abreise waren wir uns einig über den Rhythmus, in dem wir durch den Tag gehen würden, ohne die Notwendigkeit, darüber gesprochen zu haben.

»Aber kannst du noch?

»Es geht schon, wir ziehen das durch. Sonst verlieren

wir zu viel Zeit.«

»Wir hätten mich doch noch als zweiten Fahrer eintragen lassen sollen.«

»Quatsch, ich chauffiere dich gerne durchs ganze Land.«

»Wie frech du grinst«, sagte sie. »Dann los!«

Der Rest der Strecke war ein Kampf. Nachdem wir uns noch ein paar Mal auf der Insel verfahren hatten, kamen wir gegen zwei Uhr nachts erschöpft in dem kleinen Cottage an, ließen uns ins Bett fallen und schliefen sofort ein. Am frühen Morgen wurden wir von einem Sturm geweckt, sodass wir den ganzen Tag drinnen verbrachten und nur nach draußen gingen, um Feuerholz zu holen.

Cottage, Isle of Skye

II

CAROLINA

FEBRUAR 2013

Als sich die Nacht um das Cottage legte, öffnete ich die Terrassentür, um das überhitzte Wohnzimmer abzukühlen. Der Sturm hatte sich beruhigt. Mein Blick glitt nach draußen, wo ich Nordlichter sah, die in der Ferne am Himmel standen und einen grünen Schimmer auf die hügelige Landschaft warfen. Dann frischte der Wind kurz auf und ich begann zu frösteln.

Bri saß auf dem Boden vor dem kleinen Ofen, den sie in den Stunden zuvor zum Glühen gebracht hatte. Immer wieder hatte sie ein großes Stück Holz hineingeschoben, und der Raum hatte sich ebenso sehr erhitzt wie unsere Gemüter, weil wir durch die Untätigkeit, zu der uns das Wetter verdammt hatte, dazu gezwungen waren, uns mit uns selbst zu beschäftigen. Brida hatte den Blick durch die bodentiefen Fenster auf die Bucht genossen. Ich hatte mir ihren Füller geborgt und einige Sätze in mein Notizbuch geschrieben:

Unmaß. Dieses Wort habe ich kürzlich irgendwo gelesen, ich weiß nicht mehr, wo. In Bezug auf die Liebe habe ich ihm sofort sehr viel Gutes beigemessen. Denn wer oder was außer der Liebe darf schon unermesslich sein? Brida sitzt auf dem Sofa. Ich sehe sie vom Tisch aus, im Hintergrund das Meer, das nicht ruhig daliegen kann, weil der Wind es durchrührt. Neben ihr kann ich mein Leben auch nicht stillhalten, so wie man das mit Füßen unter dem Tisch tut. Paul gefällt es nicht, dass ich mit ihr hier bin, aber gesagt hat er (wie immer) nichts. Ich bin trotzdem gegangen. Und jetzt genieße ich in ihrer Gegenwart eine Stille um mich herum, die selbst am verlassensten Fleck der Erde nie wirklich ruhig sein kann. Es gibt immer Geräusche. Das Summen der Erde, die Hände des Windes, die am Cottage rütteln. Sie, die hier mit mir vibriert, einfach, weil wir zusammen sind und einem alten Leben nachspüren. Ich zwinge mich, meinen Blick auf dem Papier zu lassen. Es fällt mir schwer, sehr schwer, mich nicht in ihrem Haar zu verlieren, das die Farbe von Sommergerste hat.

Bri, du bist ungezwungen und unwiderstehlich. Und schon jetzt, am ersten Tag, neigt sich die Woche viel zu schnell dem Ende zu.

Ich schloss die Tür und kehrte zurück zur Couch. Mein Blick fiel auf die Flasche Whisky, die auf einem Beistelltischchen stand. Ohne es zu merken, hatten wir sie bereits halb geleert. Und als würde der Alkohol die Worte aus Bridas Mund lösen, die sie sonst für sich behielt, sagte sie wie aus dem Nichts, den Blick geradeaus ins Feuer gerichtet: »Alles in meinem Leben scheint perfekt zu sein, nicht wahr?«

Ich erwiderte nichts.

»Nach außen mag es vielleicht so aussehen, aber so ist es nicht, Carolina.« Sie sah mich an, zog ihre Beine fest an sich und umschlang sie mit den Armen. Ihre Miene hatte sich verfinstert und es hatte den Anschein, als müsste sie das, was sie mir erzählen wollte, mühsam wie alte Wurzeln aus ihrem inneren Garten graben. »Letzten Sommer war ich mit Joh im Urlaub, bei Freunden in Italien. Alles schien zu sein wie immer, aber als wir uns nach einem langen Tag für's Abendessen fertig machten ...« Sie stockte, schloss kurz die Augen und holte Luft, bevor sie fortfuhr. »Für einen quälend langen Moment wusste ich nicht, was um mich herum geschah. Alle Geräusche im Zimmer schienen sich in ein schwarzes Loch zurückzuziehen. Eine vollkommene Stille umgab mich, bis ich die Worte vollständig erfasst hatte. Die Wände rückten näher. Ein schweres Gewicht sank von oben auf mich herab. Mein Magen krampfte sich schmerzhaft zusammen und das Einzige, was ich dann hörte, war das Rauschen meines Blutes. Ich spürte, wie es durch meinen Körper schoss. Es verursachte ein lautes Geräusch an den Innenseiten meiner Adern. Wie starker Wellengang, der auf Gestein prallt. Ich erstarrte, war stumm und ohne Tränen. Ich wollte zusammenbrechen, aber ich konnte nicht. Stattdessen legte ich das Handy zurück an seinen Platz.«

Brida hatte das Gesicht abgewandt und schaute immer noch auf die Flammen, die wild im Ofen loderten.

»Mir war übel. Ich musste mir von innen auf die Wange gebissen haben, denn ich hatte einen bitteren, blutigen Geschmack auf der Zunge. Als Joh einen Moment später nur mit einem Handtuch um die Hüften gebunden aus dem Badezimmer kam, schaffte ich es, ein Lächeln aufzusetzen. Ich weiß nicht, warum ich das tat, Carolina, wie ich es überhaupt schaffte. Warum warf ich ihm nicht einfach das Handy an den Kopf, fuchtelte wild mit den Armen und schrie ihn an? Das musste mit dem Schock und dem Schmerz zusammenhängen. Ich hatte das Gefühl mich selbst von Außen zu beobachten. Die Seele flieht für einen kurzen Moment vor der Enge des Körpers, weißt du? Die Details habe ich auch heute noch deutlich vor Augen. Er war braun gebrannt und aus der Dusche folgte ihm ein sommerlicher Zitrusduft. Einzelne Wassertröpfchen rannen seine Brust herab. Sein nasses Haar hatte er sich zurückgekämmt. Bruchstückhaft sah ich kurze Szenen an meinen Augen vorbeischießen. Eine Frau, die mit ihrer Hand durch sein Haar streicht, ihr Kopf, der schlafend auf seiner Brust ruht. Joh, wie er ihren Scheitel küsst. Oh Gott.

›Stimmt etwas nicht, Liebling?‹, fragte er mit gerunzelter Stirn. ›Du siehst irgendwie gestresst aus. Ich habe dir doch schon hundert Mal gesagt, du sollst im Urlaub nicht die Nachrichten deiner Klienten lesen.‹

Um mein Gesicht für einen kurzen Moment unter meiner Hand zu verbergen, fuhr ich mir mit den Fingern über die Stirn, als hätte ich Kopfschmerzen. ›Ja, es ... es ist die Arbeit‹, sagte ich hastig. ›Du hast recht. Ich muss mir das abgewöhnen.‹

›Das solltest du.‹ Er nickte, strich mir sanft über die Wange und versetzte mir lächelnd einen Klaps auf den Hintern.

Kurze Zeit später gingen Joh und ich am Strand entlang. Der Anblick des Meeres, das unter der Abendsonne glitzerte, erfüllte mich mit einer heftigen Melancholie. Ich wünschte mir, es würde seine Arme nach mir ausstrecken, mich zu sich nehmen und hinabziehen in seine unergründlichen dunkelblauen Tiefen. Ich sehnte mich danach, das kühlende Wasser auf meiner Haut zu spüren, die schmerzhaft brannte. Ich dachte, nachdem einem erst einmal vollständig die Luft weggeblieben war, müsste sich das Ertrinken friedvoll anfühlen. Und körper-los. Und in diesem Augenblick sehnte ich mich so sehr nach einem Gefühl der Körperlosigkeit.

›Weißt du, Joh‹, sagte ich mit einer Ruhe in der Stimme, die mich selbst erschreckte, ›die Lüge ist schlimmer als der Fehler selbst.‹

›Wovon redest du?‹, wollte er wissen.

›Ich habe gerade darüber nachgedacht, was schlimmer ist; dass Menschen Fehler machen oder dass sie darüber lügen. Vielleicht könnte ich den Fehler akzeptieren. Aber die Lüge ...‹, ich schüttelte den Kopf, ›ich glaube, die könnte ich nicht verzeihen.‹

Dann stand Joh, der eben noch neben mir gegangen war, plötzlich vor mir. Eine tiefe Falte lag zwischen seinen Augenbrauen. ›Was genau willst du mir sagen, Brida?‹

Mit kalten Augen starrte ich ihn an und hob heraus-fordernd das Kinn. ›Dass du eine Affäre hast.‹

Wahrscheinlich waren es nur wenige Sekunden, aber es schien eine Ewigkeit zu vergehen, bis er den Mund aufmachte. ›Ich ...‹ Er rang nach Luft und hob verzweifelt die Arme. Dann ließ er sie wieder sinken und rieb sich mit der Hand den Nacken. Ich erinnere mich an jede seiner Bewegungen, an jedes Wort. ›Was soll das alles?‹, fragte er.

Ich ignorierte seine Frage und fuhr fort: ›Also, wenn ich recht habe, dann ...‹

›Recht haben womit?‹, unterbrach er mich mit einem leichten Zittern in der Stimme.

›Eine Beziehung mit einer anderen Frau, heimliche Nachrichten.‹ Ich fixierte seine Augen und schaute ihn durchdringend an. ›Wahrscheinlich Sex.‹ Ich biss fest die Zähne zusammen. Seit Ewigkeiten hatte ich nicht mehr geweint. Und in diesem Moment wollte ich es erst recht nicht tun. Er rang nach Worten, weißt du, öffnete und schloss den Mund ein paar Mal, ohne etwas zu sagen. ›Sei ehrlich‹, bat ich ihn.

Nachdenklich blickte er nach rechts und nach links, zum Horizont und wieder zurück auf den mit Sand bedeckten Boden. Dann sah er mich kopfschüttelnd an. ›Ich habe keine Affäre‹, antwortete er entschlossen.«

Und dann schaute Brida mir zum ersten Mal, seit sie begonnen hatte zu erzählen, direkt in die Augen. Ich zuckte zusammen, als ich die Qual in ihrem Blick erkannte.

»Gewaltsam brach die Lüge in meine Ehe ein und verriet mich, verstehst du, Carolina? Der Schmerz, er war eine Hand aus Eisen. Sie packte mein Herz und drückte zu. Viel fester als zuvor, als ich die Nachricht von einer fremden Frau auf seinem Handy gelesen hatte. Überwältigt von der Kraft, die mein Herz zerbersten ließ, brach ein Keuchen aus mir heraus. Mit letzter Kraft konnte ich vermeiden, mich zu krümmen und vor ihm in die Knie zu sinken. Die Gedanken rasten durch meinen Kopf. Ich habe mich gefragt, ob meiner Aufmerksamkeit irgendwelche Details entgangen waren. Hatte ich es nicht sehen wollen? Im Schnelldurchlauf ging ich in meinem Kopf die Momente der letzten Wochen und Monate mit ihm durch. Ich hatte gedacht, ich wäre glücklich. Ich hatte gedacht, er wäre glücklich - mit mir.

Als Joh mich plötzlich am Oberarm packte und schüttelte, wurde ich grob aus meinen Gedanken gerissen.

›Fass mich nicht an‹, schrie ich, als ich die Sprache wiedergefunden hatte.

Er erschrak und wich zurück. ›Woher kommt das plötzlich, Brida? Wie kannst du glauben, ich würde dich betrügen?‹, sagte er panisch. ›Denkst du wirklich, ich könnte dir so etwas antun? Ich liebe dich!‹

Wütend baute ich mich vor ihm auf und funkelte ihn

an. ›Du liebst mich? Dann erklär mir, warum du Nachrichten von einer anderen bekommst!‹

›Schnüffelst du in meinen Sachen?‹

›Ich denke, du hast nichts zu verbergen?‹, entgegnete ich mit sarkastischem Tonfall. ›Ich stand zufällig am Bett, als du eine Nachricht bekommen hast. Ich dachte, es wäre Marie, die sich wegen der Fahrprüfung meldet. Stattdessen sehe ich eine Nachricht von einer Frau, die dir schreibt, sie hätte immer noch deinen Geruch in ihrer Nase! Du hast gelogen, Joh! Du hast die ganze Zeit gelogen!‹

Sein Blick war jetzt panisch. ›Das ist nicht wahr! Sie ist nur eine Kollegin.‹

›Wie lange geht das schon?‹

›Da ist nichts. Ich schwöre es dir! Was kann ich dafür, dass sie mir solche Sachen schreibt?‹ Er ruderte mit den Armen, um seinen Worten Nachdruck zu verleihen. ›Gut, vielleicht steht sie auf mich. Aber ich bin nie darauf eingegangen. Ich habe ihre Nachrichten nie beantwortet. Brida, bitte, glaub mir.‹ Er trat einen Schritt auf mich zu und streichelte meine Arme. ›Du bist meine Frau‹, sagte er jetzt leise, ›und du weißt doch, wie ich zu dem Thema Fremdgehen stehe. Wie oft haben wir über unsere ersten Ehen gesprochen, mmhh?‹

Etwas, das ich lange Zeit verdrängt hatte, wand sich wie eine Schlange durchs Dickicht an die Oberfläche meiner Aufmerksamkeit. Ich spürte, dass ich am besten sofort meine Sachen packen und nach Hause fahren sollte. Aber aus irgendeinem Grund tat ich es nicht. Ich tat es nicht. Ich wollte ihm glauben.

›Gut. Wenn du sagst, da ist nichts ...‹

Überrumpelt sah er mich an. Offensichtlich hatte er nicht damit gerechnet, dass ich mich so schnell beruhigen würde. ›Das heißt, du glaubst mir?‹, hat er gefragt und ich nickte nur. Ich konnte es nicht fassen, Carolina. Ich habe einfach nur genickt.« Ihre Augen schimmerten nass im Schein des Feuers, während ihr Blick in die Vergangenheit glitt.

Ich versuchte mich daran zu erinnern, ob ich jemals gesehen hatte, dass sie weinte. Einen feuchten Schleier hatte ich wahrgenommen, ja, aber zugelassen hatte sie die Tränen nie.

»Ich weiß nicht, warum ich ihm geglaubt habe. Aber kurze Zeit später, als wir wieder zu Hause waren, begann sein Verhalten merkwürdig zu werden. Er benutzte wieder sein altes Handy, obwohl ich ihm erst kürzlich ein neues geschenkt hatte. Und er hing ständig am Laptop, setzte sich am Esstisch auf einen Platz, an dem er sonst nie saß, sodass keiner auf seinen Bildschirm sehen konnte.«

Sie schluckte und wischte sich mit der Hand die Tränen aus dem Gesicht. Währenddessen saß ich wie angewurzelt auf dem Sofa.

»An einem Tag verließ er das Esszimmer und dieses alte Handy lag noch auf dem Tisch. Carolina, ich schwöre dir, ich habe es nicht angefasst. Aber das Display leuchtete plötzlich auf, als hätte jemand einen Knopf gedrückt. Also nahm ich es und warf einen Blick darauf, weil ich misstrauisch war. Alles war voll mit Nachrichten von ihr. Das war alles, was ich sehen konnte. Dann aktivierte sich die Tastensperre. Ich wusste nicht, wie ich das blöde Ding entsperren konnte, also rief ich Marie zu mir. Sie nahm das Handy und drückte wild ein paar Knöpfe. An ihrem Gesichtsausdruck sah ich, dass ich recht hatte mit meinen Vermutungen. Sie rannte die Treppe nach oben, schrie Joh an und warf ihm das Handy mit voller Wucht an den Kopf.

Wieder stritt er alles ab. Ich hatte keine Gelegenheit mehr, selbst zu lesen, was sie sich genau geschrieben hatten. Marie habe ich nie danach gefragt. Ich hätte das

Ding nehmen sollen, wegfahren und mir alles genau anschauen.« Wütend schlug Bri mit der Faust auf den Boden. Dann sackte sie unter Tränen in sich zusammen. Ich ließ mich vom Sofa auf den Boden gleiten, kniete vor ihr und schlang meine Arme um sie. Ihr Schmerz traf mich in der Körpermitte wie ein Fausthieb. Ich fühlte ihn mit jeder Faser, weinte stumm mit ihr. Um das zerstörte Vertrauen und ihre Beziehung, die sie verloren hatte. Sie weinte hemmungslos, während ich ihr die zerzausten Strähnen aus dem Gesicht strich und mit dem Daumen die Tränen von der Wange wischte. Ihre Augen waren vom Schmerz gezeichnet. Der Verrat hing bitter und bleischwer im Raum. Dann schluchzte sie laut und drückte sich mit beiden Händen das Taschentuch ins Gesicht, wiegte ihren Körper vor Schmerz hin und her, als würde es dadurch erträglicher werden. Der Riss, den ich gesehen hatte, brach auf. Wie eine Entzündung, die zu lange unter der Haut gepocht hatte.

Als sie irgendwann leer war, hörte sie auf zu weinen und ließ den Kopf hängen, ihr Gesicht war abgeschirmt durch einen Vorhang aus lockigen Haaren.

»Wann genau ist das passiert, sagtest du?«, fragte ich, erhob mich und öffnete erneut die Tür, um die stickige Luft und die erdrückenden Gedanken nach draußen entkommen zu entlassen. Ein Windstoß wirbelte mir die Haare ums Gesicht.

»Letzten Sommer.« Sie hob den Blick. »Warum fragst du?« Sie klang jetzt neugierig.

»Weil das der Sommer war, in dem wir uns kennengelernt haben.« Ich drehte mich zu ihr. »Weißt du noch, als du mich damals zurückgerufen hast? Du hast mir erzählt, dass du gerade eben erst aus dem Urlaub zurückgekommen bist.«

Ihre Augen weiteten sich. »Ja ... Du hast recht.«

»Wir sind uns in dem Moment begegnet, in dem wir uns am dringendsten brauchten. Nur, dass ich damals nicht wusste, dass du mich brauchtest.«

Wir tranken ein paar Schlucke Whisky und schauten wortlos ins Feuer, hingen noch ein wenig unseren Gedanken nach, während sich der Wind draußen wieder zu einem Sturm erhob, der das Cottage fest in seinen Griff nahm.

»Lass uns ins Bett gehen. Ich kann nicht mehr«, sagte sie irgendwann. Ihre Augen waren geschwollen, und an den dunklen Ringen darunter sah ich, dass sie sich kaum noch wachhalten konnte. Ich war ebenso erschöpft von den aufgewühlten Emotionen und dem Alkohol, den wir in den letzten Stunden getrunken hatten, um mutiger zu sein und zu ertragen, was wir aus unseren Mündern kommen hörten.

Als ich mir die weiße Decke bis unters Kinn gezogen hatte und gerade die Augen schließen wollte, schmiegte sich Bri wortlos mit dem Rücken in die Kuhle, die mein Körper bildete. Sie passte perfekt hinein, drückte sich fest an mich und ihre Wärme durchdrang den dünnen Stoff meines Pyjamas. Sie suchte nach meiner Hand, zog sie zu sich unter ihr Kinn und lag in meinem Arm.

Ich erstarrte, hielt den Atem an. Als sie immer noch kein Wort sagte, gab ich nach, entspannte mich und schmiegte mein Gesicht an ihr Haar, das nach Holz und Feuer roch. Einen kurzen Moment später hörte ich an ihrer Atmung, dass sie eingeschlafen war. Dieser Gedanke fühlte sich so zart und zerbrechlich an, so schön, dass ich wünschte, sie könnte sich nur ein einziges Mal selbst durch die Augen meiner Seele sehen, sich selbst fühlen, so, wie ich es mit meinem Herzen tat. Und dann stieg etwas in mir nach oben, das wie eine leise Warnung klang, die mich dazu brachte, mich von ihr zu lösen. Ich durfte nicht so einschlafen, an ihren warmen Rücken gepresst, mit ihrem lockigen Haar an meiner Wange und ihrem Duft in der Nase, der den ganzen Raum ausfüllte. Denn es war ein einziger Moment, der sich nicht wiederholen und dessen Erinnerung mich umso mehr quälen würde, je mehr Zeit verfloss. Ich drehte mich weg, rollte mich an den äußersten Rand meines Bettes, wo ich irgendwann erschöpft einschlief, das Echo ihrer Berührung auf meiner Haut.

III

CAROLINA

FEBRUAR 2013

Am nächsten Morgen wachte ich benommen auf. Der Geschmack des Whiskys im Mund und die dumpfe Erinnerung an Bridas zerrissenes Herz im Kopf. Das Licht drang kalt durch das Panoramafenster neben mir. Ich hatte keine Lust aufzustehen, fühlte mich aber auch zu unruhig, um liegenzubleiben. Aus der Küche drang das brodelnde Geräusch des Wasserkochers zu mir.

Als Brida das Schlafzimmer betrat, war ihr Blick leer und kühl wie der Morgen, erwärmte sich jedoch in dem Moment, in dem sie mir ins Gesicht schaute. Sie sah verletzt aus, aber nicht resigniert. Ich nahm sie deutlich wahr, die Ungebrochenheit und die Wildheit in ihr. Und die Liebe zum Leben, auch wenn es schien, als glaubte sie nicht mehr an sie.

Es hatte die ganze Nacht gestürmt und geregnet. Draußen war alles schlammig und aufgeweicht. So fühlte ich mich auch. Schlammig und kraftlos, auf eine Art vollkommen haltlos. Nicht die Haltlosigkeit, durch die man umfällt, sondern eine, bei der man meint, die Gefühle überfluten einen. Und das taten sie, als ich Brida sah, wie sie in ihrem Schlafanzug ums Bett lief, um mir eine Tasse Kaffee zu bringen.

Ich dankte ihr. Sie kroch unter die Decke, setzte sich mit einem Kissen im Rücken auf ihre Seite des Bettes und nippte vorsichtig an ihrem heißen Kaffee. Kurz verfluchte ich das Gefühl, ständig etwas zurückhalten zu müssen, die Reflexe meines Körpers zu unterdrücken, die mir völlig natürlich erschienen. Doch dieser Blick und dieses Gesicht ... dieses traurige Gesicht, in das ich gestern geblickt hatte. Niemals wollte ich bei Paul dasselbe sehen.

Ich wandte mich ab und tat so, als musterte ich die Landschaft vor dem Fenster. Ich wusste nicht, ob sie sich überhaupt noch daran erinnerte, dass sie sich in der Nacht an mich gedrückt hatte, als würde sie ertrinken, in sich selbst, wenn sie sich nicht an mir festhielte. Doch die Magie des Moments war längst verflogen und ausgelöscht. Wir sprachen eine Weile über belanglose Dinge, über das Wetter und unser heutiges Ausflugsziel.

Nach dem Frühstück verließ ich das Cottage durch die Hintertür und lief in Gummistiefeln über das weite Feld, das hinter der Hütte lag, hinunter zu den Klippen. Die Aussicht auf die Bucht war atemberaubend. In diesem Moment spielte es keine Rolle, dass der Wind mir wild und eisig ums Gesicht peitschte und ich Mühe hatte, überhaupt aufrecht zu gehen. Als ich mich weit genug von unserer Unterkunft entfernt hatte, ließ ich mich in den matschigen Schnee fallen. Hier und da ragte totes Heidekraut aus dem Boden. Dann weinte ich. Der Schmerz hielt mich fest, bohrte sich tiefer. Ich konnte all das nicht einordnen, nicht aufhalten. Das Wetter war so wild und stürmisch wie alles, was in uns und mit uns geschah. Ich wusste nicht, was mich mehr quälte. Bridas Schmerz, den Joh verursacht hatte, oder mein eigener. Vielleicht spielte es keine Rolle. Ich blieb noch eine Weile sitzen, bis meine Zehen und Hände taub waren.

Als ich zurückkam, saß Bri unter einer Decke auf dem Sofa. »Du hast geweint«, sagte sie, als sie mich kommen sah. »Wegen mir und Joh?«

»Auch.« Ich ließ mich neben ihr aufs Sofa fallen und schaute geradeaus aufs Meer. Ich wollte vermeiden, dass sie mein verheultes Gesicht genauer betrachten konnte.

»Weswegen noch?«

»Meine Gefühle ... Sie sind so stark, dass es mich manchmal fast zerreißt.«

Sie schwieg eine Weile. Durch die bodentiefen Fenster hatten wir einen freien Blick auf eine der unzähligen Buchten. Auch von Weitem konnte man gut erkennen, wie der starke Wind das Meer aufrührte, wie es unter seiner Berührung weiß schäumte.

»Ich kann Schmerz auflösen, Carolina. Aber wie soll ich Liebe auflösen?«

Ich glaubte, eine Verzweiflung in ihrer Stimme zu hören, presste die Tränen zurück in meinen Körper und schüttelte mit zusammengekniffenen Lippen den Kopf, bis ich sicher war, sie würden nicht zurückkommen. »Mein Fühlen ist also heillos. Die Liebe ... sie ist heillos«, sagte ich und bemerkte die Resignation in meiner brüchigen Stimme.

Für eine Weile blieben wir wieder stumm. Starrten wie hypnotisiert hinaus auf das, was im Dunst vor uns lag.

»Du kannst hinter die Masken sehen, hinter die Schatten der Welt, nicht wahr?«, fragte ich irgendwann.

»Ja, ich sehe hinter all das wie hinter einen Vorhang, den man einfach nur zur Seite schieben muss.« Sie wandte sich mir zu. »Ich wollte das nie, Carolina. Ich wurde so geboren. Mein Vater hat es sofort erkannt.«

Ich nickte und erinnerte mich an unser Gespräch im Auto vor dem Krankenhaus, als Bri mir erzählt hatte, wie sie zu ihrem außergewöhnlichen Namen gekommen war.

»Wenn ich Räume betrete, dann spüre ich die Schatten und die Nebel der Menschen, das, was sie um sich herum tragen. Oft durchschaue ich Dinge, über die die Leute gerne Bescheid wüssten. Meistens wollen sie mit mir befreundet sein, wegen dem, was ich kann, und nicht wegen der Person, die ich bin. Und dabei denken sie noch, ich merke nicht, dass sie mich ausnutzen.«

»Einerseits vertrauen sie auf deine Fähigkeiten und suchen deshalb deine Nähe und gleichzeitig denken sie, du spürst ihre Absicht nicht?« Mit hochgezogenen Augenbrauen schaute ich sie an.

»Das ist wahrscheinlich sogar menschlich. Bei sich selbst denkt man immer anders. Oder redet sich die Tatsachen besser. Aber du ... Du kennst die Regeln. Niemals würde ich etwas über andere preisgeben. Das ist nicht der rechte Weg. Du hast mich nie um so etwas gebeten.«

Ich lächelte.

»Aber ich sehe auch in das Dunkel, von dem keiner etwas hören will, glaub mir. Von dem die Leute nicht einmal etwas ahnen. Ich sehe hinein in den Seelensee, der so dunkel ist wie die Lochs hier auf den Inseln in Schottland. Seit ich sie gesehen habe, weiß ich endlich, welche Farbe sie haben. Es ist dieselbe. Ein tiefes, manchmal fürchterliches dunkles Blauschwarz.

»Du meinst nicht nur die Seele der Menschen, sondern auch die der Erde, habe ich recht?« Sie nickte. »Schläfst du deshalb so schlecht, weil du spürst, dass da draußen im Moor etwas geschehen ist?«

»Ja. Es ist die Last der Vergangenheit, das Bittere, das Grausame, das auf ewig im Boden ruht.«

Ich bekam eine Gänsehaut, und auch wenn ich manchmal ein Unbehagen verspürte, nahm ich nicht im Entferntesten wahr, was Brida fühlte. Und ich dachte mir, dass es manchmal Segen und Fluch zugleich sein musste. Wissen verleiht Macht, eine Macht, die sie ausschließlich nutzte, um zu heilen. Aber dieses Wissen konnte auch eine Last sein, eine schwere Bürde, die sie auf ihren Schultern trug und mit der ich ihr gerne geholfen hätte.

»Was ist mit Joh? Hast du es nicht kommen sehen?«

»Nein, ich bin keine Wahrsagerin, Carolina. Manchmal erwarten die Menschen von mir Dinge, derer ich nicht fähig bin. Aus der Zukunft zeigt sich mir lediglich das, was im Moment wichtig ist. Und auch das kann sich manchmal ändern, wenn die Menschen, die damit zusammenhängen, ihren Weg ändern. Aber vielleicht ... weil es mich selbst betraf, habe ich es nicht sehen wollen.«

»Hast du mich kommen sehen?«

»Nein.« Sie schüttelte den Kopf. »Zumindest nicht so, wie du es dir vielleicht vorstellst. An dem Tag, an dem du angerufen hast, als ich deine Stimme gehört habe, da ... da sah ich plötzlich etwas, eine Erinnerung ... Ich hatte deine Augen gemalt. Ohne zu wissen, dass es deine sind.«

»Wie meinst du das?«

»Nach unserem Telefonat habe ich eine meiner alten Zeichnungen gefunden. Ich hatte dich gemalt, bevor ich dich je getroffen hatte.«

»Darf ich sie mal sehen, wenn wir wieder zu Hause sind?«

Sie nickte und lächelte dabei ihr schönes Lächeln, auch wenn sie müde und geschafft aussah. Ich dachte an unsere erste Begegnung und daran, wie sie meine Augen erforscht hatte, daran, wie vertraut sie mir erschienen war, obwohl ich ihr ebenso nie zuvor begegnet war.

»Ich wüsste so gern, wie mein Weg aussieht. Ich meine, ich kenne den Anfang, den bin ich gegangen, aber jetzt hüllt sich irgendwie alles in Nebel. Das Einzige, was ich habe, das Einzige, was mir Mut macht, ist das Schreiben. Aber über was könnte ich schon schreiben?«

»Vielleicht schreibst du ja das Buch der Emotionen«, sagte sie. Sie schaute mich an und ich dachte, sie spräche zu mir, ohne die Lippen zu bewegen. Die Emotionen, um die es dabei ging, es mussten ohne Zweifel die sein, die zwischen uns flossen.

»Manchmal glaube ich, ich fühle zu viel. Vielleicht geht es allen Schriftstellern so. Vielleicht braucht man all diese Gefühle, sonst drängt einen nichts.«

»Du scheinst keine Angst vor ihnen zu haben. Kreativität *ist* Fühlen«, erwiderte sie. »Du glaubst es vielleicht nicht, aber in Wahrheit bist du viel stärker als ich.«

»Das glaube ich allerdings nicht ... nach allem, was du erlebt hast.« Ich sah ihr direkt in die Augen. Das Blau darin war ähnlich aufgewühlt wie das Wasser unter den Klippen. Vielleicht war ich nicht halb und sie auch nicht. Aber etwas sagte mir, dass ich die Hälfte eines mächtigen Ganzen sein würde, indem wir uns vertrauten und uns erkannten, wenn wir es schafften, uns darauf einzulassen.

»Was würde es für dich bedeuten, wenn ich mich von Joh trennen würde?«, fragte sie plötzlich.

Ich hielt den Atem an und ließ mir einen Moment Zeit, bevor ich antwortete. »Ich will, dass du glücklich bist.«

»Könntest du dir es vorstellen ... ich meine ... mich zu lieben, als Frau?«, wollte sie wissen.

»Um ehrlich zu sein ... ich weiß es nicht, darüber habe ich mir bisher keine Gedanken gemacht«, erwiderte ich und war mir nicht ganz sicher, ob ich log oder die Wahrheit sagte. Vor einigen Jahren hatte ich aus jugendlicher Neugier in einem Nachtclub eine Frau geküsst. Doch mehr war nie passiert. Ich sah die weiße Gischt der Wellen und wie sie übereinander brachen. »Und du?«, hakte ich nach.

»Ich glaube, ich könnte es nicht.«

Warum traf mich das? Wenn ich doch nie wirklich darüber nachgedacht hatte, könnte es mir egal sein. Aber das war es nicht. Und dann hätte ich gerne geantwortet, dass es mir alles bedeuten würde, wenn sie sich trennten und wir einfach zusammen hierblieben. Doch die Worte blieben unausgesprochen in meinem Hals stecken. Wenn wir sein würden, wozu wir bestimmt waren, dachte ich, dann würden wir viel Licht sein. Aber ich konnte es Bri nicht sagen. Sie war gerade mit anderen Dingen beschäftigt. Mit ihrer Wunde, die jetzt erst begann zu heilen, falls sie das je konnte. Und vielleicht, auch wenn sie es schon längst wusste, wollte sie diesen Weg nicht gehen. Er war beängstigend. Das konnte ich verstehen. Konnte ich das?

In Schottland war es normal, dass man an einem Tag vier Jahreszeiten erleben konnte. Und so hatten sich gegen Nachmittag die Wolken verzogen und die Sonne ließ sich endlich auf der Insel blicken. Wir parkten den Wagen neben ein paar Schafen, die sich von uns nicht aus der Ruhe bringen ließen. Sie lagen dicht am Straßenrand, in einer Kuhle aus Gras oder direkt auf der Straße.

Wir nahmen die vielen Stufen nach unten zum Neist Point, dem westlichsten Punkt der Isle of Skye. Der Leuchtturm, der dort stand, war auf dem Plakat des Reisebüros abgebildet gewesen. Allein die Fahrt hierher war von atemberaubender Schönheit gewesen, die Umgebung einsam und friedvoll. Dort angekommen bot sich uns ein beeindruckendes Bild der Felsen, die ins Meer ragten. Ich spürte, wie sie mit einem Lächeln mein Gesicht im Licht der Sonne musterte, und hatte das Gefühl, es tröstete sie ein wenig. Dann wandte sie ihre Augen wieder hinaus aufs Meer und zum Leuchtturm.

»Er erhellt den Weg, den wir im Leben gehen, bis wir im sicheren Hafen der Ewigkeit ankommen«, sagte sie.

»Das klingt sehr poetisch.«

»Na ja.« Sie lächelte. »Stammt nicht von mir. Hab ich mal gelesen.«

»Ich frage mich oft, wie es die Menschen schaffen, ihr Leben ohne einen tiefen Glauben zu überstehen. Alles, was ich gerade erlebe … Wie könnte ich daran zweifeln, dass es einen Gott gibt, und wie sähen meine Tage ohne ihn aus«, sagte ich.

»Ja, wenn man glaubt, ist das Leben viel friedvoller.«

»Komm, ich mache ein Foto von dir, am besten mit dem Leuchtturm im Hintergrund.«

Bri zierte sich, weil sie sich nicht gern auf Fotos sah und uns der Vorabend noch sichtbar im Gesicht hing, positionierte sich dann aber doch vor der Kamera. »Aber geh noch ein Stück zurück, sodass ich aufrücken kann.«

Sie hatte mir erzählt, dass sie nicht schwindelfrei war, und wenn es etwas gab, das sie nicht mochte, dann war es am Rand einer steilen Klippe entlang zu gehen oder mit dem Rücken zum Abgrund zu stehen. Ich drückte auf den Auslöser. Die Linse schloss sich und malte mit Licht Bridas schönes Gesicht. In schwarz-weiß. Manchmal ist das Leben schwarz-weiß, dachte ich. Sie so abzulichten, brachte ihre Farben zum Vorschein. Die schlichte Eleganz ihres Blickes, ihre Verletzlichkeit. Dann kam sie zu mir und wir versuchten, uns zusammen aufs Bild zu bekommen. Bri drückte sich an mich. Die Sonne stand nun hinter uns.

»Schau mal«, rief sie und zeigte mit dem Finger auf den Boden. Unsere Schatten verschmolzen vor uns zu einem mit zwei Köpfen, vier Armen und Beinen. Ich konnte nicht umhin zu denken, dass es in dem Moment so war, als würden wir einen langen Schatten dessen werfen, was wir einst zusammen gewesen waren, an einem anderen Ort, in einer anderen Zeit. Sie sprach mit einer anderen Stimme, steckte in einem anderen Körper, aber ihr Herz und ihre Seele, sie klangen immer noch wie damals, vertraut und der meinen so ähnlich. Und vielleicht waren meine Emotionen nur die Erlebnisse einer anderen Zeit, ein Hauch Zukunft, vermischt mit einer Erinnerung aus der Vergangenheit, die sich zusammen zu etwas völlig Neuem verwoben.

Ich erzählte ihr nichts von meinen Gedanken.

Wir erkundeten noch eine Weile die Umgebung, gingen an dem großen Felsen vorbei, einen schmalen Weg hinab zum steinigen Ufer des Meeres. Die Nachmittagssonne warf ihr goldenes Licht auf die Steine. Wir setzten uns auf einen von ihnen und schauten, ohne zu sprechen, aufs Meer hinaus, das um uns herum an den Felsen schäumte, sich an ihnen aufbäumte wie zwei sich liebende Körper. Mit Brida waren die Augenblicke leicht, aufgeladen von der Gier nach Leben. Ich suchte die Wasseroberfläche nach neuen Worten ab, schrieb in meinem Kopf. Ohne Unterlass. Manchmal, bis mir schlecht davon wurde und ich eine Pause vom Denken gebraucht hätte. Vielleicht hatte Bri recht, vielleicht könnte ich die Gedanken, die mich überkamen, in ein ganzes Buch verwandeln.

»Wir sind wie eine Geschichte«, sagte ich. »Eine Geschichte, die mir geheimnisvoll vertraut ist und doch wie etwas, das ich nur beinahe verstehe, aber nicht ganz, etwas, das ungenau um uns ist, seit wir uns kennen.«

Sie legte ihren Kopf an meine Schulter. Einzelne Strähnen kitzelten meine Wange. Sie war warm, sehr warm.

»Ich spüre, dass da Worte wie Keime in der Erde schlummern. Geschichten in der Haut. Über dich. Über mich. Über das Leben. Angebrochene Flaschen voller Träume. Wir nippen nur, aber wir leeren sie nicht.«

Sie sah mich an. Das Meer spiegelte sich in ihren Augen. »Wir sind nicht mehr die, die wir in einem anderen Leben waren. Aber du hast meine Liebe immer noch«, flüsterte sie.

Nach unserem langen Ausflug lagen wir am Abend nebeneinander auf dem Boden vor dem Feuer. Ich liebte es, dass man mit Brida auf dem Boden liegen konnte, redend, den Blick zur Decke gerichtet, die dem Schatten des Kaminfeuers als Leinwand diente.

»Es gab da einen ganz bestimmten Tag, an den ich mich erinnere. Ich stand in meiner Boutique, die ich damals noch besaß, kurz bevor ich krank wurde und sie deshalb schließlich aufgegeben habe. Joh kam, um mir Blumen zu bringen. Weißt du, er hat mir freitags immer Blumen gebracht.« Sie machte eine kurze Pause. »Doch als er an diesem einen Tag durch die Ladentür trat, erhaschte ich ein Gefühl aus der Zukunft. Ich wusste plötzlich, dass sich etwas verändern würde und wir nie mehr die sein würden, die wir einmal zusammen waren.« Sie wandte den Kopf zu mir und sah mich an. »Die Erinnerungen, die glücklichen, sie schmecken jetzt irgendwie fahl, weißt du?«

»So als hätte man einem bunten Bild die Farben entzogen?«

Sie nickte.

»Und du glaubst nicht mehr, dass sie echt waren?«

Sie warf mir einen kurzen Blick zu. »Nein. Vielleicht waren die letzten zwanzig Jahre eine Lüge«, sagte sie, die Augen wieder nach oben gerichtet. »Du hast mich gefragt, ob ich es habe kommen sehen. Ich glaube, das war der Moment. Aber ich habe ihn nicht begriffen. Ihn gleich wieder verdrängt.«

Wir lagen eine Weile ohne zu sprechen. Ich ließ Bridas Gegenwart in mich hineinsickern wie Regen auf trockenen Boden und fantasierte ein wenig, sah uns zusammen, fragte mich zum ersten Mal, wie es wäre, sie zu küssen. Die Möglichkeiten bekamen plötzlich einen anderen Geschmack und da waren mit einem Mal Begierden, die mir selbst fremd waren. Und ich dachte, wir würden uns auf unerschöpfliche Weise küssen, so als genügte das schon, als wäre das alles, was die Liebe dem Körper zu bieten hatte.

»Ich glaube nicht, dass es darum geht, dass wir zusammenkommen, Carolina«, sagte sie, als hätte sie uns eben in meinen Gedanken gesehen.

»Was meinst du?«, fragte ich überflüssigerweise, um Zeit zu gewinnen, um mich mit dem auseinanderzusetzen, was ihre Worte enthielten.

»Ich rede von uns. Weißt du, wenn es so bestimmt wäre, dann wäre es uns egal, dann würden wir einfach zusammen abhauen und alles hinter uns lassen.«

Ich konnte nicht anders, als einen leisen Stolz für sie zu spüren. Einen Stolz, der immer wieder und einfach so in mir aufstieg, wenn ich sie betrachtete. Wegen ihres ganzen Wesens und weil sie mutig war. Mutiger als alle anderen, die ich kannte.

»Ist der Ruf erst ruiniert ... Du weißt schon«, fügte sie hinzu.

Ich versuchte, ihr ein Lächeln zu schenken, doch innerlich ging ich durch verschiedene Gefühlslagen, weil ich nicht schlau aus ihr wurde. Wir lagen noch eine Weile so da, bis Bridas Angst sich einen Weg suchte und eine Frage schickte: »Was, wenn die Neugier verflogen ist und der Alltag einkehrt? Was, wenn du meiner überdrüssig wirst, weil ich kein einfacher Mensch bin?«

Und ich tat es ihr gleich und schickte ihr zwei Fragen zurück, ohne dabei die Worte mit meinem Mund zu formen: »Wie könnten dein Duft, dein Körper, dein Gesicht jemals bedeutungslos für mich werden? Wie könnte deine Stimme jemals ihren Klang für mich verlieren?«

»Und wenn ich älter werde?«, schickte sie hinterher.

Wären wir beide frei gewesen, dann hätte ich in diesem Moment die Hand nach ihr ausgestreckt, um mit dem Finger ganz sanft eine ihrer wenigen Fältchen zu berühren. Ich musste nicht hinsehen, um zu wissen, *wie* genau sie aussahen oder an welcher Stelle sie sich befanden. Aber wir waren nicht frei.

»Ich würde dich weiterlieben, bis du graues Haar bekommst und dann noch weiter. Ganz einfach, weil es mir nicht bestimmt ist, damit aufzuhören.«

Die Tage der Reise verrannen, bis der letzte kam.

»Viel zu spät wollte ich wahrhaben, dass er wie besessen ist von einer Sparsamkeit, die alles miteinbezieht, was das Leben zu bieten hat. Als wäre alles fruchtlos und ohne jeden Sinn. Verstehst du?« Ich schaute sie an, wie sie neben mir auf dem Bänkchen vor dem Cottage saß,

Schottlands Wehmut und das Licht der Vormittagssonne im Gesicht, in dem sie sehr schön aussah. Ihr lockiges Haar war zurückgebunden, während mir meins offen und dunkel auf die Schultern fiel.

»Ich glaube schon«, antwortete sie.

»Die Sprache, die Neugier, die Leidenschaft. Vor allem die Leidenschaft«, sagte ich. »All das behält er für sich oder besitzt es nicht.«

»Genau das, womit du sehr verschwenderisch umgehst?«, fragte sie.

Ich nickte. »Ja. Nur die Sicherheit, weswegen er mir nie die richtigen Fragen stellt, nur die ... die Prüderie, die ihm anerzogen wurde, um ein bestimmtes Ansehen zu bewahren ... Nur diese beiden sind allgegenwärtig«, erwiderte ich.

Die letzten Tage, die sehr grau und sehr stürmisch gewesen waren, hatten wir damit verbracht, kleine Spaziergänge durch die nackte Landschaft zu machen. Sehr viele Stunden hatten wir auch damit zugebracht, vom Sofa aus das Meer zu betrachten. Viel mehr nicht. Und so war es ein Leichtes für das Bewusstsein gewesen, zu mir zu kommen: Ohne Tiefe, ohne Abwechslung und mit einer ermüdenden Oberflächlichkeit würde ich ganz unbemerkt vor Pauls Augen vergehen. Ich würde erlahmen und verblassen, wenn wir zusammenblieben. Mit einer Stummheit, die so ganz und gar nichts mit der schönen Stille zu tun hatte, die ich mit Bri erlebte. Vielleicht gefiele ich ihm so am besten, dachte ich. Weil ich tauber und erschöpfter wäre und die Gefahr, dass ich wegginge, kleiner sein würde. Er zog mich nicht mehr an. Nur noch seine Liebenswürdigkeit und die Erinnerung an die anfängliche Zeit unserer Verliebtheit, in der ich, wahrscheinlich wegen der Angst, verletzt zu werden, auf der Suche nach eben dieser Kargheit gewesen war. Und doch trennte ich mich nicht. Weil etwas Widriges in der Luft lag. Und, das musste ich mir eingestehen, weil ich es noch nicht konnte. Weil ich ihn nicht verletzen wollte. Und all das war grausam, sehr grausam und zu einem fürchterlichen Durcheinander geraten, für das ich nach einer Lösung suchte.

»Er liebt dich, da bin ich mir sicher«, sagte sie, was mich sehr wütend machte, weil sie mich zu ihm drängte und damit hinein etwas, von dem sie doch wusste, dass es mich nicht glücklich machen konnte. »Und wenn ich zu Hause bin, dann rede ich noch mal ganz in Ruhe mit Joh«, fügte sie hinzu, als wäre sie blind, als hätte sie ihre eigene Geschichte vergessen. Und als ich nichts darauf erwiderte, sondern nur ihre Augen mit meinem Blick festhielt, sehr fest, da war ich mir sicher, dass sie sich auf einer leisen Flucht befand. Einer aussichtslosen Flucht vor uns, von der sie dachte, sie könnte sie ganz heimlich und ohne mein Wissen antreten.

Am nächsten Tag hatten wir gegen Mittag die einspurigen, kurvigen Straßen verlassen und fuhren auf der A87 Richtung Süden. Ich wollte nicht ohne sie sein, nicht zum Flughafen fahren, Schottland nicht verlassen, doch die Woche war vorbei. Bri weinte still vor sich hin. Immer wieder sah ich, wie eine einzelne Träne ihre Wange hinabrann. Sie hatte jahrelang nicht geweint, hatte sie mir erzählt. Jetzt schien sie alles nachzuholen, was sie viel zu lange zurückgehalten hatte. Die meiste Zeit starrte sie wortlos aus dem Fenster und betrachtete die bergige Landschaft der Highlands, die an uns vorbeizog. Der Sturm der letzten Tage hatte sich zwar gelegt, aber die Straßen lagen noch schneebedeckt vor uns. Es war keine Gewissheit, aber es kam mir so vor, als beweinte sie mehrere Dinge gleichzeitig. Ihre Vergangenheit aus dem Jetzt, ihre Vergangenheit aus einer anderen Zeit. Die Vergangenheit, die wir einst miteinander teilten.

»Vergangenheit«, sprach sie wie zu sich selbst. »Was ist sie? Welche Bedeutung hat sie?«

»Habe ich eben laut gesprochen?«, fragte ich.

»Nein, wieso?«

»Weil ich gerade über sie nachgedacht habe.«

Sie lächelte ein kleines, müdes Lächeln. »Wenn die Highlands heute schon so schön sind, stell dir vor, wie unglaublich sie wohl vor ein paar hundert Jahren gewesen sein müssen. Es war bestimmt ein hartes Leben, voller Entbehrung und trotzdem viel erfüllter als das, was wir heute anstreben«, sagte sie und weinte wieder.

Tröstend drückte ich ihre Hand, auch wenn ich mit mir rang, es nicht zu tun. Ich wusste nicht, ob sie meine Berührung wollte. Und ich wusste nicht, ob ich sie ertrug.

»Danke« war alles, was sie erwiderte.

Ich versuchte ihre bitteren Erinnerungen zu begreifen und konnte im Auto ihrer Nähe nicht entkommen. Nachdem wir eine weitere Ewigkeit geschwiegen hatten, fragte ich sie, ob wir anhalten und eine Kleinigkeit essen sollten.

»Ich kann nichts essen. Aber ein Kaffee wäre gut«, sagte sie matt und kraftlos. Als sich in der einsamen Gegend endlich eine kleine Raststätte ankündigte, fuhren wir rechts ran.

Edinburghs Lichter wurden immer kleiner, verloren sich und verschwanden schließlich ganz. Schottland verschwamm unter uns im Dunkel. Das Flugzeug entfernte sich vom sicheren Boden. So war auch ich im

Begriff, mich mit jedem Kilometer, den es weiter anstieg, von Bri zu entfernen. Sie würde versuchen, die Beziehung mit ihrem Mann auf eine Weise zu retten, die mir nicht in den Sinn kommen wollte. Ihn noch einmal darauf ansprechen und hoffen, er hätte sie tatsächlich nie betrogen. Ich hingegen kannte jetzt ihre Art, zu schlafen und aufzuwachen. Ihre Art, sehr müde zu sein, und die Zärtlichkeit, die dann in ihrer Stimme lag. Ich kannte die Röte in ihrem Gesicht nach einem langen Tag an der frischen Luft und Nächte, die ganz erfüllt waren von ihr und ab jetzt ganz leer, wenn ich wach werden und in einem taumelnden Halbschlaf bis zum Morgengrauen nur an sie denken würde. Und dann wandte ich den Kopf, was ich lieber nicht getan hätte, denn ihr Anblick brachte mich in die Wirklichkeit zurück. Und da wusste ich, dass ich leiden würde, noch bevor sie mich am Flughafen verließ.

Neist Point Leuchtturm, Isle of Skye

IV
CAROLINA

FEBRUAR 2013

A m nächsten Tag war ich allein. Sie rief mich an.
»Er hat mit einem Blumenstrauß auf mich gewartet, Carolina. Ich habe es angesprochen, das mit ihm und der Frau, habe ihm gesagt, wie tief ich verletzt war. Er hat mir geschworen, da sei nichts gewesen außer den SMS«, hörte ich ihre Stimme durchs Telefon.

An ihrem Tonfall konnte ich die Gefühle ermessen, die sie immer noch für ihn hegte, und dass sie ihm glaubte. All das konnte ich ihr nicht übelnehmen. Und obgleich ich ihr gesagt hatte, ich wolle, dass sie glücklich sei, überfuhren mich meine Gefühle. Ich schluckte. Die Frage bestand nur aus einem Wort und doch fiel es mir schwer, sie zu stellen. »Und?«

»Wir haben die ganze Nacht geredet wie schon lange nicht mehr. Es war ein richtig gutes Gespräch. Mir geht's jetzt besser.«

Ich wollte ihr sagen, dass ich mich für sie freute, aber ich konnte nicht, was mich ebenso schmerzte.

«Bist du noch da?«

Ich blieb still.

»Es tut mir leid«, sagte sie leise.

»Das ... das ist doch gut. Wirklich. Es ... es ist gut so. Sorry ... ich glaube, ich muss aufhören.«

Wir beide wussten, dass es gelogen war. Den Blick starr gegen die Wand gerichtet, tat mein Körper mechanisch, was er sollte. Die Finger meiner Hand drückten auf den Knopf, der die Verbindung zwischen mir und Bri kappen würde, nachdem ich hörte, wie sie noch einmal sagte, dass es ihr leidtue. Dann ließ ich den Hörer zu Boden gleiten und lief panisch im Zick-Zack durch den Raum. Ich war mir sicher, ich würde ersticken. Ich schwang die Arme in die Höhe und legte sie auf meinen Kopf in der Hoffnung, es würde helfen, mehr Luft in meine Lunge zu bekommen. Und so lief ich weiter im Zimmer hin und her. Nur, um immer wieder an eine Wand zu geraten, die mir den Weg versperrte und mich zwang umzukehren. Stoßartig atmete ich ein und aus. Wie die Schlinge eines Henkers hatten sich ihre Worte um meinen Hals gelegt. Und dann dachte ich irgendwie ans Sterben. Nicht, dass ich meinem Leben jemals selbst ein Ende bereiten würde. Nein. Mein Geist stand dem Tod einfach nur nüchtern gegenüber. Aufgeben war nie meine Art gewesen. Ich war viel zu stolz dazu. Und hätte viel zu viel Angst davor. Nur eben, dass alles besser sein musste, als das hier noch weiter zu fühlen. Liebe und Schmerz legten sich ineinander und wurden zu einem Geflecht aus Schön und Schmerzhaft. Fast wie eine Rose, die das gleiche Paradox in sich trägt. Schön anzusehen und mit einem betörenden Duft. Doch schmerzhaft, wenn man die Hand nach ihr ausstreckt und ihre Dornen berührt. Und obwohl ich hätte daran gewöhnt sein sollen, überraschte mich die Intensität meiner Gefühle. Wie war es möglich, so viel zu fühlen? Mir wurde klar, dass mein Herz dem

Schmerz die gleiche Bedeutung beimaß wie dem Hochgefühl, das Bri auslöste. Ich hätte es also kommen sehen müssen wie einen herannahenden Zug. Aber ich tat es nicht. Stattdessen schien ich mich aufzulösen, sehr dramatisch im Salz meiner eigenen Tränen. Und ich wünschte mir, meine Gefühle für sie würden es ebenso tun.

An die darauffolgenden Tage hatte ich nur noch eine vage Erinnerung. Ungefähr eine Woche lang lag ich im Bett. Noch am Abend unserer Rückkehr hatte mich eine Grippe befallen, die mich sofort ans Bett gefesselt hatte und für die ich absurderweise sehr dankbar war. Sie ersparte es mir, Pauls Nähe ertragen zu müssen und ihm zu erklären, warum es mir schlecht ging, erlaubte es mir, meine Tränen hinter einem fiebrigen, verschwitzen Gesicht und nassen Taschentüchern zu verstecken. Vielleicht war das eine Reaktion meines Körpers, sodass ich Zeit hatte, mich von all dem zu erholen. Nachts, wenn ich wach lag, weil ich immer noch nicht richtig Luft bekam, fühlte ich ihren warmen Körper neben mir. Doch wenn ich aufwachte, war da nur ihre Stimme in meinem Ohr. Ein dumpfes Echo ihrer Worte, die ich tausendfach in meinem Kopf umherwälzte, in dem verzweifelten Versuch, einen Sinn hinter dem zu erkennen, was sie auf der Insel und danach am Telefon gesagt hatte. Immer wieder hatte sie angerufen, mir gesagt, dass sie wüsste, wie sehr ich litt, und dass sie mich damit nicht alleine lassen wollte. Doch ich wusste nicht, wie ich ihre Gegenwart ertragen konnte. Oder den Klang ihrer Stimme.

Irgendwann warf sie mir ein Päckchen in den Briefkasten. Als ich es öffnete, fand ich darin einen Füller. Weil ich in Schottland so gerne mit ihrem geschrieben hatte und selbst noch keinen besaß. Ich stellte fest, dass ich nicht wütend auf sie war. Ich tat nur weh. Mir selbst. Und als ich den Füller in die Hand nahm, da fühlte ich sie. Sah sie lächeln und die Bewegungen, die sie machte, wenn sie das Whiskyglas anhob oder sich eine Zigarette in den Mund steckte. Und den Schmerz, den sie im Gesicht trug, als sie von Joh erzählte, und ihr Lächeln, in das ich blickte, wenn wir zusammen Spaß hatten. So wie an unserem letzten Abend vor der Abreise, als wir die ganze Nacht in einem Pub tanzten und es mich fast entzweiriss, weil ich wusste, sie würde nicht zu mir gehören, wenn wir wieder zu Hause sein würden. Da verabscheute ich den Gedanken, dass ich kein Mann sein konnte, ein paar Jahre älter, frei und dazu in der Lage, sie im Sturm zu erobern.

Später schrieb ich mit dem neuen Füller in mein Tagebuch:

> *Lügen sind wie Folterinstrumente. Sie höhlen dich aus. Zerren dich Stück für Stück auseinander. Ähnlich wie der Bagger, der draußen vor meiner Wohnung den Boden aushebt. Ich höre, wie er eins ums andere seine Schaufel gewaltsam in die Erde rammt, und muss an Bri denken. Wenn man entdeckt, dass man betrogen wird, während man glaubte, glücklich zu sein, stellt man sein halbes Leben in Frage und will es doch nicht wahrhaben. Geheimnisse sind anders als Lügen. Die Sicht nach draußen durch den Vorhang meines Schlafzimmerfensters ist genau wie das, was andere von mir sehen. Verschleiert. Gerade transparent genug, um die Farbe des Himmels und die Umrisse der Wolken zu erkennen. Aber ich kann niemandem sagen, dass wir zwei in eins sind. Oder eins in*

zwei. Ich kann es niemandem sagen und habe Angst, an
dem zu zerbrechen, was ich verstecke.

An einem anderen Tag in dieser Woche, die mir endlos
lang erschien, lag ich im Bett und sah zu, wie die Kerze,
die ich angezündet hatte, wilde Muster aus Licht und
Schatten in die Ecken des Schlafzimmers warf. Ich ließ
mich fortreißen von einem ungestümen Fluss aus Gedanken. Das Licht kam nie ohne Schatten. Lange lag ich da
und dachte darüber nach, was das mit mir und meinen
Gefühlen zu tun hatte. Und auch wenn ich die dunklen
Formen von Licht nicht mochte, kam ich irgendwann zu
dem Schluss, dass der Schmerz zwar unangenehm war,
wenn ich ihn allein wie einen dunklen Wald durchschritt,
dass er am Ende aber doch jedes Mal eine gute Veränderung mit sich brachte. Und dann dachte ich, dass ich
keinen einzigen Menschen kannte, der nicht schon einmal
durch einen allumfassenden transformierenden Schmerz
gegangen war. Es war eine Illusion zu glauben, er würde
nie kommen, wenn wir ihm noch nicht begegnet sind.
Das Leben gab es wohl nur so. Bri steckte immer noch in
ihrem. Weil sie ihn zu lange beiseitegeschoben hatte. Vielleicht war ich ja auch gar nicht gemein oder grausam, vielleicht war ich genau dafür da. Um für Paul dieser
lebensverändernde Schmerz zu sein. So wie Bri für mich.
Wir brauchten andere Menschen, um ihn zu bekommen.
Vielleicht war es auch bloß mein Gewissen, das mir diese
Sicht der Dinge abringen wollte, sodass ich mich besser
fühlte. Der Schmerz war wie eine Lupe, die es mir ermög-
lichte, die Dinge um mich herum deutlicher zu sehen und
sie aus einem anderen Blickwinkel zu betrachten. Ich
fühlte mich klein, während sie an Größe zunahmen oder

ganz an Bedeutung verloren. Mein Schmerz war von solcher Dauer und Intensität gewesen, dass er stark genug war, um aus ihm mit dem Wissen hervorzugehen, dass ich nichts anderes wollte, als mit ihr zusammen zu sein. Wie hätte ich ohne ihn zu dieser Gewissheit gelangen sollen? Manchmal war der Schmerz sogar eine Zuflucht. Ein Ort, an dem ich sie finden konnte. Solange er da war, wusste ich, dass sie real war, ich hatte sie nicht im Dickicht des Alltags verloren. Ich stellte mir vor, eine Tür zu öffnen, den Kopf hineinzustrecken und zu fragen: Bri, bist du noch da?

Und die Antwort war der Schmerz, der nicht fragen musste, ob ich ihn fühlte. So, als diente das alles nur einem Zweck. Die Gewissheit zu erlangen, dass ich fähig war zu lieben. So sehr zu lieben, dass es tief in mich hineindrang und mich einnahm wie bisher nichts zuvor in meinem Leben.

Ich starrte immer noch auf die Kerze. Und ich sah, dass Bri ihr Licht und ihre Schatten an die weißen Wände meiner Seele warf.

Am Montag, nachdem ich eine Woche im Bett verbracht hatte, rührte sich etwas in meinem Unterbewusstsein, und ich stand wieder auf. Aber erst, nachdem Paul meine Wohnung verlassen hatte und zur Arbeit gegangen war. Doch als wäre ich nicht wirklich hier, bewegten sich meine Glieder zu Beginn etwas unkoordiniert, als wären die Entfernungen zwischen mir und den Gegenständen nicht mehr dieselben, nicht mehr die gewohnten, als müsste ich neu lernen, Dinge zu greifen, Stufen zu nehmen, meine Stimme beim Sprechen zu hören. Wenn ich sprach, kam sie mir merkwürdig vor. So, als gehörte sie nicht zu mir, als spräche jetzt eine andere Carolina, eine reifere, die mit einem Mal mehr von sich und vom Leben wusste. Zuerst dachte ich, das wäre die Scheinheiligkeit meines Herzens, das mit mir ein sehr gemeines Spiel spielte. Doch dann klingelte mein Telefon und eine sehr warme Zuversicht ergriff mich. Sofort kam ich auf die Idee, dass es Brida sein musste, die hinter diesem Läuten darauf wartete, dass ich abnahm.

»Wie geht es dir?« Auch ihre Stimme klang anders, tastend und zögerlich. Und dann war sie sofort wieder da, die Zartheit zwischen uns.

»Besser«, sagte ich.

»Können wir uns sehen? Vielleicht einen Whisky zusammen trinken?«, fragte sie in zwei kleinen simplen Sätzen, die ihr von den Lippen fielen wie reife Früchte vom Baum, direkt hinein in die offenen Hände meines Herzens. Und ehe ich mich versah, knüpften wir nahtlos an unsere Vergangenheit an.

CAROLINA

MÄRZ 2013

I n den darauffolgenden Wochen begannen die Träume.

Bri zog mich an sich. Aneinandergepresst standen wir in der Kälte. Sofort hatte ich den Blick in ihrem Gesicht verloren, so wie man ihn in einem wolkenlosen Himmel oder am Horizont verliert.

»Hast du Angst?«, fragte ich.

»Ja. Und du?«

Ich nickte und betrachtete sie ganz aus der Nähe, wollte viel mehr als nur diese Nähe. Ich wollte mit ihr leben, neben ihr schlafen, mit ihr schlafen, alle Nächte von jetzt an. Die Angst war da, weil unsere Berührung alles sein würde, was jemals Sinn ergab, alles, was jemals wichtig war. Ich würde sie darin wiederfinden und es wäre, als hätte ich immer nur sie geküsst. Danach würde alles unaufhaltsam sein, so wie jetzt schon und doch viel durchdringender, aushöhlender.

Mein Mund wanderte ihre Wange entlang zu ihrem Ohr. »Ich will dich küssen«, flüsterte ich.

Unsere Gesichter trafen sich, wir waren kurz davor; unsere Lippen nur wenige Millimeter voneinander entfernt, was die Spannung ins Unermessliche trieb. Ich hörte, wie ihr Atem etwas schwerer wurde. Und als mich ihr Blick traf, entflammte etwas in mir.

»Wir können das nicht tun, wir müssen warten oder nicht?«, fragte sie.

»Ich weiß«, flüsterte ich, »aber jetzt wäre mir am liebsten alles egal. Jetzt sind wir hier und am liebsten würde ich nie mehr zurückgehen, dich so gerne spüren.« Ich lenkte den Blick auf ihren Mund. »Darf ich?«, fragte ich und hielte inne, kurz bevor ich ihre Lippen umschloss. Ich hörte das Blut in meinen Ohren rauschen. Dann nickte sie, schloss die Augen und ließ es geschehen. Ich ließ mich fallen und ich fiel hinein in eine Unendlichkeit der Erinnerung an sie. Ich fühlte mich wie Gold, das erhitzt und endlich in eine Form gegossen wird. Ich vergaß, wo ich war und in welcher Zeit ich mich befand. Und es war mir egal, dass ich mitten in der Nacht an einer kalten Mauer in Edinburgh stand. Ich war nirgends, aber ich war zu Hause.

Ich schmeckte einen Hauch von Rauch und Whisky auf ihrer weichen Zunge. Als wir uns voneinander lösten, schwankte die Stadt ein bisschen. Sie hatte die Augen immer noch geschlossen, lächelte leise an meinem Mund. Ein etwas verlegenes Lächeln über die Weichheit zwischen uns. Nie würde ich mich so leicht und so vollkommen fühlen wie mit Bri.

Nie so leicht die richtigen Worte finden.

Nie so leicht ich sein.

Und mit niemand anderem würde ich so sehr von der Langeweile befreit sein, wie mit ihr. Weil wir auch in der

Stille etwas zusammen waren. Etwas sehr Volles, sehr Ausgefülltes.

Lange schauten wir uns nur an. Dann hob sie den Kopf und richtete den Blick nach oben. Ich folgte ihr und sah über uns den Vollmond an einem wolkenlosen Himmel. Ich wollte aus diesem Traum nicht aufwachen. Nicht zurückreisen in die Realität. Und ich wünschte mir, der Alltag und all die Menschen darin, die nach Erklärungen verlangen würden, lösten sich einfach so in Luft auf. Doch dann spürte ich, dass ich im Begriff war, aufzuwachen.

VI

CAROLINA

JUNI 2013

Einige Monate später fuhr ich in den Urlaub. Ohne sie. Mit Paul in einen kleinen Ort an der Côte d'Azur, wo das Meer sehr blau, der Himmel wolkenlos und er mit mir wie immer sehr stumm war. Der erste Tag ging schneller vorbei als der zweite, weil es die Anreise war. Und der zweite Tag verging langsamer als alle Tage der Wochen zuvor. Wie konnte es sein, dass die Zeit sich ganz anders verhielt als in den Momenten, in denen Brida und ich zusammen waren? Das fragte ich mich oft. Manchmal tat die Zeit uns gut. Wir vergingen wie ein kurzer Moment, wurden zusammen zu einem neuen, noch besseren und so schien es ewig und unaufhaltsam weiterzugehen, während die Zeit an uns vorbeiging, als wären wir gar nicht hier. Als wären wir zwei Fremde, die sie gar nicht kannte, die irgendwo verborgen in der Dunkelheit an einer Straßenecke standen. Manchmal war ich wütend auf die Zeit: Dann, wenn ich darüber nachdachte, wie viel davon wir verloren hatten. Obwohl ich wusste, dass es keinen Sinn ergeben hätte, ihr früher zu begegnen. Jahrelang hatte ich in ihrer Nähe gelebt, war hunderte Male an ihrem Haus vorbeigefahren. Sie war immer schon da gewesen, aber auch damals nie hier. Und wenn die Zeit sie irgendwann mitnehmen würde, dann wäre es wieder so. So, wie es immer war. Sie wäre noch da, aber nicht hier bei mir. Ich hatte an ihr vorbeiexistiert, neben ihr her gelebt, ohne davon zu wissen. Und dann, im richtigen Augenblick, waren unsere Leben aufeinandergeprallt. Wir hätten nichts dagegen tun können. Ich schluckte, als mir auffiel, dass der Blick aus meinem Zimmerfenster in meinem Elternhaus schon immer zu Bri geführt hatte, und war auf eine Weise erschüttert darüber.

Ich schlief schlecht und mein ganzer Körper tat weh. Ein Zustand, als zöge und zerrte etwas an mir. Doch die Gegenwart des Meeres tat mir gut. Der Rhythmus der Wellen sortierte mich, gab meinem unruhigen Herzen einen Takt vor, mit dem es still auf dem warmen Stein liegen konnte. Und dann stieg ich ins Meer. La mère. Auf Französisch war das Meer weiblich. El mar. Im Spanischen männlich. Und auf Deutsch war es neutral.

Während ich schwamm, zerbrach ich mir den Kopf darüber, ob dieses Detail irgendwie von Bedeutung war. In anderen Sprachen gab es gar keinen Artikel. Da war das Meer weder männlich noch weiblich. Es war geschlechtslos. Wie die Seele, dachte ich. Ich dankte ihr, dass sie mich aufnahm. Ihr. Weil das Meer für mich weiblich war. Und ich bat sie, mich von allem zu reinigen, was ich nicht mehr brauchte.

»Kopfschmerzen, Rückenschmerzen ... Das sind immer Anzeichen für dunkle Kräfte, die von außen auf einen einwirken«, hatte Brida mir erzählt. »Negative Energien, bedrückende Gedanken.«

»Immer?«, hatte ich gefragt.

»Manchmal sind es auch Wachstumsschmerzen.

Schmerzen, die entstehen, wenn die Seele reift. Ein Bad in Meersalz, besser noch im Meer selbst, hat eine reinigende Wirkung auf die Energien in unserem Körper.«

Sie war immer da, aber sie war nicht hier bei mir. Ich schwamm weiter und sprach mit Gott. »Gott, was hast du dir dabei bloß gedacht?« und »Gott, was habe ich mir da ausgesucht?«

Und dann vermischten sich die Tiefe und das Blau des Meeres unter mir und um mich herum mit der Weite und dem Blau des Himmels über mir zu der Farbe ihrer Augen. Bridas Augen.

Ich konnte nicht davonlaufen.

Ich konnte nicht davonschwimmen.

Ich konnte nicht an ihr vorbeifühlen.

Ich richtete den Blick nach vorne. Schob mit meinen Händen Wassermassen beiseite, als wäre es nichts, um zurück ans Ufer zu kommen. Zurückschwimmen war schwerer als hinauszuschwimmen. Die Strömung schien gegen mich zu arbeiten. Luftbläschen bildeten sich auf der Wasseroberfläche und zerplatzten wie Träume. Kleine. Es würde irgendwann besser werden. Große. Wir könnten in allem eins sein. Ich war hier draußen, winzig und unbedeutend. Als ein Schiff an mir vorbeifuhr, bemerkte ich, wie weit ich geschwommen war. Die Wellen, die es machte, drangen zu mir. Sie hoben mich an. Ließen mich wieder nach unten sinken. Mit einer Regelmäßigkeit, die ich in diesen Tagen in meinem Leben vermisste. Weiter weg sah ich zwischen den Wellen Köpfe auftauchen und wieder verschwinden. Wie Menschen im Leben. Sie kamen und gingen. Kommen und Gehen.

Ich kam dem Ufer immer näher. Aufgekratzte Stimmen von Kindern drangen zu mir. Die Musik aus den Boxen der Strandbar. Als ich dem Ufer ganz nah war und das Wasser heller wurde, richtete ich den Blick nach unten. Sah kleine Fische, die wie silberne Gedanken-streifen unter Wasser hingen. Unfertig, unausgereift. Ich stieg aus dem Meer, erwachte aus ihr wie aus einem Traum. Die Sonne trocknete mich. Auf meiner Haut, die jetzt spannte, blieb ihr Salz zurück.

Ich schrieb alles auf, fragte mich, warum ich hier war. »Um es aufzuschreiben«, kam mir die Antwort in den Sinn. So, als ob auch Brida und ich uns nur deshalb passierten, damit ich sie aufschreiben konnte. Sie und alles, was wir waren. Damit jeder uns lesen konnte. Um zu begreifen, dass es egal ist, wen wir lieben. Weil es nur darauf ankommt, dass wir lieben. Tief. Weit. Wie das Meer.

VII
CAROLINA

JULI 2013

Als ich wieder zurück war und Bridas Terrasse betrat, qualmte eine Zigarette in ihrem Mundwinkel. Ihre linke Hand steckte lässig in der Tasche ihrer Jogginghose, während sie mit der rechten Teelichter und kleine Blumentöpfe auf dem Tisch hin und her schob, bis sie perfekt an Ort und Stelle arrangiert und sie zufrieden mit ihrem Anblick war. Ich schmunzelte, als ich sah, wie sie dabei den Kopf zur Seite neigte und sich vollkommen auf ihre Tätigkeit konzentrierte. Sie war gut in allem, was sie tat, weil sie selbst den kleinen Dingen ihre ganze Hingabe schenkte. Als sie bemerkte, dass ich hinter ihr stand, wandte sie sich ruckartig um und grinste mir freudig ins Gesicht. Sie umarmte mich, drückte mich fest, aber flüchtig an sich.

»Bekomme ich einen Kaffee bei dir?«, fragte ich.

Zusammen setzten wir uns in die großen Korbsessel, die sie neulich erst gekauft hatte. Ich lehnte mich in die großen weichen Kissen und ließ den Blick durch den Garten schweifen.

»Was ist?« Bri sah mich misstrauisch an.

»Ich weiß nicht. Heute wirkt alles so kalt.«

Bridas Garten war mir immer sonnig erschienen, auch wenn die Sonne ihre Wärme hinter dicken Wolken versteckt hatte. Doch jetzt froren wir beide ganz plötzlich von innen heraus am ganzen Leib.

»Was ist das für eine Kälte?«

»Am Wochenende habe ich alles neu bepflanzt und schön gemacht. Und dann habe ich mich die ganze Woche darauf gefreut, dass du kommst. Ich dachte, dass es dir bestimmt gefallen würde und wir es uns zusammen gemütlich machen. Aber jetzt stimmt etwas ganz und gar nicht mehr. Du weißt doch, diese innere Kälte ... das sind immer Energien, die von außen kommen.«

»Dann ist es dir in letzter Zeit auch aufgefallen? Dass ständig etwas dazwischenkommt oder sich etwas ungut anfühlt, wenn wir uns treffen wollen oder zusammen sind?«

Sie nickte. Ein Schauer lief mir über den Rücken. Bri hatte sich noch eine Zigarette angesteckt, die jetzt in ihrer Hand über dem Aschenbecher schwebte. Ich fragte mich, wie oft sie für gewöhnlich auf ihre Zigarette tippte, ob sie lange wartete, sich viel oder wenig Asche auftürmte, bis sie es tat, und ob ich daran erkennen konnte, ob sie nervös war, so wie ich das aus ihrer Art zu gehen herauslesen konnte. Ohne fertig zu rauchen, drückte sie die Zigarette im Aschenbecher aus.

»Lass uns reingehen.«

»Das gefällt dir gerade gar nicht, stimmt's?«

Sie schüttelte den Kopf und wirkte angespannt.

»Wie kommst du mit dem Schreiben voran?«, fragte sie, als wir drinnen am Tisch saßen.

»Manchmal sehr gut und manchmal überhaupt nicht. In letzter Zeit meistens überhaupt nicht. Oft werde ich unendlich müde, sobald ich mich an den Schreibtisch setze.«

Bridas Gesicht wurde nachdenklich und ihr Blick ernst. Sie sagte eine Weile nichts und konzentrierte sich auf etwas, das ich nicht sah. »Das wundert mich nicht. Ich sag ja, das kommt von außen.«

»Aber wie kann das sein? Es weiß doch kaum einer davon, dass ich diese Geschichte über uns schreibe. Glaubst du nicht, dass es meine eigene Angst ist, die mich davon abhalten möchte, voranzukommen?«

»Das spielt bestimmt auch eine Rolle. Aber es gibt genug Leute, die neidisch sind oder ein Problem damit haben, dass du schreibst. Und es gibt Leute in unserem Umfeld, die wissen, dass wir uns treffen, und das gefällt ihnen überhaupt nicht.«

Das Meer floss zwischen uns. Ich hatte mich bemüht, einen möglichst unbeteiligten Gesichtsausdruck aufzusetzen, wann immer andere in unserer Nähe waren. Aber jetzt fragte ich mich, ob man nicht ständig die Spuren meiner Gedanken an Bri, untrügliche Hinweise auf unsere Verbindung, darin hatte lesen können. »Du glaubst, die Leute spüren es?«

Sie nickte. »Alles Geistige im Universum ist ein Quell des Lichts, sichtbar oder unsichtbar für uns. Und dieses Licht ist Kraft und Macht. Worten und Werken, wie zum Beispiel einem Buch, entströmt ebenfalls Licht. Ein Licht der Reinheit.« Sie machte eine kurze Pause, sagte: »Ein Licht der Liebe. Die Dunkelheit sucht die Spuren, die sie im Licht verloren hat. Dunkle Gedanken finden und bündeln sich und sie verkürzen die Entfernung zwischen denen, die fern voneinander sind. Unterschätze niemals die Wirkung der Gedanken, die die Menschen aus Neid und Missgunst erschaffen. Sie haben die Macht, großen

Schaden zu verursachen, und zwar da, wo wir sie hinsenden. Egal, ob bewusst oder unbewusst.«

»Wahrscheinlich habe ich deshalb das Gefühl, die Geschichte wandelt sich andauernd unter meinen Händen. Als ob sie sich umformt, um sich zu verstecken, sich unkenntlich und unauffindbar zu machen, sodass ich sie für eine Weile nicht mehr deutlich sehen kann.« Ich war kurz still, sagte dann aber entschlossen: »Und wenn ich auseinanderbreche, ich schreibe weiter.«

Bri lächelte. »Das hoffe ich!«

»Wie geht es dir dabei?«

»Auch nicht viel besser. Wie könnte es das, wenn wir so sehr miteinander verbunden sind? Ich bin unaussprechlich müde. Außerdem tut mir ständig irgendetwas anderes weh.«

Zusammen waren wir sehr müde. Von den Gedanken und dem Missfallen der anderen. Doch zusammen waren wir auch sehr losgelöst von allem. Zusammen ertrugen wir die Welt besser.

»Manchmal habe ich das Gefühl, die Leute denken, du hättest mich verhext«, sagte ich.

Bridas Blick wurde traurig. »Es wäre ihnen lieber, wir wären uns niemals über den Weg gelaufen. Dann hätte sich in ihrem Leben auch nicht viel verändert.«

»Können wir es ihnen verübeln?«, fragte ich.

»Auf eine Art nicht ...«

VIII

BRIDA

NOVEMBER 2013

Von nichts als dem schwachen Lichtschein der Kerzen beleuchtet saß ich an einem Novemberabend im Wohnzimmer. Meine Gedanken gingen unruhige Wege, bis ich den Brief schließlich unter meinem Pyjamaoberteil hervorholte. Er war mit einem roten Siegel aus Wachs verschlossen, in dessen Mitte golden ein C schimmerte. Langsam fuhr ich die Initiale mit meinen Fingern nach und erinnerte mich an den Moment, in dem sie mir den Brief an meiner Türschwelle überreicht hatte.

»Nimm ihn schnell«, hatte sie gesagt, »bevor ich es mir in letzter Sekunde noch anders überlege und ihn wieder einstecke.« Nach einer kurzen Umarmung schlang sie sich den Schal fester um den Hals, ging mit eiligen Schritten zu ihrem Auto und fuhr auf schneebedeckten Straßen davon.

Seitdem erfühlte ich den Inhalt der Seiten. Ich sehnte mich danach, die Worte in mir aufzunehmen, doch gleichzeitig überkam mich eine Angst, die so stark war, dass ich diesen Moment nun fast zwei Wochen lang hinausgezögert hatte. Ich redete mir ein, ich hätte keine Zeit oder nicht die passende Gelegenheit gehabt, ihn in Ruhe zu lesen. Und das, obwohl ich wusste, dass ich Carolina verletzen würde, wenn ich so täte, als existierten ihre Worte nicht. Jetzt aber war ich allein und hatte keine Ausflüchte mehr. Als ich das Siegel brach und die Seiten hervorholte, krampfte sich mein Herz zusammen. Bevor ich sie auseinanderfaltete, schloss ich kurz die Augen und atmete tief durch.

Bri,

ich wünsche mir Wahrheit zwischen uns. Sie ist sowieso schon da, ist fühlbar nah und umgibt uns wie die Luft, die wir atmen. Wieso also sollten wir sie noch länger zwischen den Zeilen hängen und in den Blicken ruhen lassen? Ich muss sie befreien und ziehen lassen, wie Vögel, die frei im Himmel reisen. Ich übergebe dem Papier also den letzten Rest an Scham, an Verstecktem, an Verhülltem - an Gefühltem, aber Ungesagtem. Nimm ihn und trink ihn aus, diesen Rest, wie den letzten Tropfen Wein, der noch im Glas hängt.

Lange schon kommt es mir vor, als würde ich nur Halbwahrheiten leben. Alles halb, nichts ganz. Nicht rund, sondern irgendwie eckig. Keine klaren bunten Farben. Halb verwaschen, schmutzig, grau. Die Wahrheit also ist, dass ich es nicht ertragen kann zu sehen, wenn er dich küsst oder dich berührt. Ich weiß, dass du es weißt. Es fühlt sich an wie glühendes Eisen auf nackter Haut. Manchmal überrollt es mich aus dem Nichts, gerade dann, wenn ich dachte, ich wäre vielleicht über den Berg.

Die Wahrheit ist, ich schlafe nicht mehr mit Paul, weil ich nicht kann. Weil ich das absurde Gefühl habe, dich dabei zu betrügen und ihn zu nah an meine Seele heranzulassen, die so vieles versteckt hält. Die dich versteckt hält.

Und ich habe erkannt, irgendwann in den letzten Wochen, dass ich mich selbst belogen habe. Ich dachte, wenn wir einfach nur zusammen wären, dann würde das reichen. Falls es je dazu kommen würde, dachte ich, könnten wir einfach so sein und den körperlichen Aspekt ausschließen. Vielleicht würde ich zwanzig Jahre überleben mit einer körperlichen Nähe, in der es nichts weiter als freundschaftliche Umarmungen gäbe und wir der Zweisamkeit wegen in einem Zimmer schliefen. Bitte. Welcher Mensch hält sowas aus? Will wahre Liebe denn nicht gelebt werden?

Tatsächlich hat es eine Weile gedauert, bis ich erkannt habe, dass meine Welt grau ist, weil ich meine Wahrheit nicht leben kann. Und doch quält mein schlechtes Gewissen mich an manchen Tagen so sehr, dass ich mich am liebsten wie ein Feigling aus dem Staub machen möchte. Denn ist es nicht so, dass ich nie wirklich da bin? Dass ich ihm gar nicht das geben kann, was er braucht? Und dass ich ihn in Gedanken längst betrüge, seit ich mich an das Gefühl zu dir erinnere? Womöglich ist es das, was auch in dir einen inneren Konflikt schürt? Dass du deinem Mann etwas vorwirfst, das du vielleicht selbst auf die eine oder andere Weise tust?

Wieso nur, frage ich mich, steckt deine Seele in diesem Leben in der Hülle einer wunderschönen Frau? Wieso liegen zwanzig Jahre zwischen uns? Das ist alles, was die Menschen sehen. Das ist die Grenze, die der Liebe auferlegt wird. Der Körper ist nur eine Hülle und das Alter nur eine Zahl. Was wissen die anderen schon über unsere Hüllen und das, was darin steckt? Sag mir, wer schreibt mir vor, wen ich lieben darf und wen nicht?

Weißt du, dass ich dich in jedem Blatt, in jedem Baum, in jedem Vogel sehe? Dass ich dich im Wind höre und zwischen meiner Brust und meinem Bauchnabel spüre? Irgendwo da, zwischen meiner Haut und meiner Seele, trag ich dich, irgendwo da wohnst du und lässt dich nicht vertreiben. Ich rieche dich im Nebel und schmecke dich im Whisky. Ja, du bist wie guter Whisky. Gehaltvoll, üppig, tief und süß - mit etwas Rauch. Lebenswasser von goldener Farbe, das heiß wie Feuer meine Kehle hinabrinnt, mir Magen und Seele wärmt. Mir die Sinne vernebelt und meinen Geist betäubt. Mich ins Delirium schickt. Schottisches »uisge beatha«, das manchmal zu stark schmeckt, mit einem Hauch Torf und Heidekraut. »Uisge beatha«, das manchmal einen bittersüßen Geschmack auf meiner Zunge hinterlässt. Wie gerne würde ich dich Schluck für Schluck in mich aufnehmen, dich dabei ganz für mich allein genießen.

Deshalb habe ich zugelassen, dass meine Gedanken an deinem Körper entlangwandern und wir uns Stück für Stück entdecken wie ein unbekanntes Land. Ich habe zugelassen, dass sich unsere Münder suchen und finden und ineinanderfließen wie Fluss und Meer. Von deinem Mund aus habe ich mich auf die Reise gemacht, habe deine weiche Haut gespürt und deine Brüste geküsst. Ich habe mein Ohr auf deinem Bauchnabel ruhen lassen und dort deinem Herzschlag gelauscht. Ich bin weiter nach unten gezogen und habe die Stelle zwischen deinen Beinen erkundet, wo alles warm und weich und tief und geheimnisvoll ist. Ich bin weitergereist, hin zu deinen Schenkeln, hin zu deinen Füßen. Habe jeden

Quadratzentimeter Bri-Land erforscht und es zum Lieblingsland unter allen Ländern auserkoren. Und nach meinem Weg zurück nach oben habe ich mich in der kleinen Kuhle an deinem Hals schlafen gelegt, um mich von der langen Reise zu erholen.

Manchmal bin ich mir sicher, dass die Welt um uns in Flammen aufgehen würde, wenn wir all dies zuließen. Irgendetwas müsste im Universum explodieren und Funken sprühen und wir in Verlangen vergehen. Unsere Körper, unsere Seelen und unser Geist würden in Einklang baden. Zusammen wären wir unschlagbar.

Bri, es gibt Momente, in denen bist du so sinnlich, so anziehend, wenn du mit deinem lippenstiftroten Mund an deiner Zigarette ziehst. Dann fliegt meine Fantasie mit mir davon. Dann will ich den Rauch und den Whisky auf deiner Zunge schmecken und meine Hände in deinem lockigen Haar vergraben. Dann will ich dich packen und an mich ziehen, meine Stirn an die deine legen und deinen Atem einsaugen. Dann will ich mich dir ganz hingeben, dich überall spüren. Will die Grenze Haut überwinden. Will vor dem Einschlafen deine Hände zwischen die meinen nehmen und ganz sanft die kleinen Leberfleckchen auf deinem Handrücken küssen.

Ich habe also zugelassen, dass du nicht nur meine Gedanken, sondern auch meinen Körper beherrschst. Und es hat sich gut angefühlt. So gut. Ich frage mich, wie er dich verpassen und darauf verzichten kann. Warum nur lässt er sich all das wie Sand durch die Hände gleiten? Wenn ich überhaupt einen Menschen um etwas beneide, dann ist das das Einzige, worum ich ihn beneide: dass er dich haben könnte. Dass er dich hatte.

Ich habe mich gefragt, ob ich dir genug sein könnte. Ob du mir genug wärst. Doch weißt du was, das ist vergebliche Liebesmüh. Denn wäre es nicht so, würde nicht stimmen, was ich hier versuche, in Worte fassen. In einer meiner Visionen habe ich uns irgendwo in einem Haus gesehen, vor einem lodernden Feuer in einem kalten Winter. Wir haben uns still betrachtet und die Fantasie durch unsere Gedanken fließen lassen. Wir haben uns festgehalten an unseren Blicken und dabei kein Wort gesprochen. Wir haben nur gedacht. Erotische Gedanken gedacht. Wir haben die Gedanken tun lassen, nicht die Hände. Es war verdammt heiß in diesem Zimmer und glaub mir, ich hätte so eine scheiß Angst davor, dass ich mehr als nur ein Glas Whisky bräuchte, um dich mit den Augen nackt zu machen und dich dabei mein Gesicht sehen zu lassen, dich meinem Blick folgen zu lassen und um dich am Ende tatsächlich zu berühren.

Was würde ich tun, wenn ich alle Beschränkungen über Bord werfen könnte? Dich an der Hand packen und leben! Ich will das Leben nicht mehr verpassen! Ich will es greifen und zum Dableiben zwingen! Ich will es bunt treiben! Ich will alle Farben sein. Und dabei eine Farbe sein - mit dir. Ich will viel. Viel vom Leben. Viel mit dir. Viel von dir.

Aber ich glaube, wir stellen dem Leben unterschiedliche Fragen. Wählen unterschiedliche Wege, unterschiedliche Optionen. Ich wähle Zukunft, du Vergangenheit. Ich will nicht die Option der Zukunft sein, weil die Vergangenheit nicht mehr funktioniert. Nein, sondern weil du die Zukunft willst. Und die Vergangenheit abwählst. Das ist es. Aus diesem Grund frage ich mich manchmal, was ich hier eigentlich tue. Wenn ich könnte, hätte ich mich deshalb längst von dir abgewandt und wäre meinen Weg *in der Gegenwart ohne dich weitergegangen. Aber da ist es wieder, dieses Spinnennetz, aus dem ich mich einfach nicht befreien kann. Und dieses klitzekleine Körnchen Willen in mir, das es mir niemals erlaubt aufzugeben, das mich zwingt, weiterzumachen und an Schicksal und Zeichen des Himmels zu glauben. Dieses klitzekleine Körnchen Irrsinn, das mich zwingt, in einer Zukunft auf dem Papier zu leben, die nicht greifbar ist. Dieses klitzekleine Fünkchen Wagemut, das mich dazu bringt, zu glauben, fest daran zu glauben, dass da irgendwo, irgendwann, irgendein Weg für uns beide ist, der gut ist.*

Jetzt habe ich also nichts mehr zu verlieren - nicht mal mehr ein Wort. Weil alles hier auf dem Papier steht. Nur dich, nur dich habe ich jetzt noch zu verlieren. Und mich. Denn es scheint, mich selbst habe ich längst in dir verloren.

Carolina

Wie erstarrt saß ich über dem Papier. Ich weiß nicht, wie lange es dauerte, bis ich bemerkte, dass ich stumm weinte, die Hand auf den Mund gepresst. Ich las den Brief noch einmal. Und noch einmal. So lange, bis ich jedes Wort tief in mir aufgenommen hatte. Es schmerzte irgendwie, und gleichzeitig umfingen die Worte wohltuend mein Herz. Es wog nicht mehr so schwer, sondern fühlte sich jetzt vielmehr an, als schwebte es in meinem Brustkorb. Dieses Gefühl überraschte mich. Und es kam mir seltsam vor. Fremd. So hatte sich mein Körper lange nicht mehr angefühlt. Nach einer Weile steckte ich die Seiten zurück in den Umschlag und schob ihn wieder unter mein Oberteil, dahin, wo mein Herz vor Aufregung fest schlug. Dann lehnte ich mich erschöpft in meinem Sessel zurück und steckte mir eine Zigarette an. Es war still im Haus. Ich nahm einen tiefen Zug. Die Luft strömte knisternd durch den Tabak und ließ die Spitze der Zigarette leuchtend rot aufglimmen. Ich wusste nicht, ob ich ihren Worten jemals gerecht werden konnte. Mit diesem Gedanken schlief ich ein. Am nächsten Morgen erwachte ich, beide Hände schützend auf dem Brief, der auf meiner Brust lag.

IX

CAROLINA

Januar 2014

G anz langsam übersäte ich Bridas Rücken mit Küssen. Ich verteilte sie an der Wirbelsäule entlang nach unten, während sie entspannt auf dem Bauch lag. Ihre blonden Locken waren über dem Kissen ausgebreitet, ihr Körper vom Licht der Highlands bedeckt, das von draußen durch die Fenster drang.

»Deine Haut ist so weich wie das Moos in den schottischen Bergen«, flüsterte ich. Bri gab nicht mehr als ein entspanntes Murmeln von sich, dem ich entnahm, dass sie sehr genoss, was ich tat. Ich reiste immer weiter nach unten und küsste ausgiebig ihren Po. Dann strich ich ihr behutsam mit den Fingern über den Rücken und ließ meine Hand schließlich sanft zwischen ihre Beine gleiten.

Sie fühlte sich heiß und warm an. Als meine Berührung sie traf, stöhnte sie leise und bewegte ihre Hüften in sanften Kreisen hin und her. Eine Hitze stieg in mir auf, die sich in meinem ganzen Körper ausbreitete.

»Komm zu mir«, flüsterte sie, drehte sich um und sah

mich fordernd an. »Küss mich.« Sie streckte mir beide Hände entgegen.

Eine Welle der Erregung überkam mich. Ich ließ meinen nackten Körper auf ihrem nach oben gleiten und stützte mich mit den Ellbogen neben ihren Schultern ab, nahm ihren Kopf und zog sie an mich. Ein Kribbeln durchfuhr meine Magengegend, als sich unsere Lippen berührten. Zusammen drehten wir uns zur Seite, pressten unsere Körper aneinander, als könnten wir ineinander übergehen. Ihre Haut war mit feinen Schweißperlen bedeckt, wie Tautropfen auf einem Blatt am frühen Morgen. Ich sog ihren Duft ein und ließ mich fallen in ihrer Berührung.

»Mein Gott, du fühlst dich so gut an«, sagte ich, während wir uns gemeinsam bewegten, als wären wir die Wellen der See.

Eine Weile wogten wir hin und her, bis sie sich schließlich aus meinen Armen löste. Ich ließ mich auf den Rücken gleiten, sah, dass sie meinen nackten Anblick sehr begehrte. Mit den Fingerspitzen strich sie mir zärtlich übers Dekolleté, dann über die Brust. Das Verlangen nach ihr beschleunigte meinen Atem. Sie jedoch tat alles in ausgedehnter Langsamkeit, mit einer Zärtlichkeit, die mir am ganzen Körper eine Gänsehaut bereitete.

Sie leckte an meiner Brustwarze, bevor sie sie in den Mund nahm, um sanft an ihr zu saugen. Ich stöhnte und wand mich unter ihren Lippen, voller Ungeduld, die Berührung ihrer Hände zwischen meinen Beinen zu spüren. Doch Bri ließ mich geduldig zappeln, bat mich, mein Verlangen noch etwas zu bändigen, bevor wir uns zusammen vergaßen. Sie ließ von meiner linken Brust ab und liebkoste nun die rechte.

Ich driftete ab in eine Welt der Gefühle, die mein Innerstes fast zum Bersten brachten, und schloss die Augen. Um mich herum wurde alles schwarz. Da waren nur unsere

Körper, ihr Duft und ihre Berührung, die ich intensiv wahrnahm. Mit ihren Lippen erkundete sie meinen Bauch, küsste
sich immer weiter an meiner Haut entlang nach unten, bis sie
schließlich auf meinem Venushügel angelangt war. Dort hielt
sie kurz inne. Ihr Atem heiß, ihre Lippen weich.

»Es macht mich wahnsinnig, dieses Verlangen nach dir«,
flüsterte sie in meine Körpermitte hinein.

»Berühr mich endlich«, flehte ich sie fast an.

Dann glitt ihre Zunge zwischen meine Beine. Vor
Verlangen schien alles zu schmerzen. Ich wollte schreien,
brachte aber nur ein lautes Keuchen hervor. Mit ihren
Händen hielt sie meine Hüften fest umklammert, sodass ich
ihrem Mund nicht entkommen konnte. Ihr lockiges Haar
streichelte die Innenseiten meiner Oberschenkel.

Kurz bevor ich mich unter ihr auflöste, ließ sie von mir
ab und rutschte zu mir nach oben. Unsere Körper bebten.
Wir küssten uns hemmungslos.

»Gott Bri. Tu es endlich, sonst bringt es mich um«, brach
es aus mir heraus. Ich presste ihre Hand zwischen meine
Beine.

»Du auch«, keuchte sie, nahm die meine und führte sie
zu ihrer intimsten Stelle, die sehnsüchtig auf mich wartete.
Wir wussten genau, wie wir uns berühren mussten. Und
mein Körper verlernte schnell, mit den menschlichen Sinnen
wahrzunehmen. Gemeinsam flogen wir hinauf zum Gipfel
dieser Ekstase, glitten hinweg in eine brennende Welt der
Leidenschaft, in der sich alle Feuer zu einer Flamme verein-
ten. Schwitzend und keuchend lagen wir uns danach in den
Armen und sahen uns an.

»Was ist das bloß, wenn wir uns berühren?«, fragte sie
kopfschüttelnd, während sie mir die nassen Strähnen aus dem
Gesicht strich.

»Es ist göttlich.« Ich lächelte und versank in ihren Augen,
bevor ich einschlief.

Das Traumgefühl umhüllte mich klar und deutlich. Die Visionen ereilten mich nun häufiger und intensiver als jemals zuvor.

Wie in dieser dunklen Dezembernacht passierte es immer wieder, dass ich vor Erregung aufwachte und glaubte, ihren Körper zu spüren. Ein Gefühl, nicht wie eine Vorstellung in meinem Kopf, sondern wie eine Erinnerung an etwas, das wir zusammen durchlebt hatten. Auch tagsüber hatte ich intensive Szenen vor Augen, konnte mich auf nichts konzentrieren, sie mir nicht einfach so abgewöhnen, wie man das beispielsweise mit einem Getränk macht, mir sagen, ich trinke dich nicht mehr, am Anfang wird es schwer sein, aber irgendwann werde ich deinen Geschmack vergessen. Im Gegenteil, ich hatte schon zu oft im Traum von ihr gekostet, und das Verlangen war so stark, dass es weh tat.

Wenn ich nur auf mein Gefühl hörte, war diese Vorstellung so gut, dass ich mich am liebsten tagelang mit ihr weggesperrt hätte, sodass wir uns bis zur Erschöpfung entdecken könnten. Atemlos. Ungestüm. Wie im Traum würden unsere Hände mühelos die richtigen Stellen finden, unsere Körper sich wie von allein bewegen, lustvoll an unserer Haut entlang. Vielleicht würde ich ganz in ihrer Haut verschwinden und sie danach, wenn wir uns von der Liebe erholen müssten, glücklich neben mir lächeln sehen. Geborgen an meiner nackten Schulter, sicher in meiner Armbeuge. Und irgendwann würde ich ihren Körper so gut kennen wie eine Stadt, in der man lange lebt. Jede Straße, jeden Winkel. Die offensichtlichen und die verborgenen.

Als mir diese Gedanken kamen, hörte ich Pauls leisen Atem neben mir. Das machte mir Angst. Vielleicht flüsterte ich nachts ihren Namen im Schlaf. Aber er sagte nichts. Stellte keine Fragen. Das tat er nie. Und auf unerträgliche Weise machte das alles noch schwerer und doch viel einfacher. Die heimliche Kluft zwischen uns, die auseinandergetriebene Nähe, all das war auf leichte Weise geschehen. Er beschwerte sich nicht darüber. Als käme es nur darauf an, dass ich bei ihm war, als ob allein das reichen würde, um glücklich zu sein.

Und ich, so erschien es mir, hatte mich währenddessen längst an meine eigenen Fehler, an meine Gewissensbisse gewöhnt, wie meine Augen an die Dunkelheit. Doch in dem Moment, in dem mein Blick auf sein schlafendes Gesicht fiel, wurde mir ganz übel. Unwillkürlich löste sich etwas von mir, etwas, das mich lange Zeit daran gehindert hatte, irgendjemanden in dieser Welt wahrzunehmen außer Brida. Sein Anblick rührte mich. So sehr, dass ich ihn gern in die Arme genommen und geweint hätte, ihm erklärt hätte, dass ich einem unerbittlichen Schicksal unterworfen war und nichts davon mit Absicht fühlte. Und dann kam die Gewissheit, ich würde Schmerz für ihn sein, vielleicht sogar die erste Begegnung mit der Grausamkeit, und ich war nicht imstande, es zu ändern.

Januar 2014

Als ich am nächsten Morgen aus der Dusche kam und noch immer die Nachwehen meines Traumes am ganzen Leib spürte, öffnete ich meinen Bademantel, ließ ihn zu Boden gleiten und betrachtete mich im Spiegel. Das hatte ich in letzter Zeit immer wieder getan. Als hätte ich vergessen, wie genau ich aussah, um mich zu vergewissern, dass es gut war. Um mir selbst Sicherheit einzureden, dass ich schön genug war.

Ich stellte mir vor, wie wir wohl zusammen aussehen würden, nackt, übereinander, aufeinander. Ineinander verschlungen. Aber das spielte keine Rolle, denn außer uns selbst (und Gott) würde keiner anwesend sein, um darüber zu urteilen. Ich kehrte dem Spiegel meine Rückseite zu und betrachtete sie. Meine Haut war hell, viel heller als die von Brida und das, obwohl ich dunkles Haar hatte. Im Winter war sie fast durchscheinend, sodass man hier und da blaue Adern sah, die sich unter ihr abzeichneten wie kleine verzweigte Flüsse auf einer Landkarte.

Mein Spiegelbild gefiel mir. Meine Brüste, nicht zu

groß und nicht zu klein für meine Figur und von einer gleichmäßigen Form, mit der ich sehr zufrieden sein konnte. Ich drehte mich und begutachtete meinen Körper von allen Seiten. Ein runder Hintern. Ein einigermaßen flacher Bauch. Wenn sie mich nicht schön findet, hat sie eben Pech gehabt, dachte ich und lächelte mir aufmunternd zu. Auf eine Weise zwang sie mich, mich selbst zu lieben. Sie ermutigte mich dazu. Sie ermutigte mich zu allem. Und ich wünschte, ich könnte ihr meinen nackten Körper schenken und ihre forschenden Blicke auf meiner Haut und auf meinen Gliedern genießen und mich unter ihren Augen räkeln, ohne Scham, ohne Zier, ohne Schüchternheit. Ich wünschte mir, dabei ihrem Blick standhalten zu können und dieses Gefühl mit voller Wucht durch mich hindurch gleiten zu lassen, wenn sie mich ansah, voller Ungeduld, voller Begehren. Ich wünschte mir, keine Angst zu haben vor diesem Moment. Und ich wünschte mir, zu wissen, ob sie auch Angst davor hatte. Machte sie sich Sorgen darüber, ob sie mir gefallen würde? Sie sprach selten über das, was ihr Angst machte.

Ich ließ den Blick zu meinem Schoß wandern. Würde ich jemals die Hitze in ihrem Schoß fühlen? Wann würden wir endlich beisammen liegen wie Horizont und Himmel? Ich wollte geben. Aber ich wollte auch nehmen. Ihre Berührungen und Blicke. Ich wollte mein ganzes Gefühl auf sie legen, unser Geheimnis mit meinen Händen auf ihrer Haut hinterlassen, anstatt es immer nur irgendwohin abzutippen. Ich wollte stark sein. Ich wollte das, was auf dem Papier geschah, ins Leben rufen, es in die Wirklichkeit bringen. Ich zog mich wieder an und erinnerte mich an die Tatsachen.

»Dein Brief ist wunderschön«, hatte sie mich wissen lassen. Mich nicht angerufen, sondern mir, wie um sich zu verstecken, eine Nachricht geschickt. »Ich freue mich darauf, ganz in Ruhe mit dir darüber zu reden.«

Das war vor fast zwei Monaten gewesen. Und wenn wir uns sahen, sprachen wir nicht über uns. Sie war vergeben. Manchmal hätte ich sie gerne gefragt, ob Joh sie noch so ansah wie einst, ob sie immer noch in seine Haut fiel, ohne sich festzuhalten. Ob sie Neues entdeckten. Sie tat so, als ob. Aber ich spürte, dass es nicht stimmte. Ich spürte, dass sie aufgehört hatte, mit ihm zu fallen, und trotzdem fiel. In leeren schwarzen Raum. In Einsamkeit.

XI

CAROLINA

FEBRUAR 2014

Die Plastikrollen meines Koffers ratterten über den mit Kies bedeckten Hof, als ich mich auf den Weg zum Auto machte. Ein neuer Februar war angebrochen und ich konnte kaum begreifen, wie schnell die Monate verstrichen.

Ich weiß schon lange, was alles für uns möglich ist, dachte ich, als ich mein Handgepäck hinter dem Fahrersitz verstaute. Am Anfang hatte ich mich oft nicht getraut, diese Gedanken zu Ende zu denken, aber in den letzten Wochen waren da Bilder in meinem Kopf, die ich unmöglich abstellen konnte, und ich entschied mich, jeglichen Widerstand fallen zu lassen. Ich ließ die Bilder kommen, nahm sie an und kostete sie vollkommen aus. Alles andere war mir in dieser Zeit egal. Unsere Partner, mein schlechtes Gewissen, die Tatsache, dass wir zwei Frauen waren. In den absurdesten Momenten vernahm ich plötzlich immer wieder ihren Duft und war mir sicher, dass sie es war, die zu mir kam und mich umfing. Doch ich ermahnte mich, dass ich nichts erhoffen dürfte, um nicht enttäuscht zu werden. Die Angst davor reiste ebenso mit wie die Gewissheit - war sie auch noch so klein - dass sie auch etwas für mich empfand. Ich wollte lieber nicht mehr daran denken, in welchem Zustand ich diesmal zurückkehren würde, wenn sich meine Fantasien in Luft auflösten, also schob ich den Gedanken schnell beiseite, verfrachtete meinen Rucksack auf die Rückbank meines Wagens und fuhr los. Doch während der Fahrt holten mich die Gedanken wieder ein. Ich hatte Angst. Angst, diese Wunde würde wieder ein Gesicht bekommen, in diesem grünen Land der Sehnsucht, wieder aufreißen und mich zurückwerfen in all diese Gefühle, mit denen ich monatelang zu kämpfen gehabt hatte. Diese Vorahnung beschlich mich nun schon, seit wir die Reise gebucht hatten.

Ich sei so gedämpfter Stimmung, hatte Bri gesagt und sich gewundert, dass ich nicht voller Euphorie und Vorfreude war. Doch sie wollte unbedingt nach Schottland. Nach längerem Hin und Her hatte ich mich schließlich darauf eingelassen. Meine Sehnsucht nach Schottland war nämlich ebenso groß, wie endlich wieder mit ihr allein zu sein, und ich hatte nicht erwartet, dass wir dieses Jahr noch dort hinkommen würden.

Ich fuhr also zu ihr, um sie abzuholen. Ich wusste, ich würde Antworten bekommen. Aber ich wusste nicht, welche. Und vor der Möglichkeit, sie tatsächlich zu berühren, hatte ich wahrscheinlich genauso viel Angst wie davor, zu hören, wir würden nie zusammen sein können. Was auch immer diese Reise mit sich bringen mochte, ich empfand das dumpfe Gefühl der Veränderung, die allgegenwärtig war. Und auch wenn ich die Veränderung grundsätzlich willkommen hieß, so hatte ich doch auch Angst vor dem, was sie neben dem Guten mit sich bringen würde. Die Reise, sagte mir mein Gefühl, brachte uns auf einen neuen Weg, wie auch immer dieser aussehen mochte.

»Ich glaube, Joh und Paul denken, wir haben eine Affäre und machen uns jetzt ein schönes Wochenende in Edinburgh«, sagte Bri lachend auf dem Weg zum Flughafen. »Dabei haben wir mehr Angst davor als die beiden.«

Ich erwiderte nichts, war nervös und verwirrt über ihre Worte. Rutschte aufgebracht auf dem Fahrersitz hin und her und versank deshalb sofort wieder in den Bildern meiner Träume.

Fleshmarket Close, Edinburgh

XII
CAROLINA

FEBRUAR 2014

In der darauffolgenden Nacht durchliefen meinen Körper kurze regelmäßige Wellen von Kälte, die meine Glieder beben ließ. Ich fror. So sehr, dass ich das Gefühl hatte, mein Zittern würde sich auf die Matratze übertragen und Bri wecken. Aber an ihrer Atmung erkannte ich, dass sie schlief. Übelkeit stieg in mir auf und Tränen, die kurz davor waren, mich zu überwältigen. Ich biss die Zähne zusammen und schluckte den Schmerz herunter. Aber es funktionierte nicht. Ich versuchte es noch mal und verstand nur langsam, was mich da im Dunkeln beschlich: Ich hatte wieder geträumt. Alles Erlebte war nicht mehr als eine Illusion, nur ein Schatten von Gefühlen und Emotionen, die sich nicht verwirklichen würden. Eine verlorene Vision, die dunkel über mir hing.

In der Realität lag Bri mit dem Rücken zu mir im Bett. Wir würden unberührt in den Flieger steigen und zurück nach Hause gehen. Und wir würden weitermachen müssen wie bisher. Jetzt rollte die Übelkeit von meinem Magen in meine Kehle hinauf. Eine bittere Panik überkam mich.

Mein Verstand glich einem verstrickten Durcheinander, das ich nicht entwirren konnte. Weg, dachte ich.

Meine Blicke schnellten hin und her, als könnte ich einen Ausgang aus diesem Hotelzimmer und aus dieser Situation finden, die mich so fest im Griff hielt. *Raus aus dieser Stadt. Raus aus meinem Körper.*

Gedankenfetzen rasten durch meinen Kopf. Und in der Luft hing ihr Geruch. Ich nahm ihn überdeutlich wahr, so wie ich sie überdeutlich wahrnahm. Warm, süß und vertraut. So sehnsuchtsvoll, dass es mir einen Stich in der Magengegend versetzte. Ich zog die Beine an, lag wie ein Embryo im Mutterleib unter der Decke, die wir uns teilten. Schützend presste ich mir die Knie über den Bauch, wie man ein Tuch über eine offene Wunde legt. Dann überrollte mich Wut, weil ich mich nackt, klein und vollkommen ungeschützt fühlte. Ich war wütend auf sie und wütend auf mich, weil ich mich wieder in diese Situation begeben hatte, obwohl ich mir geschworen hatte, dass ich mich nie wieder so elend fühlen wollte wie beim letzten Mal, als wir aus Schottland zurückgekommen waren.

Dann kehrte lückenhaft die Erinnerung an das Gespräch zurück, das wir einige Stunden zuvor geführt hatten. Ich versuchte, mich genau an die Worte zu erinnern, aber meine Seele schien nur zögerlich preisgeben zu wollen, was geschehen war.

»Du bist jetzt richtig schlecht drauf, oder?«, hatte Bri kühl gefragt, als wir die Royal Mile hinuntergingen und das Castle hinter uns ließen.

»Ja, und du weißt genau, warum.« Ich versuchte meine miese Laune nicht mehr zu verbergen, sollte sie es ruhig deutlich spüren. Ich musste es ansprechen, bevor wir nach Hause fliegen würden, sonst würde es mich auffressen. Und ich wusste genau, dass sie es nicht tun würde.

»Warum willst du nie darüber reden, Bri? Warum bin immer ich diejenige, die dieses Thema anspricht?«

»Carolina, ich fange jetzt keine Diskussion mit dir an. Wir haben über das Thema schon so oft gesprochen«, erwiderte Bri. Sie klang gereizt und angriffslustig.

Mein Magen krampfte sich zusammen. Ich sah sie an, während wir weitergingen. »Wie bitte? Wir haben bis heute kein einziges Mal darüber gesprochen. Und jedes Mal, wenn es darum geht, verhältst du dich, als würdest du nicht dazugehören, als betreffe dieses Thema nur mich. Du warst doch diejenige, die sagte, du würdest dich freuen, mit mir darüber zu reden und einen heiligen Raum dafür schaffen.« Meine Stimme war jetzt lauter und ich verlangsamte meinen Schritt. Ein dumpfes Gefühl schnürte mir fast die Kehle zu. »Aber stattdessen hast du bei jeder Gelegenheit, bei der wir alleine waren und Zeit gehabt hätten darüber zu sprechen, einfach all das ignoriert und getan, als hätte es diesen Brief nie gegeben!«

»Das stimmt nicht«, erwiderte Bri. »Ich habe dir gesagt, ich kann nicht darüber reden.«

Meine bleierne Traurigkeit verwandelte sich plötzlich in Wut. »Und das nennst du ein Gespräch? Irgendwann nach einem halben Jahr hast du während eines Telefonats ganz nebenbei erwähnt, dass du nicht darüber reden kannst und dass du weißt, dass du mich damit verletzt. Und das ist alles, was ich als Antwort bekomme? Damit soll ich mich zufriedengeben und weitermachen, als wäre nichts geschehen?« An der Kreuzung zur George Bridge blieb ich stehen und sah sie an. »Weißt du, ich habe diesen Brief nicht geschrieben, um von dir zu hören, dass du dasselbe empfindest. Ich habe ihn geschrieben, weil ich diese Gefühle loswerden musste. Ich brauchte ein Ventil. Sie mussten raus und ich ... ich konnte es einfach nicht mehr länger ertragen, dich jede Woche zu sehen, ohne das endlich auszusprechen. Ich wollte, dass du ganz genau weißt, was in mir vorgeht.«

Bri sah mich stumm an und ging weiter. Der Vollmond leuchtete groß und voll am Himmel und schien jeden unserer Schritte zu begleiten. Eine Weile sprachen wir kein Wort, während ein Pärchen hinter uns lauthals ein Gespräch über das Trinkgeld führte, das sie der Kellnerin beim Abendessen gegeben hatten. Als wir die steile Victoria Street hinabgingen, überholten sie uns endlich. Der Grassmarket lag jetzt sichtbar vor uns.

Bri blieb stehen, drehte sich zu mir und nahm das Gespräch wieder auf. »Ich habe dir gesagt, dass ich mich nicht trennen kann.« Sie machte eine Pause. »Und ich gehe nicht fremd.«

Im Licht der Straßenlaterne konnte ich ihr Gesicht klar erkennen. Ihre Augen funkelten mich an. Vermutlich eher zum Schutz als aus Wut. Natürlich musste Bri gespürt haben, was vor der Reise in mir vorging. Und jetzt sagte sie mir deutlich, dass das nicht in Frage kam.

»Das habe ich auch nicht erwartet!«

Ich drehte mich weg und ging weiter die Straße hinab. So sehr ich es mir wünschte, ich wollte Paul nicht hintergehen. Oder unseren schönen Moment, der hätte sein können, mit Betrug und Lügen beschmutzen.

Wir setzten uns auf die erste Bank, die uns auf dem Platz begegnete. Bri packte ihre Zigaretten und ihren Flachmann aus. Da bemerkte ich zum ersten Mal den glasigen Schimmer in ihren blauen Augen.

»Es gab eine Zeit, da habe ich es so sehr bereut, dir den Brief geschrieben zu haben«, sprach ich weiter.

»Warum?«, fragte sie, jetzt mit leiser Stimme.

»Warum?« Ich schüttelte den Kopf. »Was für ein Mensch bin ich bloß, Bri? Selbst wenn etwas hinter unseren Vermutungen steckt, ist das, was ich getan habe, viel schlimmer als Fremdgehen. Ich belüge alle und ich ertrage es nicht mehr. Ich ertrage diese ganze Situation nicht mehr. Ich stehe wie nackt vor dir. Du weißt alles darüber, was in meinem Innern vorgeht, und ich weiß nichts über deine Gefühle.«

»Das ist nicht wahr. Ich erzähle dir alles.«

»Ja, natürlich. Du erzählst mir alles, was in Bezug auf deinen Mann und dich in dir vorgeht, aber ich weiß nicht, was du in Bezug auf uns fühlst.«

»Ich habe dir gesagt, dass ich nicht darüber reden kann. Dass ich mich nicht trennen kann. Weil Joh sich sonst womöglich was antut ... Wegen Marie, die immer so an ihm gehangen hat. Sie würde damit nicht zurechtkommen. Du kennst meine Situation. Ich kann mich nicht darauf einlassen, das habe ich dir gesagt.« Bri atmete schwer aus und richtete ihren Blick in den Himmel. Sie klang verzweifelt und wütend. Und diese Art von Wut stand ihr. Nicht die rasende, sondern die verzweifelte, die, die sehr schmerzte. »Ich dachte, gerade du verstehst mich. Und jetzt hast du Erwartungen an mich.« Tränen liefen ihre Wangen hinab, die sie sofort mit dem Handrücken wegwischte.

Ich war überrumpelt, denn ich hatte plötzlich das Gefühl, einen Fehler gemacht zu haben. Sollte ich mich jetzt etwa schuldig fühlen, weil ich darüber reden wollte? Nein! Und dann stieg auch in mir eine Wut auf. Und die Angst, sie zu verlieren. »Bri ...«, setzte ich an, »... ich erwarte nicht, dass du meine Gefühle erwiderst. Ich hoffe es, ja. Aber glaubst du nicht, ich habe das Recht zu erfahren, was du überhaupt davon hältst? Vor Monaten habe ich dir diesen Brief geschrieben ... Ich meine, wir sind zwei Frauen. Ich weiß nicht einmal, ob du es dir überhaupt mit einer Frau vorstellen könntest. Wenn es nicht so ist, dann sag es einfach und befrei mich. Bitte.«

»Das weiß ich nicht. Das weiß ich erst, wenn ich mich darauf einlasse.«

Ich wandte den Blick ab. Tränen liefen mir heiß über die kalten Wangen.

»Ich sehe keine Lösung«, fuhr sie fort. »Und egal, was ich tue, ich verletze alle Menschen in meinem Umfeld.«

»Und du glaubst, mir geht es anders? Ich kann zu niemandem ehrlich sein. Nicht mal zu mir selbst.«

»Ich habe es so satt.« Sie schluchzte. »Jeden Tag helfe ich anderen Menschen. Bloß dir und mir kann ich nicht helfen.«

»Und ich halte Paul seit Monaten von mir fern, weil ich nicht anders kann. Es ist nicht fair und ich weiß nicht, wie lange ich das noch durchhalte«, sagte ich mit bebender Stimme.

Im Schein der Straßenlaternen sah ich, dass ihre Lider rot waren und das Blau ihrer Augen noch mehr zum Leuchten brachten. Das Absurde war, dass sie unglaublich schön dabei aussah. Ich wollte sie berühren, ihr Trost spenden, aber irgendetwas hielt mich davon ab. Und ich hatte auch nicht das Gefühl, dass sie das wollte. Alles, was sie in Bezug auf uns fühlte, schien sie in eine Kiste gesteckt zu haben, die fest verschlossen auf einer zerklüfteten einsamen Highlandinsel lag, die kaum zugänglich war.

Sie schluckte, nickte stumm für einen Moment und sagte: »Du hast recht, ich kann von dir nichts erwarten. Ich hätte von Anfang sagen sollen, dass ich es nicht kann. Stattdessen habe ich das bisschen Glück, das ich mit dir haben konnte, voll ausgekostet.« Sie machte eine kurze Pause und schien sich zu sammeln. »Warte nicht. Du bist frei.«

Ich versuchte mich zu beruhigen, als die Worte zu mir durchdrangen. »Ist das wirklich das, was dein Herz dir sagt? Sei ehrlich. Bitte sei ehrlich, Bri.«

Sie antwortete nicht. Dann starrte sie auf die Kopfsteinpflaster und schüttelte den Kopf.

»Glaubst du, es ist mir leichtgefallen, mit Joh zu reden? Ich habe das für dich getan, Bri. Du weißt, dass ich an Schicksal glaube. Ich dachte, wenn es vorherbestimmt ist, dass ihr miteinander glücklich seid, dann muss ich das akzeptieren und hätte mich aus deinem Leben zurückgezogen.«

»Du willst nicht die Zukunft sein, weil die Vergangenheit nicht mehr funktioniert«, zitierte Bri. »Ich kenne jede Zeile.«

Ich schluckte und vermied es, ihr zu sagen, dass ich das bereits in meiner Vision gesehen hatte. Und doch war ich überrascht.

»Ich habe mir so viele Gedanken gemacht. In zwanzig Jahren bin ich so alt wie mein Vater jetzt. Und dann bist du fünfundfünfzig«, erklärte Bri.

»Ich habe über dieselben Dinge nachgedacht, weißt du. Es ist mir bewusst. Und es ist mir egal.« Ich hielt sie fest in meinem Blick.

»Das sagst du jetzt, aber wenn es so weit ist, was dann?«

»Das weiß ich nicht. Aber ich lebe lange genug mit dem Gefühl zu dir, um mir sicher zu sein, dass es keine Laune ist, die sich legt oder etwas, das zurückgeht, wenn ich nur lange genug warte. Lieber habe ich zwanzig Jahre mit dir, als vielleicht vierzig Jahre mit halbem Herzen zu leben. Wie soll ich dir das erklären, Bri?«, sagte ich kopfschüttelnd und suchte im schwarzen Nachthimmel nach den passenden Worten. »Hast du schon einmal länger in die Flamme einer Kerze geblickt? Sie beobachtet, wie sie sich sanft in der Luft des Raumes hin und her wiegt? Weich, heiß. Wie sie sich dehnt, ihre Spitze geteilt wie ein Stück zerschlissener Stoff? Der Docht, eingehüllt in Blau, aus dem sich die Flamme nährt.« Ich drehte mich wieder zu ihr. Bris Augen ruhten auf mir und ich sah den Schmerz in ihrem Gesicht. »Wenn du das eine Weile tust und danach deinen Blick abwendest, dann siehst du bei jedem Blinzeln ein Abbild der Flamme ..., als wäre ein Bild von ihr auf deinen Augapfel geprägt worden. So ist es, wenn wir Zeit miteinander verbringen. Dein ganzes Wesen hallt in mir nach wie das Licht der Flamme. Je länger ich dich bei mir habe, desto länger brauche ich, um mich wieder zu fangen. Wie ein physikalisches Gesetz, das ich nicht durchbrechen kann.« Ich steckte die Hände zum Schutz vor der Kälte tief in meine Manteltaschen und zog die Schultern hoch. »Ich dachte, dass du mir das nicht antun würdest, nachdem du wusstest, wie schlecht es mir letztes Mal ging. Ich dachte, ich müsste dir einfach nur vertrauen. Weißt du, wie es sich anfühlt, drei Nächte neben dir zu liegen und zu wissen, dass ich danach wieder zurückmuss, ohne dich an meiner Seite? Je länger wir zusammen sind, desto schlimmer ist es.«

»Und du denkst, für mich ist es leichter als für dich, stimmt's? Als du im Urlaub warst, weißt du, wie gern ich da mit dir aufs Meer geblickt hätte und wie leer das Haus jedes Mal ist, nachdem du es verlässt?«

»Warum hast du es dann nie gesagt?«

»Weil ich nicht noch mehr Salz in die Wunde schütten wollte.«

»Das, was du jetzt tust, ist wie Salz.«

»Ich dachte jahrelang, ich wäre glücklich. Und jetzt ... Was ist davon übrig? Ich habe zwei gescheiterte Ehen hinter mir. Wer sagt mir, dass in zwanzig Jahren nicht wieder dasselbe passiert?«

Ich erkannte zum ersten Mal, wie viel Angst sie hatte. So deutlich hatte sie mir das nie gesagt. »Ich sag dir das. Ich weiß einfach, dass unsere Herzen und Seelen beieinander sicher sind.« Bri hat mehr Vertrauen ins Leben, während ich mehr Vertrauen in unsere Liebe habe, ging mir in diesem Moment durch den Kopf. Unsere Gemüter beruhigten sich spürbar. »Aber in der Liebe gibt es nie eine Garantie.«

»Das weiß ich«, sagte sie leise.

»Das Gemeine ist, dass alles miteinander zusammenhängt. Ich kann nicht mal das Buch schreiben. Weil es in dem Buch um uns geht und es die einzige Geschichte ist, die im Moment aus mir herauswill.«

»Schreib es.« Sie sah mich ernst an. »Schreib das Buch. Ich habe das Gefühl, es hilft uns, alles aufzulösen und zu entwirren.«

Ich blickte stumm zurück und nickte. »Auch die erotischen Träume?«

Sie nickte.

Dann nahm ich meinen Rucksack und ließ sie wissen, dass es Zeit war zu gehen. Wir spürten, dass das Gespräch hier zu Ende war, und nun wurde uns auch die Kälte bewusst, die in den letzten Minuten - oder waren es Stunden - in unsere Körper gekrochen war. Wir spürten unsere Zehen nicht mehr und sprachen auf dem Weg zurück ins Hotel kein Wort. Nicht weil wir nicht wollten, sondern weil wir nicht konnten. Die Kälte hatte alles durchdrungen.

Bisher war die Lobby des Hotels stets leer gewesen, aber wie immer in solchen Momenten drängten sich nun mehrere Gäste zusammen mit uns in den Aufzug. Ich richtete den Blick zu Boden und tat so, als wäre ich tief in Gedanken versunken.

»Schlechtes Wetter heute, was?«, sprach mich einer der Gäste schließlich an.

»Eiskalt«, sagte ich und hoffte, die Leute würden denken, dass unsere Nasen und Augen von der Kälte gerötet waren. Endlich öffneten sich im dritten Stock die Türen und wir entkamen dem Aufzug. Das Letzte, wonach mir jetzt zumute war, war Smalltalk mit Fremden.

Bri hatte als Erstes heißen Tee aufgesetzt. Dann hatten wir uns ins Bett gelegt, die Decke bis zum Kinn gezogen und waren irgendwann in dem Wissen eingeschlafen, dass es eine sehr kurze Nacht sein würde, weil wir bereits in drei Stunden in ein Taxi steigen und zur Waverly Station aufbrechen würden.

Als ich das Ausmaß ihrer ganzen Angst erkannte, konnte ich nicht mehr wütend sein, sondern schaffte es, mich zu beruhigen, auf den Rücken zu drehen und nickte noch einmal ein, bevor eine halbe Stunde später der Wecker klingelte.

Kurze Zeit später stiegen wir auf der Waverly Bridge aus dem Taxi. Edinburgh versprühte auch noch nachts um drei Uhr seinen Charme. Ich fühlte mich wohl, obwohl wir mitten in der Nacht an einer Haltestelle standen und auf den Bus warteten, der uns zum Flughafen bringen würde. Die Stadt lag friedlich im Licht der Straßenlaternen und erschien mir wie leergefegt. Mit einer Zigarette im Mundwinkel stand Brida auf Zehenspitzen, lehnte sich auf die Mauer der Brücke und schaute Richtung Edinburgh Castle, das beleuchtet vor dem schwarzen Nachthimmel stand. Noch immer fühlte ich mich mitgenommen von unserem Gespräch, doch bei ihrem Anblick war ich seltsamerweise sehr zufrieden, wenn auch mit einem vagen Gefühl für die Zukunft. Nach einer Weile wandte sie ihr Gesicht zu mir.

»Und jetzt?«

»Ich weiß es nicht. Aber ich habe eine Idee. Wenigstens ein kleiner Trost.« Ich stellte meinen Rucksack auf dem Boden ab, holte die kleine Box mit handgemachtem Fudge hervor, den wir am Tag zuvor in einem kleinen

Geschäft in der Altstadt gekauft hatten. Es waren verschiedenen Sorten der süßen, buttrigen Masse: Highland Cream, Strawberry, Butterscotch … Brida warf ihren Zigarettenstummel auf den Boden und drückte ihn sorgfältig mit dem Schuh aus. Wortlos aßen wir alle Varianten durcheinander. Was wusste ich denn überhaupt noch? War ich von meinen Gefühlen so geblendet gewesen, dass meine Intuition mich täuschte? All die Gefühle, die mich vor der Reise überkommen hatten. Bris Seele, die ich ständig so überdeutlich wahrnahm. Heilte man, wenn man seine Geschichten aufschrieb? Oder gab man zu viel von sich preis? Könnten wir wirklich zusammen sein oder war das alles eine irre Vorstellung, die niemals gut gehen könnte?

»Weißt du, manchmal dachte ich abends, dass es jetzt schön wäre, wenn du da wärst und für uns zwei was zu essen kochen würdest«, riss sie mich aus meinen Gedanken und schaute mich mit weichem Blick an. »Über solche Dinge habe ich viel nachgedacht.«

»Ich auch«, erwiderte ich. »Aber du weißt ja, dass ich gerne im Bett und auf dem Sofa esse. Vielleicht würde ich dich ja auch in den Wahnsinn treiben mit all meinen Marotten.«

»Das habe ich mir allerdings auch schon gedacht«, antwortete sie frech. »Und ich mache mir Sorgen, dass ich nie wieder ruhig durchschlafen könnte, weil ich immer Angst hätte, zu schnarchen und dich dabei aufzuwecken.«

»Ich dachte, du schnarchst nur, wenn du Whisky trinkst.«

Kurz lehnte sie sich an mich, warf den Kopf in den Nacken und lachte in den schwarzen Himmel.

»Heute Nacht warst du jedenfalls ganz leise«, sagte ich.

Sie seufzte. »Warum ist alles nur so starr, Carolina?« Sie entfernte sich ein Stück von mir, ging ein paar Schritte auf und ab und sah dabei sehr nachdenklich aus. »Weißt du«, sagte sie dann und schaute mich an, »Ich kenne da noch jemanden von früher. Eine Kartenlegerin. Was hältst du davon, wenn wir zu ihr gehen?«

»Du willst dir Rat von außen holen?«, fragte ich und war überrascht. »Vertraust du ihr?«

»Sie fühlt sich gut an, ja. Und vielleicht zeigt sich ja irgendetwas, das von Bedeutung für uns sein könnte.«

Auch wenn ich Brida sagte, dass ich bei diesen Dingen immer die Angst hätte, solche Vorhersagen könnten auf irgendeine Art und Weise meine zukünftigen Entscheidungen beeinflussen, willigte ich ein. Denn es schien ohnehin so, als würden wir alleine nicht weiterkommen. Und was hatten wir schon zu verlieren?

Als wir schließlich im Bus saßen, flogen die Gebäude der Stadt am Fenster vorbei wie die letzten Tage mit ihr. Wehmut ergriff mich bei diesem Anblick.

»Ich könnte hier gut leben«, sagte Bri, die ihren Blick an mir vorbei nach draußen gerichtet hatte.

»Ich werde die Stadt vermissen«, sagte ich. Und das Gefühl, wie wir uns in ihr bewegten, dachte ich.

Als wir später im Flieger saßen, verschwand Edinburgh ein zweites Mal unter uns.

XIII
CAROLINA

MÄRZ 2014

Ein Monat war vergangen, seit Bri und ich aus Edinburgh zurückgekehrt waren. Von draußen konnte ich Theo bereits sehen. Er saß an einem kleinen runden Tisch, direkt am Fenster des Cafés. Von der gegenüberliegenden Straßenseite ging ich auf ihn zu. Die Sonne warf einen Kegel aus Licht auf ihn. Ich betrat den Raum und bahnte mir meinen Weg vorbei an der Theke, durch ein Gewirr von Stimmen und dem Geklapper von Geschirr. Zur Begrüßung drückte er mich. Etwas zu lang. Etwas zu fest. Anders, als ich es gewohnt war. Für einen kurzen Augenblick war ich verwirrt, bis ich erkannte, dass nichts Anzügliches, sondern etwas Tröstliches in seiner Berührung lag. Während ich meine Jacke ablegte, musterte er mich eindringlich.

»Stimmt etwas nicht?«, fragte ich, als ich mich setzte.

»Wer ist sie?«, platzte es aus ihm heraus. »Nun erzähl schon.« Ich errötete und senkte verlegen den Blick. »Was meinst du?«

»Du weißt genau, wovon ich rede, Carolina. Die Frau aus der Geschichte.«

Natürlich wusste ich es. »Es ist nur eine Geschichte«, sagte ich und tat die Frage mit einer Kopfbewegung ab.

Theo zog die Augenbrauen hoch und blickte mich stumm an. Dann beugte er sich über den Tisch, legte zwei Finger unter mein Kinn und hob es sachte an. »Wenn ich eines weiß«, sagte er mit sanfter Stimme, »dann, dass diese Geschichte nicht erfunden ist.«

Meine Mundwinkel formten sich widerwillig zu einem leisen Lächeln, das ich versuchte zu unterdrücken. »Ach ja? Wieso?«

Er lehnte sich genüsslich zurück, verschränkte die Arme vor der Brust und lächelte. »Weil ich selten etwas gelesen habe, in dem so viel Gefühl steckt.«

Mein Gesicht lag anscheinend wie ein offenes Buch vor ihm. Bri konnte das viel besser als ich. Ein Pokerface aufsetzen.

»Siehst du. Dieser Blick ... Nun erzähl schon. Wer ist sie?« Gespannt beugte er sich nach vorn und stützte sich mit beiden Unterarmen auf dem Tisch ab. »*Wie* ist sie?«

»Wie sie ist?« Mit hochgezogenen Augenbrauen schaute ich ihn an. »Ich dachte, du hättest es gelesen?«

In diesem Augenblick näherte sich die Kellnerin mit meinem Kaffee. Ich hielt mich an der Tasse fest, sobald sie vor mir auf dem Tisch stand. Noch nie hatte ich mit jemandem über die wahre Bedeutung gesprochen, die Bri in meinem Leben hatte. Es zu tun, würde die Geschichte auf beängstigende Art und Weise wirklich machen. Erbarmungslos ruhte sein Blick auf mir, bis ich mich dazu durchrang, ihm die Wahrheit zu sagen.

»Na gut ...«, gab ich zu und mein Herz raste. »Ja. Es gibt sie wirklich.« Ich lockerte meinen Griff von der Tasse und zeigte mit der Hand in Richtung Manuskript, das neben ihm auf dem Tisch lag. So abgegriffen, wie es aussah, schien er es mehrmals gelesen zu haben. »Ist es gut? Ich meine ... reicht es, um daraus ein Buch zu machen?« Meine Stimme kam mir fremd und brüchig vor. Er war der Einzige, der meine ersten Entwürfe je zu lesen bekommen hatte.

»Machst du Witze?« Theo warf beide Arme über den Kopf und sah mich mit großen Augen an. »Großer Gott, Carolina. Du hast eine Liebe gefunden, wie es womöglich nur den wenigstens von uns vergönnt ist. Und dann hast du es auch noch geschafft, sie auf dem Papier fühlbar zu machen.«

Ich atmete laut ein und aus. Ich war erleichtert, aber immer noch aufgewühlt.

»Der bittersüße Schmerz und die Sehnsucht in deinen Worten ...« Er schüttelte den Kopf und senkte den Blick auf die Tasse, die vor ihm stand.

»Was?«, fragte ich.

Seine Züge wurden ernst. »Ich wünsche dir so sehr, dass sich diese Liebe erfüllt.«

»Das geht nicht. Das ... das Ganze ist einfach unheimlich kompliziert, weißt du? Sie ist verheiratet und sie ...« Ich hob den Blick. Ein feiner Schleier aus Tränen ließ die Zimmerdecke aussehen wie einen weißen See, in dem ich schwamm, ohne jemals ein Ufer zu erreichen. »Zwanzig Jahre.« Ich starrte ihn an. »Und wir sind zwei Frauen ... verdammt!«

»Hey.« Er nahm meine Hand und zerrte an ihr, als wollte er mich wachrütteln. »Man lebt nur einmal. Glaub mir, ich weiß sehr wohl, warum wir hier sind und dieses Leben leben. Es ist ein Abenteuer, auf das wir uns einlassen sollen.« Er machte eine Pause und musterte mich. »Du solltest alles dafür tun, um diese Liebe mit ihr zu leben.«

»Daran habe ich lange geglaubt ...«, murmelte ich. Dann musste ich ins Leere an ihm vorbeigestarrt haben, denn er schob seinen Kopf in mein Sichtfeld und zwang mich, ihm zuzuhören.

»Jetzt nicht mehr?«

»Jeder hat Verantwortung im Leben. Aus der kann man sich nicht einfach so heraus stehlen.« Meine Stimme klang verbittert.

Er schürzte die Lippen, bevor sie den Rand seiner Kaffeetasse berührten. Dann nahm er einen Schluck. »Aber hat man nicht auch Verantwortung für sich selbst?«, fragte er mich über den Rand der Tasse hinweg.

Ich wusste keine Antwort darauf.

»Weißt du, jemand hat mir einmal gesagt, dass man das mit der Treue auch falsch verstehen kann. Man sollte anderen treu sein, aber nur, wenn man sich dabei selbst nicht untreu wird.« Wir schwiegen eine Weile, bevor er wieder das Wort ergriff. »Selbst, wenn nichts daraus wird, Carolina ...« Bei diesen Worten fuhr ich zusammen. Er sprach den Satz nicht zu Ende. »Ich weiß, das wäre hart. Aber diese Liebe hättest du immer noch. Sie ist ein Schatz, den du tief in deinem Herzen bewahren solltest.« Er machte eine Pause und musterte mich. »Und du wärst immer noch du. Auch ohne sie. Das weißt du doch, oder?«

Ich nickte stumm.

Später traten wir zusammen auf die Straße und verabschiedeten uns. Als ich mich bereits ein gutes Stück entfernt hatte, hörte ich ihn rufen. Seine Stimme hallte durch die leere Straße, prallte gegen sonnenbeschienene Hauswände.

»Carolina?«

Ich wandte mich um. Lächelnd nickte er mir zu und ging davon. Wie angewurzelt stand ich da und schaute ihm nach, bis er immer kleiner wurde und schließlich ganz vom Horizont verschluckt wurde. Sein Nicken erschien mir wie eine Aufforderung, weiterzumachen, nicht aufzugeben. Auch, wenn es mir in diesem Moment warm ums Herz wurde, meine Hände waren eiskalt. Ich steckte sie mir tief in die Manteltaschen und zog die Schultern hoch. Ich fühlte mich verloren, wusste nichts mit mir und dem Rest des Tages anzufangen, weshalb ich entschied, lieber noch eine Runde durch die Gassen der Altstadt zu gehen, anstatt mich ins Auto zu setzen und zurück nach Hause zu fahren. Die kühle Luft würde mir guttun, mir vielleicht dabei helfen, einen klaren Kopf zu bekommen. Zuerst war es nur ein vages Gefühl, aber dann wurde mir klar, dass seine Worte etwas tief in mir berührt hatten. Anfangs machten sie mich traurig, weil ich nur an das dachte, was er gesagt hatte, als wir das Café verließen.

»*Weißt du, manchmal ist der Weg das Ziel.*« Dieser Satz hätte auch von Bri stammen können. Und die Angst davor versetzte meinem Magen ein ungutes Gefühl. Als ich genauer über das Gespräch nachdachte, folgte eine selige Leichtigkeit. So lange hatte ich mein Geheimnis für mich bewahrt, konnte mit niemandem darüber sprechen. Heute hatte ich unsere Geschichte zum ersten Mal vom Papier in die Realität geholt. Theos Worte klangen wie eine Ermutigung. Wie eine Erlaubnis für das, was wie ein zartes Bindeglied zwischen Bri und mir stand. Ich hatte mir diese Erlaubnis selbst nie wirklich gegeben. Er hatte mir bewusst gemacht, dass mein Herz und mein Verstand einen zehrenden Kampf führten. Einen, den ich vermutlich nie würde beenden können, wenn ich mich nicht zu einer der beiden Seiten bekannte. Kopf oder Zahl. Verstand oder Herz. Zweifel oder Gefühl. Ich wollte alles verändern und doch nichts verändern. Ich wollte niemanden verletzen. Aber ich erkannte, dass das nicht funktionieren konnte und ich mich dabei ständig selbst verletzte. Ich konnte mich nicht länger zwischen zwei Welten bewegen. Nicht mehr länger schwanken zwischen bequem und unbequem. Zwischen Erfüllung und einem Dasein, das in einem Diagramm einer geraden Linie entsprechen würde, ohne Auf und Ab. Alles unsäglich vorhersehbar.

Während ich dachte, ich hätte längst schon alles auf eine Karte gesetzt, fiel mir auf, dass ich nichts anderes tat, als mich ständig selbst zu zensieren. Mein Verstand versuchte, meine Gedanken zu zensieren und meine Gefühle zu kontrollieren. Wenn ich *dachte*, dann sprach alles gegen uns. Meine Gedanken beschworen die weltlichen Dinge herauf, die es mir verboten, weiterzudenken und die Bilder, die ich im Kopf hatte, ohne schlechtes Gewissen auszukosten. Unser Geschlecht, die zwanzig Jahre, die uns trennten, die Meinung anderer, all die Beschränkungen von außen.

Aber wenn ich fühlte ...

Ich warf den Kopf nach hinten und atmete ganz tief ein. Die kalte Luft durchdrang beißend meine Nase und füllte meine Lunge. Wenn ich einfach nur fühlte, dann sah ich alles deutlich vor mir. Da waren keine Beschränkungen. Da war nur mein Herz. Die Liebe war etwas Gutes. Warum sollte ich sie unterdrücken? Ich stellte infrage, was sich die Menschen alles im Leben versprachen. Gab man Versprechen nicht mehr aus Angst, als aus Überzeugung, sie tatsächlich halten zu können? Versprechungen boten einen vermeintlich sicheren Hafen vor Enttäuschungen. Tatsächlich war das alles nur eine Illusion. Gäbe es diese Versprechen und einengenden Bindungen nicht, dann hätten wir uns sicher längst berührt und geküsst. Wären einfach unserem Gefühl füreinander gefolgt, das wollte, dass wir nebeneinander schliefen und unsere Körper entdeckten. Gott hatte mir diesen schönen Körper gegeben, der so viel fühlen konnte. Wieso sollte ich ihn nicht benutzen?

Meine eigenen Gedanken kamen mir kitschig vor. Doch ich wollte meinen Körper endlich wieder für das einsetzen, wofür er auch gedacht war. Als ein Instrument der Liebe. Während all diese Gedanken, angestoßen durch das Gespräch, das ich eben noch mit Theo geführt hatte, durch meinen Kopf glitten, lief ich durch Gassen und zwischen Häusern hindurch, vorbei an Menschen, die ich nicht wahrnahm. Ich passierte Schaufenster, in die ich nicht hineinschaute, eine Bank, auf die ich mich nicht setzte. Da war eine Liebe, die ich nicht lebte. Ungenutzte Momente, verstrichene Gefühle. Entscheidungen. Sie waren es, die uns auf unserem Weg führten und voranbrachten. Das Gespräch hatte etwas in mir verändert. Es konnte wahr werden. Ich *durfte* träumen. Jetzt, wo sich das Licht der Zukunft stärker anfühlte als die Zweifel meiner Gegenwart, entschied ich, mutig zu sein. Ich sagte *ja*. In mir drin sagte ich laut *ja* zu diesem Wunsch, der so anders war als alles, was ich bisher gekannt hatte. Ich wollte es nicht mehr länger dem Schicksal, dem Zufall oder irgendjemand anderem überlassen. Ich stellte mir vor, ich könnte diese Liebe einfach auf unserem Weg vorausschicken wie ein Licht, das alles erhellen würde, sodass wir besser sehen konnten, sodass sie alle Hindernisse aus dem Weg schaffte, alles auflöste. Und es geht dabei um Mut, dachte ich. Den Mut, voll und ganz zu mir selbst zu stehen und zu den Wünschen, die tief am Grund meines Herzens lagen. Ich trank nicht mehr nur an der Oberfläche, ich nahm einen tiefen Schluck. Alles, was bisher unten geschwommen war, schwappte jetzt nach oben.

XIV
BRIDA

APRIL 2014

In einer Nacht im April lauschte ich in das Dunkel meines Hauses, das seit jeher im Besitz meiner Familie war. Dreihundert Jahre. Unzählige Neumonde, um neue Absichten zu setzen, unzählige Vollmonde, um Altes ziehen zu lassen. Nachdem meine Großmutter gestorben war, hatte ich es zuerst ausgeschlachtet, ein Neuanfang, und dann umgebaut zu dem, was es nun war. Die alte Luke, die ursprünglich in den Gewölbekeller, den Bauch des Hauses führte, wo sich heute die Küche befindet, gab es nicht mehr. Und da, wo mein Großvater früher seine Uhrmacherwerkstatt beherbergte, war heute das Wohnzimmer. Vieles hatte sich verändert. Nur der Dachstuhl stand immer noch da wie einst. Ein ehrlicher Zimmermann hatte mir geraten, ihn niemals auszutauschen. Er trug das Dach, die Geschichten, er war der Schutz, der nachts über unseren Köpfen schwebte. Der meine schlechten Träume fing. Und die guten in sich aufnahm und sie im Holz bewahrte. Er war da gewesen, als ich geboren wurde, und wachte all die Jahre über meine

Kinder im Schlaf. Manchmal, wenn ich nachts ganz still-lag, hörte ich nur den Atem meines Mannes und den des Hauses. Das Holz, das leise knarrend von der Vergangenheit sprach. Von meinen Großeltern und den Generationen, die vor ihnen hier gelebt und geschlafen hatten. Es war ein weises Haus, das zwischen den Ziegeln Geheimnisse gefangen hielt, die bis heute darauf warteten, erlöst zu werden. Ich kannte jede Bewegung, jeden Seufzer seiner alten Knochen. Sie waren mir so vertraut wie der Klang der Herzen meiner Kinder.

Ich lauschte in seine Dunkelheit und fragte mich, wie es sich anfühlen würde, unter einem anderen Dach zu leben. Könnte ich schlafen ohne das leise Summen dieser Gemäuer, die seit über dreißig Jahren meine gewohnte Umgebung waren? Doch wann hatte ich hier das letzte Mal erholsam durchgeschlafen? Ich konnte mich nicht einmal mehr daran erinnern. Auch in dieser Nacht fand ich keinen Schlaf, schlug die Bettdecke zurück und ging nach unten. Leise. Ich wusste, welche der alten Treppenstufen ich meiden musste, um niemanden zu wecken. Würde meine Tochter die Wahrheit verkraften?

»Ich kann sie nicht loslassen. Noch nicht. Sie braucht mich«, flüsterte ich und kehrte mit meinen Gedanken zurück nach Schottland.

»Vielleicht geht es gar nicht darum, glücklich zu werden«, hatte ich zu Carolina gesagt.

»Und was, wenn doch?«, hatte sie geantwortet, dort in der klirrenden Kälte am Grassmarket. Ich hörte immer noch ihre Worte in meinem Ohr. »Ausgerechnet du sagst das! Dann ist alles, was du jeden Tag tust, eine Lüge.«

Ja, ausgerechnet ich. Ich fühlte mich heuchlerisch. Weil ich jeden Tag meinen Klienten vermittelte, dass sie ihr Glück selbst in der Hand hatten. Wie oben so unten. Wir konnten uns den Himmel auf Erden schaffen. Hatte ich das vergessen? Ich half ihnen dabei, gesund zu werden, sich selbst zu heilen, ihre Beziehungen zu ordnen oder wiederzufinden, einen Neuanfang zu bewältigen. Ich half ihnen, ihren Weg zu finden und ihn zu gehen. Motivierte sie dazu, nie die Hoffnung aufzugeben. Und wer half mir, zwischen falsch und richtig zu unterscheiden?

Ich öffnete die Terrassentür und setzte mich draußen in meinen Korbsessel. Es war mir nicht möglich, bei mir zu erfühlen, was ich bei meinen Klienten wahrnahm. Ich starrte auf meine Hände. Ich suchte mit geschlossenen Augen, ich erfühlte mit allen Sinnen. Doch ich verschwamm vor mir selbst, konnte mich nicht finden. Die Konturen meiner Seele waren taub. Mit größter Mühe versuchte ich ihre Ränder abzufahren, aber es gelang mir nicht, mich dort unten zu sehen. Die ausgefransten Ränder an der Stelle, an der der Schmerz ein Loch in sie hineingerissen hatte, waren nicht zu glätten, die Lücke nicht zu schließen. Lange schon hatte ich mich von der Leere entfernt, die dort war, hatte sie unbehandelt zurückgelassen in der Hoffnung, sie würde sich irgendwann wieder füllen, sich von alleine schließen wie eine Tür, die ganz unbemerkt und leise klickend zurück in ihr Schloss fällt.

Eine tiefe Verzweiflung überkam mich, weil ich den Weg nicht sah. Müde versuchte ich, ein Bild zu bekommen von den Strömungen, die zwischen den Zeiten hingen, zwischen den Lichtern des Tages und dem Schwarz der Nacht, aber nichts rückte in mein Sichtfeld. Da waren Fäden aus Licht, Schwingungen, Schatten und deren Schatten, schwache, ermattete, ausgeblichene Farben. Ich suchte nach allem, aber ich fand nichts. Das einzige, was ich sah, waren unsere Gesichter. Meins und Carolinas. Noch immer hingen sie zwischen konzentrischen Kreisen, blickten durch milchiges Glas zu mir hinauf, gefangen unter der gefrorenen Oberfläche eines Wintersees. Und ich sah, dass es gefährlich sein würde, jetzt zu gehen. Ein Schauder lief mir über den Rücken.

»Was hat das Leben denn noch für einen Sinn, wenn wir uns trennen?«, hatte er gesagt und geweint. Das tat er immer, wenn wir von uns sprachen. Um mich unter Druck zu setzen. Er hatte mich nicht nur verraten, er erpresste mich. Auch und absichtlich vor unserer Tochter, die dann ganz still wurde und meistens traurig den Raum verließ.

»Warum hast du den Ehering abgelegt«, hatte er gleich am nächsten Tag gefragt, als er bemerkte, dass ich ihn nicht mehr trug.

»Weil ich keine Ehe mehr habe«, hatte ich geantwortet. Weil ich von dir betrogen wurde, dachte ich.

»Wieso sagst du das?«

»Du sagst, du liebst mich und kannst nicht ohne mich sein, aber dein Verhalten passt nicht zu deinen Worten. Du bist nur für dich da. Wir reden nicht mehr miteinander, wir essen nicht einmal mehr miteinander. Wir sind nur noch einsam miteinander.« Früher hatten seine Augen für mich geglüht. Und heute? Heute logen sie für eine andere. »Ich will eine offene Beziehung«, provozierte ich. Doch er wollte mich nicht teilen, mich nicht hergeben. Er wollte mich behalten wie einen Gegenstand, den man gar nicht mehr benutzt. Wann hatte ich meinen Körper das letzte Mal benutzt? Seit Jahren stand er unberührt im Schrank. Carolina hatte recht.

»Es ist eine Verschwendung«, hatte sie gesagt. »Wir verschwenden unsere Körper. Ich möchte Leidenschaft spüren, endlich wieder berührt werden, andere Haut fühlen.«

Meine Haut, dachte ich. Ich wusste, dass ich es war, nach der sie sich sehnte. Wir hatten gelernt, unsere eigene

Sprache zu sprechen, zwischen den Zeilen, ohne die Liebe beim Namen zu nennen.

»Fragt Paul dich nie, ob du mit ihm schlafen willst?«, hatte ich wissen wollen.

»Doch, erst letztens wieder«, hatte Carolina geantwortet und ich so lange die Luft angehalten. »Aber ich sage ihm jedes Mal, dass ich keine Lust habe. Seit Jahren haben wir uns nicht einmal mehr richtig geküsst.«

Erleichtert hatte ich nach ihrer Antwort ausgeatmet. Unbemerkt. »Und er fragt nicht nach dem Warum?«, hatte ich nachgehakt.

»Nein und ich bin froh, dass er es nicht tut. Was sollte ich ihm sagen, Bri, die Wahrheit?« Sie hatte nicht auf meine Antwort gewartet. »Und bei euch?«

»Nichts«, hatte ich gesagt. »Seit er fremdgegangen ist, gibt es keine körperliche Nähe mehr zwischen uns. Er findet unsere Beziehung ganz gut, meinte, wir hätten doch alles. Gut, unser Sexleben läge momentan etwas brach, zwei Jahre wohlgemerkt, aber er habe ohnehin erkannt, dass das nicht das Wichtigste in einer Beziehung sei.«

»Gott, Bri, wie hältst du das bloß aus?«, hatte Carolina gefragt.

So wie du auch, hatte ich gedacht. Es zehrt an mir. Ich sehe dich an und ich verdurste, ich verhungere. Nun lächelte ich vor mich hin, als ich weiter über unsere Unterhaltung nachdachte.

»Ich weiß nicht mal mehr, wie das geht, glaube ich. Und außerdem habe ich nicht mehr viel Zeit«, hatte ich zu ihr gesagt. »Ich muss mich beeilen, bevor alles an mir unansehnlich wird.« Und wenn ich ehrlich war, hatte ich Angst, die Zeit würde uns nicht reichen, Angst, sie könnte mich eines Tages nicht mehr wollen.

»Völliger Quatsch!«, hatte Carolina erwidert. Und dann hatten wir am Telefon zusammen darüber gelacht.

Ich seufzte und ließ mich tiefer in die Kissen sinken. Am Himmel über dem alten Steinhäuschen, das am Ende meines Gartens stand, leuchtete der Polarstern. Immer wenn ich ihn sah, dachte ich, meine Großmutter wäre da und schaute auf mich herab.

»Hilde, was würdest du tun? Ich könnte so gut deinen Rat gebrauchen«, flüsterte ich, doch ich hörte niemanden antworten.

Als ich mir eine Zigarette angezündet hatte, wanderte mein Blick durch den Garten und blieb an der mit Efeu überwucherten Wand hängen, aus der ein Stück rostiges Metall herausblitzte. Das grüne Gewächs hatte den Gegenstand fast vollkommen überwuchert, doch die weiße Schrift war immer noch sichtbar. Ich wusste ohnehin, was dort stand. Ja, ausgerechnet ich hatte ein Schild im Garten hängen, auf dem stand: »Willst du glücklich sein? Dann sei es.«

Wenn das bloß so einfach wäre, dachte ich. In diesem Moment erfasste mich ein Windstoß. Er wirbelte mir durchs Haar und um meinen Hals wie Finger, die mich zart berührten. Ich blickte in den Himmel. Und dann sah ich dort oben in der Sphäre eine Antwort. Ich durfte nicht umstürzen. Nein, ich durfte nicht in mich zusammenfallen. Und ich durfte nicht schwach werden. Noch nicht. Nur auf dem Papier, Brida, nur auf dem Papier. Für jetzt.

XV

CAROLINA

JULI 2014

Der Sommer hatte uns mit einer Heftigkeit eingeholt, die ich zu Beginn nicht hatte ertragen können. Zu grell war sein Licht, zu lang seine Tage, an denen ich mich nach Edinburgh sehnte, nach dessen Nässe und Kälte, die nirgendwo sonst so einladend waren. Und nun, an einem Tag im Juli, erinnerte ich mich an den Klang der Folk Musik, den Geruch der Bars, ungespülte Gläser und volle Aschenbecher. Zusammen gingen Brida und ich durch einen Wald, an dessen Rand wir einen kleinen türkisfarbenen See entdeckt hatten. Es war fast so, als könnten wir die Spaziergänge, die wir damals auf der Isle of Skye gemacht hatten, einfach hier fortsetzen. Mit diesen Erinnerungen stieg sie mir zu Kopf wie schwerer Wein. Und doch erschien mir mein Gang an ihrer Seite weniger taumelnd, weniger bleiern. Wir kamen zu einer Lichtung oberhalb des Sees. Von der Bank, die dort stand, hatte man einen ähnlichen Blick auf das Wasser wie damals auf das Meer. In den letzten Wochen war jede von uns ihrem alltäglichen Leben nachgegangen und ich dachte daran, dass ich uns immer wieder verloren hatte, im Zweifel, der die Tage überschattete, wenn wir zu lange getrennt gewesen waren, zu lange nicht gesprochen hatten, ich zu lange nicht in ihr vertrautes Gesicht blicken konnte. Dann fragte ich mich, ob wir vielleicht doch nicht viel mehr waren als ein Irrtum, ein Wahnsinn oder eine Unvernunft. Doch sobald ich sie sah, begehrte ich sie. Unerbittlich. Und nach meinem Gespräch mit Theo auch sehr gewissenlos. Ihr Haar war ein bisschen vom Wind zerzaust, ihre Haut gebräunt und bei all dem konnte ich nur noch ans Lieben denken. An meine Hände, die wie in einem Rausch durch ihr Haar gleiten und es ebenso zerwühlen würden wie der Atem des Himmels. Gerne hätte ich sie länger betrachtet. Ihren Mund, ihren Hals, ihr Schlüsselbein. Doch ich bewegte mich stets auf einem schmalen Grad zwischen der Leidenschaft und der Scham, und als mich ihr Blick durchzuckte, musste ich deshalb das Gesicht abwenden. Ich fragte mich, ob sie den Sinn darin erkannte oder ob ich den Sinn hinter ihrem Blick richtig begriff, der mich hin und wieder etwas zu leuchtend erfasste.

»Die Kartenlegerin«, sagte Brida sofort, nachdem wir uns auf die Bank gesetzt hatten, »hat sie gesagt, ob wir zusammenkommen?«

»Nicht direkt«, gab ich zurück.

»Sondern?« Ihr Blick ruhte neugierig auf meinem Gesicht.

»Es ist möglich.« Ich zögerte. »Aber es liegt an dir ...«

Sie lehnte sich resigniert zurück.

»Und sie meinte, du fürchtest dich davor, dass ich dich eines Tages verlassen werde, weil ich die Lust an dir verloren habe.«

»Ich weiß, dass ich die alten Verletzungen loslassen muss.« Sie schaute mich beim Reden nicht an. Ihr Blick war auf das ferne Ufer des Sees gerichtet. Scheinbar in alte Erinnerungen vertieft, fuhr sie sich dabei mit den Fingern über die linke Handfläche, die seit Kurzem von winzigen schmerzhaften Bläschen übersät war. »Der linke Arm ist die Verlängerung des Herzens«, sagte sie, als sie bemerkte, dass ich sie musterte. »Ich bin gefangen, Carolina, wie in einer Hölle. In einer kalten Hölle aus Eis. Da ist niemand, der mich in den Arm nimmt, niemand, der mich morgens anlächelt, wenn ich aufwache.« Ihre Züge wurden härter. »Er spricht von der Liebe, weißt du. Aber er sieht dabei aus, als hätte er sie längst vergessen, das, was sie ist oder sogar, dass es sie überhaupt jemals in seinem Leben gegeben hat. Er hat keine Freunde, kein Hobby, nichts. Aber eine Leidenschaft hat er doch: Er trinkt. Ich beobachte das jetzt schon seit einer Weile«, sagte sie. »Nicht nur, dass er lügt und sich für niemanden mehr interessiert, nein, er trinkt auch noch. Mischt Rum in seinen Saft, nippt bei jedem Gang in den Keller an einer der Whiskyflaschen, die ich aus Schottland mitgebracht habe. Der Pegel in der Flasche sinkt, weißt du, ich sehe das, aber er streitet es ab, wie immer, und deshalb sinkt auch das Niveau, mein Respekt für ihn, verstehst du. Das ist grausam.«

Ich wollte sie in den Arm nehmen oder ihre Handfläche küssen. Sie einhüllen in Wärme, in Trost, in Sicherheit. Doch ich war daran gewöhnt, dass wir uns so selten wie möglich berührten. Wegen der Treue. Und weil die Nähe die Angst heraufbeschwor. Es war anstrengend, immer vernünftig zu sein.

»Und was willst du jetzt tun? Ich meine, wie lange willst du das alles noch ertragen?«, fragte ich und dann fiel mir ein, dass Brida keine halben Sachen machte. Sie verabscheute sie. Und deshalb würde sie sich auch nicht halb kaputt machen neben ihm, sondern sich vermutlich gänzlich zugrunde richten. Das erschütterte mich. Umso mehr, als ich weiterdachte. Weil es bei der Liebe und bei der Lust wohl dasselbe wäre. Sie würde sich vollkommen hingeben, vollkommen empfinden, vollkommen lieben. Wenn sie nur könnte.

»Sie hat Joh in den Karten gesehen. Hat gesagt, er würde sich etwas antun, wenn ich ihn verlasse. So, wie ich es schon die ganze Zeit vermutet hatte. Was seine Trübsinnigkeit anbelangt, sei keine Besserung in Sicht. Sie sagte, ich solle nichts tun, nur abwarten, er würde irgendwann von selbst gehen, meinte sie. Irgendwann Carolina!«

Und bei diesen Worten wurde mir schonungslos bewusst, wie gefangen ich war. Eingezwängt zwischen ihrem und meinem eigenen Entschluss und den Taten der anderen.

»Ich bin es so leid. Du glaubst nicht, wie gerne ich einfach alles stehen und liegen lassen würde. Einfach mit dir fortgehen. Ich habe mir vorgestellt, dass du das Buch fertig schreibst und wir zusammen noch mal ganz von vorn anfangen. Irgendwo, weit weg.« Nun blickte sie mir direkt in die Augen.

Ich erstarrte. Das Blut schoss mir ins Gesicht, obwohl ich dachte, es müsste mir aus dem Körper weichen, bei dem, was ich hörte. Sie belebte mich mit diesen Worten, so als berührte mich das Leben selbst in diesem Moment. Das passierte mir manchmal, in besonderen Augenblicken, dass mich das Leben berührte und mein Herz für einen kurzen, heftigen Moment ins Wanken brachte. Als wäre ich völlig irrsinnig und verworren vor lauter Liebe. Deshalb war ich auch nicht in der Lage, irgendetwas zu erwidern.

Brida steckte sich eine Zigarette an und zog sorgfältig an ihr. Für ein paar Sekunden hielt ich hartnäckig die Augen geschlossen, um mich zu sammeln und fragte mich, wie der Rauch wohl für sie schmeckte: bitter oder beruhigend. So wie die Tatsache, dass wir nicht zusammen fortgehen konnten.

»Das ist aber nicht alles«, stellte sie fest. »Ich meine bei dir. Sie hat noch mehr gesagt, oder nicht?«

»Ja. Sie sagte, ich würde nicht bis an mein Lebensende mit dir zusammen sein.«

»Siehst du?« Bei diesen Worten versagte ihr kurz die Stimme und ich glaubte zu sehen, dass sie einen Anflug von Tränen hinunterschluckte. »Das habe ich dir auch gesagt.«

»Was genau?«

»Dass zwanzig Jahre zwischen uns liegen.«

»Ja, und?« Ich zuckte mit den Schultern. »Deshalb ist es doch logisch, dass ich dich vermutlich nicht bis an mein Lebensende bei mir haben werde. Aber wer weiß das schon? Was wissen wir überhaupt über unser Leben?« Und dann, in dem unbarmherzigen Licht der Nachmittagssonne, sah man ihr die fast fünfzig Jahre an. Doch ich fühlte sie nicht. Ich fühlte sie nicht, die Jahre zwischen uns.

»Hast du keine Angst davor, mich eines Tages zu verlieren?«, wollte sie wissen.

»Nein.«

»Warum?«

»Weil ich längst weiß, wie es sich anfühlt.« Ich atmete tief ein und blinzelte in den wolkenlosen Himmel. Ein Flugzeug glitt über unsere Köpfe hinweg. Beim Anblick des weißen Kondensstreifens fühlte ich mich so frei wie schon lange nicht mehr.

»Weißt du, plötzlich scheint irgendwie alles einen Sinn zu ergeben«, sagte ich. »Ich habe das Gefühl, es bereits durchlebt zu haben, bevor es geschieht. Der Schmerz der letzten Monate und all das. Hältst du so etwas für möglich?«

Eine Falte tauchte zwischen ihren Augenbrauen auf, sie nickte. »Ja, ich glaube tatsächlich, dass so etwas möglich ist.«

»Vielleicht bleibe ich länger als du. Doch selbst wenn keine zwanzig Jahre zwischen uns lägen. Das Risiko, die Menschen zu verlieren, die wir lieben, besteht immer. Selbst wenn sie mit uns leben. Du weißt das besser als jeder andere.«

Ein Schatten huschte über ihr schönes Gesicht und ließ sie traurig aussehen.

»Wir haben nie darüber gesprochen, Bri, aber wer sagt, dass ich die letzten Jahre meines Lebens alleine verbringen müsste?« Meine Stimme klang nicht traurig und so spürte ich, wie sie sich neben mir ein wenig entspannte. »Bei allem vertrauen wir immer darauf, dass sich die Dinge so fügen, wie sie sich fügen sollen. Ich könnte doch wieder jemandem begegnen. Und ich weiß, du hättest kein Problem damit und das ist schön.« Es kam mir absurd vor, seltsam, über was wir sprachen, und trotzdem sehr natürlich. »Du brauchst keine Angst zu haben. Ich werde nicht alleine sein, wenn du irgendwann fort bist. Vielleicht werde ich noch einmal lieben. Wahrscheinlich ganz anders.« Ich nickte. »Aber ich werde lieben.« Während ich das als Planung Gottes wahrgenommen hatte, machte es den Eindruck, als würde Bri unseren Altersabstand als unüberwindbare Hürde vor uns liegen sehen. Ich traute ihr sogar zu, auf mich zu verzichten, aus Angst, sie würde mir eines Tages zur Last fallen. Das würde zu ihr passen, dachte ich. Sie war immer mehr auf das Glück der anderen bedacht als auf ihr eigenes.

Ein Lächeln deutete sich in ihrem Gesicht an und ihre

Miene wurde freundlicher. »Ich habe dir gesagt, dass du viel stärker bist als ich«, sagte sie.

Wir saßen noch eine Weile auf der Bank, und als wir später aufstanden, um nach Hause zu gehen, hing der Streifen immer noch am Horizont und die bereits untergehende Sonne färbte ihn in ein kraftvolles, hoffnungsvolles Rot.

XVI
CAROLINA

OKTOBER 2014

Endlich war der Herbst gekommen und an einem kühlen Oktoberabend war ich mit Marie unterwegs ins Kino. In den letzten Monaten hatten wir hin und wieder gemeinsam etwas unternommen. Im Scheinwerferlicht der entgegenkommenden Autos sah ich ihr tränennasses Gesicht. Dann hörte ich sie leise schluchzen. Ich nahm ihre Hand und drückte sie.

»Was ist?«

»Ich fühle mich beschissen«, platzte es aus ihr heraus.

»Wir sind gleich da, ich suche uns schnell einen Parkplatz.«

Sie nickte und wischte sich die Tränen von den Wangen. Ich fuhr ins Parkhaus und stellte den Wagen ab. Dann drehte ich mich zu ihr.

»Ich bin wütend«, fuhr sie fort. »Und ich weiß nicht einmal genau, warum.«

»Auf wen bist du denn wütend?«, fragte ich.

»Auf Mama. Und ich fühle mich schrecklich deswegen. Sie kann ja nichts dafür. Sie macht alles für mich, weißt du? Sie zahlt mein Studium und die Klamotten und das alles und ich weiß ja, dass sie dafür voll viel arbeitet.«

»Ich glaube, es ist wegen der schlechten Stimmung daheim, oder?«

»Ich bin so behütet aufgewachsen.« Sie schluchzte. »Alles war so schön zu Hause.

»Bis er sie betrogen hat?«

Sie nickte. »Ich komme damit einfach nicht klar, Carolina. Ich komme damit nicht klar«, sagte sie.

Ihre Tränen schnürten mir die Kehle zu. Mit einem Mal erschien es mir sinnlos, von der Zukunft zu träumen. Das Gespräch, das ich im März mit Theo geführt hatte, rückte in weite Ferne. Und zugleich fühlte ich mich schäbig. Und verlogen. Und es hämmerte in meinem Kopf, dass ich mich zurückziehen sollte von all dem. Von Bri.

»Aber so kann es ja auch nicht ewig weitergehen«, fuhr sie fort. »Ich sehe ja, wie unglücklich sie ist. Manchmal denke ich, sie sollte ihn besser verlassen. Vielleicht ist das die einzige Lösung. Ich meine, das geht ja jetzt schon Jahre so. Auch wenn es der Horror für mich wäre, wenn sie sich trennten.« Sie schnäuzte sich die Nase und war für einen Moment still, bevor sie weitersprach. »Aber sie wird ihn nie verlassen und das weiß er ganz genau. Dann sagt er ihr eben wieder ein paar Mal, dass er sie liebt und ohne sie nicht leben kann, und das war's dann. Und die ganzen Gespräche, die Mama und ich mit ihm geführt haben ... Er versteht doch gar nicht, was sie eigentlich zu ihm sagt.«

Aber sie wird ihn nie verlassen. Wie der Schriftzug einer grellen Leuchtreklame blitzte der Satz immer wieder vor meinen Augen auf. Wir schwiegen. Dann formte sich langsam eine Frage in meinem Mund, an die ich mich vorsichtig herantastete. Weil sie sich verboten anfühlte.

Weil ich Angst hatte, die Antwort würde mich wie ein wildes Tier überfallen.

»Und was glaubst du ... Warum verlässt sie ihn nicht?«

»Weil sie ihn viel zu sehr liebt.«

Ich spürte nichts. Fast so, als umgäbe mich ein Hauch von Frieden. »Aber wenn er wieder ganz der Alte werden würde, dann wäre vielleicht noch was zu retten, meinst du nicht?«

»Ne, das kannst du vergessen. Da ist nichts mehr zu retten.«

»Glaubst du, er hat es wirklich getan?«

»Ja, aber er wird es nie zugeben. Das nimmt er mit ins Grab. Und außerdem bin ich sicher, Mama hat Angst, dass er mir nachher ein Klotz am Bein ist und ich mich um ihn kümmern muss, wenn sie sich trennt. Und das kann gut sein. Er hat ja niemanden. Nicht mal einen Freund. Nur seinen Onkel. Aber der ist ja schon über neunzig.«

Bisher hatten wir nie über die beiden gesprochen, wenn wir zusammen ausgegangen waren. Für einen kurzen Moment wünschte ich mir, ich könnte ihr von meinen Gefühlen erzählen, ihr mein Herz ausschütten und ihr erklären, warum ich die Falsche war, um dieses Gespräch zu führen. Doch ich konnte nicht. Natürlich konnte ich nicht. So wie sie nicht ahnen konnte, was ich für Bri empfand.

»Weißt du von seinem Alkoholproblem?«

Ich nickte. »Brida hat mir davon erzählt.«

»Sie hat ihm schon so oft gesagt, sie würde ihn vor den anderen, in der Familie und so, nicht mehr länger in Schutz nehmen. Aber sie verteidigt ihn immer noch. Jedes Mal. Ich weiß gar nicht, was ich da noch machen kann. An den Wochenenden vermeide ich es sogar, nach Hause zu kommen, und bleibe lieber in meiner Studentenwohnung. Er schüttet mir sein Herz aus und dann kommt

Mama und erzählt mir wieder was ganz anderes. Ich weiß nicht mehr, wem ich noch glauben soll. Ich sitze zwischen den Stühlen und egal, was ich mache, es wird einfach nicht besser.«

Tröstend legte ich den Arm um sie. »Du kannst nicht die Verantwortung übernehmen für das, was zwischen den beiden geschehen ist, und versuchen, es wieder zu kitten. Das können nur die beiden tun.«

»Ja. Eigentlich weiß ich das. Und trotzdem ... Es tut gut, das mal zu hören. Ich drehe noch durch.« Ein kleines Lächeln umspielte ihre Mundwinkel und die Tränen versiegten langsam. Offensichtlich wurde ihr leichter ums Herz, als sie alles ausgesprochen hatte, was sich seit langer Zeit angestaut hatte.

»Nächstes Mal rückst du gleich mit der Sprache raus, wenn ich dich frage, ob es dir gut geht, klar?«, sagte ich lächelnd und boxte sie leicht in die Seite. »Ich wusste sofort, dass dich etwas bedrückt, als du ins Auto eingestiegen bist.«

Jetzt lachte sie. »Ich wollte dich nicht damit nerven.«

»Das tust du nicht.« Sie konnte ja nicht ahnen, was ihre Worte stattdessen mit mir anrichteten.

Mit einem Taschentuch wischte sie sich die letzten Tränen aus dem Gesicht und warf einen Blick in den Rückspiegel. »Oh je, sehe ich sehr schlimm aus?«

Ich schüttelte den Kopf. »Gar nicht. Ich könnte jetzt nirgends mehr hingehen. Mir schwillt immer das ganze Gesicht an, aber bei dir sieht man es kaum.«

»Na komm, dann lass uns reingehen, bevor wir zu spät kommen.« Sie öffnete die Autotür.

»Hast du überhaupt noch Lust auf den Film?«, fragte ich.

»Klar, ich hol mir jetzt ne fette Tüte Popcorn und dazu ne Packung M&M's. Die zieh ich mir abwechselnd rein.

Das hilft immer.« Sie grinste. »Ne, im Ernst. Die Ablenkung wird mir guttun. Danke fürs Zuhören, Carolina. Es geht mir echt besser.«

Ich war froh, als im Kino endlich das Licht ausging. In der Dunkelheit konnte ich verstecken, was sich in meinem Gesicht abspielte, während ich nachdachte. Der Film auf der Leinwand lenkte mich für einen kurzen Moment weg von der Wirklichkeit. Doch der Abend zog lautlos an mir vorbei. Ich hätte wissen müssen, dass dieses friedliche Gefühl nichts als ein bitterer Trick war, ein dünner Schutzfilm, der sich zwischen mich und meine Angst geschoben hatte, denn jetzt hämmerten die Worte laut in meinen Ohren.

Weil sie ihn viel zu sehr liebt.

Ich kam mir unsäglich dumm vor, als die Wirklichkeit, die ich gesehen hatte, mit einem Mal zerbrach. Die Hoffnung entglitt mir wie eine Hand, die Lebewohl sagt. Zerschlagen durch einen einzigen Satz. Dann, im nächsten Augenblick, wollte ich nicht glauben, dass wahr sein konnte, was sie gesagt hatte. Doch mein Verstand hämmerte mir ein, dass Marie es wissen musste. Wie konnte ich so blind sein? Wieso ließ ich zu, dass Bri das mit mir machte?

Ich schaffte es, mich so lange zusammenzureißen, bis ich Marie wieder zu Hause abgesetzt hatte. Im zweiten Stock brannte Licht und ich wusste, dass Bri in diesem Moment dort oben war und sich wundern würde, dass ich weiterfuhr und nicht hereinkam, um wenigstens kurz Hallo zu sagen. Wann war es jemals vorgekommen, dass ich sie nicht sehen wollte?

In meinem Kopf überschlugen sich die Sätze, die ich ihr gerne an den Kopf geworfen hätte. Ich dachte an Theos Worte. Daran, dass er mir gesagt hatte, ich solle alles für diese Liebe tun. Doch wenn sie Joh liebte, dann gab es nichts für mich zu tun. Und mit einem Mal erschien mir völlig logisch, dass sie ihn noch liebte, und die Gewissheit so endgültig, dass ich am liebsten geschrien und mich selbst geohrfeigt hätte.

Der Oktober neigte sich quälend langsam seinem Ende zu, und als ich an einem Morgen voll melancholischem Licht aufwachte, verspürte ich ein Gefühl der Unwirklichkeit. Ich fühlte mich belebt und wach und trotzdem einsam und undeutlich. Und es waren diese kleinen Momente der Angst, kurz vor dem Einschlafen, oder wie jetzt, kurz nach dem Aufwachen, in denen ich glaubte, alles zu verlieren, was ich hatte. In denen ich für ein paar Sekunden an der Richtigkeit meiner Entscheidungen zweifelte. Ich hatte Angst vor einer Entscheidung und gleichzeitig sehnte ich sie herbei.

Kaltes Licht fiel schräg ins Zimmer. Ich wälzte mich auf den Rücken, dachte an banale Dinge und wusste nicht, warum sie mir einfielen. An das Geräusch von Bridas Haustür zum Beispiel, die alt war und ein derbes Geräusch machte. Das Holz hatte sich über die Jahre so verzogen, dass man sie mit voller Wucht zuschlagen musste, um sicherzugehen, dass sie ins Schloss fiel.

Unsere Leben waren uns langsam entglitten, ganz langsam. So, dass wir in Ruhe dabei zuschauen konnten. So, dass wir uns daran gewöhnen konnten. Uns entwöhnen. Von gewissen Dingen, von Gewohnheiten, von Menschen. Unsere Begegnung hatte irgendetwas ausgelöst. Etwas sehr Großes, Mächtiges, etwas, das ich nicht begreifen konnte, auch wenn ich versuchte, ihm nachzufühlen. Doch bestimmt musste es mächtig sein, denn sonst wäre es viel zu leicht, dieser Aufgabe den Rücken zu kehren. Dann hätten wir längst ein bequemes Leben gewählt, in dem wir uns nicht den Herausforderungen stellen müssten, mit denen wir es nun zu tun hatten. Wären vielleicht ohnmächtig dort geblieben, wo wir waren.

Zu lange schon war ich voller ungeduldiger Gefühle. Ich hatte das Warten satt. Das Warten auf Veränderung. Das Warten auf Glück, das Warten auf Hände, die meine Haut berührten, weil sie sich nach mir sehnten, nicht nach irgendeinem namenlosen, vagen körperlichen Verlangen. Außerdem war ich der oberflächlichen Begegnungen überdrüssig. Für jedes Treffen, jeden Geburtstag, jedes flüchtige Gespräch musste ich mehr Energie aufbringen, als ich noch hatte. Ich musste so tun, als amüsierte ich mich, als wäre ich lieber hier, unter Menschen, die hinter meinem Rücken tuschelten, anstatt am Schreibtisch zu sitzen. Ich wollte konsequent sein. Sehr entschieden in Bezug auf meine Umgebung und mein Tun. Doch ich hatte den Eindruck, dass mir das unmöglich gemacht wurde. Dass ich Umstände akzeptieren musste, die ich selbst nicht wählen würde. Das Gespräch, das ich bei einem Spaziergang am Tag zuvor mit Brida geführt hatte, zeichnete sich in meiner Erinnerung ab.

Zuerst war sie wie immer sehr fröhlich gewesen, eine Fröhlichkeit, von der ich dachte, dass sie damit versuchte, sich über den Frust der Einsamkeit hinwegzutrösten. Dabei schien sie von mehreren Emotionen erfüllt zu sein: Einem Tatendrang, der Johs Bewegungslosigkeit, sein Desinteresse und seine Abgestumpftheit vertreiben sollte. Einer Unbekümmertheit, die nicht aufgesetzt oder erzwungen war, sondern hart erarbeitet, jeden Tag aufs Neue, um nicht unterzugehen.

»Ich habe mir wirklich gewünscht, du würdest unsere Geschichte fertig schreiben und wir würden zusammen fortgehen und ein neues Leben beginnen. Aber so wird es nicht sein«, sagte sie. Und in der Art, wie sie den Kopf abwandte, die Lippen aufeinanderpresste und in die Ferne blickte, erkannte ich eine tiefe Verzweiflung. »So wird es nicht sein, Carolina«, sagte sie noch einmal. »Ich kann nicht gehen. Ich würde alle im Stich lassen und das kann ich nicht.«

Und ich konnte sie bei diesen Worten nicht ansehen. Ich schluckte hart und dachte, dass alles an uns nur noch schwer auszuhalten war, so wie eine zermürbende Arbeit oder eine zu große Menschenmenge, in der man steckte und keinen Ausweg fand. »Warum sagst du es dann?«

»Weil ich es will. Weil ich es so sehr will. Aber vielleicht ist es einfach nur mein Wille und nicht der Wille Gottes.« Sie sah immer noch weg. »Diejenigen, die ihre Berufung gefunden haben, seien gesegnet, habe ich erst vor ein paar Tagen in einem spirituellen Ratgeber gelesen. Pah!«, sagte Brida. Einige Minuten vergingen, bis sie weitersprach. »Wenn das mein Versprechen an Gott ist, wie könnte ich das einfach brechen und gehen? Meine Familie, meine Eltern, meine Klienten zurücklassen?«, fragte sie.

Eine fast panische Angst beschlich mich, der Gedanke, dass niemand auf ewig so leben konnte. Und dann sah sie mich an. Und ich sie. Und da dachte ich, dass wir uns überhaupt nicht abnutzten. Nichts an uns nutzte sich ab. Nicht ein Moment, nicht ein Blick, nicht ein einziges Gefühl. Ich wusste nicht, warum mir noch zum Weinen zumute war. Ich dachte, ich wäre längst leer. Vielleicht, weil ich mir nicht vorstellen konnte, wie es wäre, ohne Hoffnung zu leben. Und weil ich Bridas Hoffnungslosigkeit so laut hörte. Die einzige Hoffnung, die ich noch hatte, war die, mein Buch zu Ende zu schreiben. Aber ich wollte auch aufhören, immer nur aus allem Hoffnung zu schöpfen. Sehnte mich danach, endlich zu lernen, ohne sie glücklich zu sein. Vielleicht hatte ich all unsere Möglichkeiten längst zerdacht, zertreten mit der komplizierten Schwere in meinem Kopf. Vielleicht war es besser, traurig und zerrissen zu lieben, als überhaupt nicht zu lieben.

XVII

CAROLINA

DEZEMBER 2014

M an sagt über den Dezember, er sei die Zeit der Ankunft eines neuen Lichts, neuer Perspektiven. Eine Zeit, in der man über seinen Lebensplan nachdenken soll. Das hatte ich lange getan, nach meinem letzten Gespräch mit Brida. Und so nahm ich die Marmorstufen und begab mich in das Untergeschoss der Bankfiliale, nachdem ich meinen Namen in eine Liste eingetragen hatte. Mit einem kurzen Rauschen öffnete sich die Schiebetür aus Glas. Dann trafen mich der Geruch von neuem Teppichboden und die stickige Luft des fensterlosen Raumes. Ich suchte die Nummer 290.

Da! Das Schließfach befand sich in einer der oberen Reihen. Mit einem mulmigen Gefühl im Magen öffnete ich es und holte auf Zehenspitzen den großen braunen Umschlag heraus. Bevor ich ihn einsteckte, ließ ich mich auf dem Stuhl nieder, der vor einem kleinen Tisch in der Ecke stand. In Großbuchstaben hatte meine Mutter meinen Namen auf die Vorderseite geschrieben und ihn mit einem Herz umrandet. Langsam folgte ich mit den Fingerspitzen den Linien ihrer Handschrift. Sie hatte immer alles in Großbuchstaben geschrieben. Briefe, Tagebücher, kleine Nachrichten, die sie mir manchmal aufs Kopfkissen oder die Kommode im Flur gelegt hatte. Ich hatte sie alle aufbewahrt. Doch erst jetzt bekam es eine besondere Bedeutung, dass meine Mutter Stiften und Papier ebenso zugetan gewesen war wie ich.

»Man muss mit warmen Händen geben«, hatte sie gesagt, wann immer sie mir etwas schenkte. Und mit diesen warmen, gütigen Händen hatte sie diesen Umschlag einst berührt, ihn für mich beschriftet. Für mich gespart.

Ich steckte ihn ein. Die Tür öffnete sich wieder. Das Geld war für eine Immobilie gedacht, doch ich war mir sicher, sie hatte mir längst ihren Segen dafür gegeben, dass ich stattdessen meinem Leben eine neue Richtung damit gab. Meinen Job hatte ich an den Nagel gehängt. Und nun war ich frei. Was hatte ich noch zu verlieren?

Mit sechzigtausend Euro in bar verließ ich die Bankfiliale. Als ich auf die Straße ins Sonnenlicht trat, glaubte ich, meine Mutter in dem sanften Wind zu spüren, der mir durch die Haare fuhr.

Dreißig Minuten später saß ich in einem Café vor meinem MacBook und durchsuchte das Internet nach einem möblierten Apartment. Ich wäre gerne in die Highlands gefahren, machte mir aber Sorgen darüber, dass ich mich dort tatsächlich viel zu einsam fühlen würde, und entschloss mich deshalb, eine private Unterkunft in Edinburgh zu mieten. Ich wollte mit mir allein sein, aber kein Gefühl der Einsamkeit verspüren. So konnte ich mir alle Möglichkeiten offenlassen, unter Menschen gehen, wenn mir danach war. Inspiration zwischen Kopfsteinpflastern suchen. Das Vergangene hinter mir lassen.

»Ich muss ich sein«, hatte ich zu Paul gesagt. »Egal, was andere sagen.«

»Aber man kann nicht acht Stunden am Tag am Schreibtisch sitzen und ein Buch schreiben«, hatte er erwidert.

»Doch. Man kann.«

Seit ich meine Arbeit aufgegeben hatte, fühlte ich mich verraten. Genauso wie Bri. Der Betrug war ein anderer, aber das Gefühl ähnlich. »Du schaust mich an«, hatte ich zu ihm gesagt, »aber du siehst mich nicht.«

»Was meinst du damit?«

»Du hättest mich lieber anders, als ich bin. So, wie ich mal war, obwohl das nicht mal wirklich ich war. Du würdest mir lieber Rauch zum Atmen geben, obwohl ich Luft brauche.«

»Ich verstehe dich nicht, Carolina.«

»Ich weiß.«

Meine Freunde, meine Geschwister, Paul, sie verrieten mich. Anstatt sich mit mir darüber zu freuen, dass ich etwas gefunden hatte, das meinem Leben Sinn verlieh und mich glücklich machte, benutzten sie mein Leben, um ihr Ego nicht zu verraten. Sie straften mich für ihre ungelebte Freiheit, ihre ungelebten Träume. Und dabei verrieten sie ihre Seelen. Wegen ihres Gefangenseins in ihren eigenen Mauern, für die sie Mut brauchten, wenn sie sie einreißen wollten. Mut, den sie eigentlich hatten, aber von dem sie nichts wissen wollten. Ihre Verlorenheit, ihre Starre, sie machte mich manchmal wütend. Ich konnte es nicht länger ertragen. Wenn ich vom Schreiben sprach, sah ich nie Stolz ihn Pauls Augen leuchten, wie damals, als ich befördert worden war.

Wenn ich nach langen Stunden aus meinem Schreibzimmer kam, euphorisch, weil ich unzählige Worte zu Sätzen aneinandergereiht hatte, wie meine Mutter Tontöpfe im Regal der Werkstatt, dann fragte er mich, was ich da drin denn den ganzen Tag gemacht hätte. Obwohl er es wusste. Weil ich es ihm erzählt hatte. Aber er wollte es nicht hören. Er ignorierte es. Er ignorierte das Schreiben, er ignorierte mich. Alle ignorierten mich. Weil ich ihnen vorlebte, was sie sich selbst nicht trauten.

»Ich brauche dein Vertrauen jetzt, nicht erst, wenn der Erfolg da ist«, hatte ich gesagt, aber er hörte mich nicht.

»Ich lese nicht. Ich kann mit Büchern nichts anfangen. Man kann niemals von so etwas leben«, hatte er erwidert.

»Glaubst du erst an Gott, wenn du ihn am Ende siehst?«, hätte ich gern gefragt. Aber ich fragte nicht. Weil ich nicht einmal wusste, ob er überhaupt an etwas glaubte. Er schwieg lieber, als dass er sprach. Deshalb kannte ich sein Seelenmeer nicht. »Ich reise nicht zum Mond. Ich schreibe nur ein Buch. Ich muss gehen, weil ich mich sonst aufgebe«, hatte ich gesagt.

Ich war nicht wütend auf ihn. Ich war verletzt. Und wahrscheinlich hatte ich nicht einmal das Recht dazu, bei all der Schuld, die ich auf mich geladen hatte. Doch wie konnte man schuldig sein, wenn man liebte? Er war stets für mich da gewesen. Aber es gab zwei Arten, wie man für jemanden da sein konnte. So, wie es zwei Arten gab zu schwimmen. Man konnte den Kopf oben lassen, sodass man die Luft nicht anhalten musste, sodass man die Augen geöffnet lassen konnte, um alles zu sehen. Oder man tauchte. Dann musste man die Augen schließen, für einen Moment seine Angst überwinden. Vertrauen. Gefahr laufen, dass es dunkel wurde da unten, unter der Wasseroberfläche. Aber dafür entdeckte man Verborgenes.

Schottland verriet mich nicht. Schottland war alt und standhaft. Seine Hügel und Täler, seine Moore, Edinburghs altes Gemäuer, sie strahlten eine Weisheit aus, die mir selbst oft fehlte. Als ich ging, hatte er geweint. Als ich ging, hatte ich nur mir selbst gehört.

XVIII
CAROLINA

JANUAR 2015

Schließlich wurde es Januar, der Monat, in dem man seinem Leben eine neue Struktur gibt. Am Abend vor meiner Abreise saßen wir in Bridas Wagen. Überhaupt war das Auto ein Ort, an dem wir oft saßen und redeten. Meistens, wenn wir zusammen von irgendwoher zurückgekommen waren und noch ein paar Minuten für uns gebraucht hatten, um unsere Gedanken auszutauschen, weil wir nie genug Zeit miteinander gehabt hatten. An diesem Abend fiel uns das Reden ungewöhnlich schwer.

»Was denkst du?«, fragte sie, ihre Stimme leise und vorsichtig, als ahnte sie, dass ich etwas sagen könnte, das ihr nicht gefiel.

»Wir stehen still. Wie ein lahmgelegter Zug.«

»Ich weiß«.

Kurz war es ruhig im Wagen. Dann wühlte sie in ihrer Tasche nach dem Zigarettenetui. »Vielleicht fahren wir aber auch nur die ganze Zeit im Kreis«, sagte Brida.

Als ich gerade den Müll nach unten bringen wollte, war ich im Flur völlig unerwartet in sie hineingestolpert.

Manchmal stattete Brida meiner Nachbarin, die schon lange eine Klientin von ihr war, einen Hausbesuch ab. Davor hatte sie mir eine Nachricht geschrieben, dass sie mich gerne sehen wolle, doch ich hatte abgesagt.

Jetzt saßen wir hier im Wagen und sahen uns doch. Als könnte ich einfach nicht entkommen, als gäbe es keine Schleichwege in unserer Geschichte. Es war nicht spät, aber schon dunkel, der Winter ungemütlich und feucht. Ich schwieg und wartete ab, ob sie noch etwas sagte.

Sie drückte auf den Zigarettenanzünder. Als er aufleuchtete, nahm sie ihn aus der Halterung. Ein leises Zischen ertönte und die Spitze der Zigarette glomm rot auf. »Es muss ans Licht kommen, Carolina. Das, was zwischen uns ist. Ich weiß nicht, warum, aber es fühlt sich so an. Ich glaube immer noch, dass das Buch die Lösung ist. Wir können immer noch zusammen nach Schottland gehen, weg von hier, wenn uns danach alle hassen.«

Ihre Worte verwirrten mich. Ich glaubte nicht daran, dass sie, wenn die Umstände günstig wären, alles zurücklassen würde, schraubte den Flachmann auf und nahm einen großen Schluck Whisky. Schroff brannte er in meiner Kehle. Ich hatte vorgehabt, noch eine Runde um den Block zu gehen, und ihn vorsorglich schon für die Reise mit dem Rest gefüllt, der noch vom letzten Einkauf in Schottland übrig war. Als Erinnerung. Zur Vorbereitung.

»Ich gehe für eine Weile weg.«

»Wohin?«, fragte sie, den Blick von mir abgewandt.

»Nach Edinburgh.«

Ich hörte, wie sie zuerst den Atem anhielt, dann schluckte, als hätte sie einen Kloß im Hals. »Für wie lange?«

»Ich kann nicht mehr.«

»Zeit mit mir verbringen?«

Ich nickte. Stoff raschelte. Bris Hand näherte sich suchend, legte sich auf meine, die sich kalt und leblos an den Flachmann klammerte. Ich erzählte ihr von dem Apartment, das ich gemietet hatte, und dass ich nichts anderes mehr tun wollte, als schreiben.

»Als ich letztes Mal von hier weggefahren bin, da hatte ich das Gefühl, dass wir beim nächsten Mal gemeinsam fortfahren. Einfach fortfahren und nicht mehr wiederkommen.«

»Ich weiß nicht, was ich noch sagen soll.«

»Ich auch nicht«, sagte sie.

Als ich den Blick senkte und ihre Hand sah, dachte ich mit Bedauern, dass ihre Hände wie für das Lieben gemacht waren, dass alles an ihr wie für das Lieben gemacht war. Wir hätten uns sicher sehr laut und bestimmt auch sehr leise geliebt. Verstrickt in unseren Gliedern, wie ich in meine Gedanken an sie. Wir hatten die gleichen Ansprüche an das Leben und sicher auch an die Leidenschaft für das, was wir mit unseren Körpern tun würden.

Wegen dieser Gedanken ertrug ich ihre Berührung nicht länger und hob den Flachmann, um noch einen Schluck zu nehmen und ihr zu entkommen. Ich reichte ihr den Whisky. Ein dünner Schmerz lag in ihren Augen. Und dann auch ein Bedauern. Darüber, dass sie nichts an ihrer Situation ändern konnte.

Sie führte den Flachmann an ihren Mund, auf dem noch ein Hauch roter Lippenstift haftete. Dann warf sie den Kopf in den Nacken, trank und sagte einen Satz, der wie zu unseren ganz eigenen Worten geworden war.

»Du, der ich's nicht sage ...«, begann sie.

»... dass ich bei Nacht weinend liege«, vollendete ich die Gedichtzeile von Rilke.

Für die Dauer einer Zigarettenlänge sah ich aus dem

Fenster der Beifahrertür, fühlte wieder, dass es falsch war, ihr den Rücken zu kehren, und dass ich es diesmal trotzdem tun musste. Und dann überlegte ich kurz, was die Situation besser machen könnte, fand aber keine brauchbaren Gedanken in meinem Kopf.

»Ich muss jetzt rein, es ist spät.« Es hatte nur diesen einen Moment gegeben, in dem ihr meine Umarmung geholfen hatte. Damals, auf der Insel, im Dunkel des Schlafzimmers. Würde ich sie jetzt berühren, dachte ich, dann würde sie in meinen Armen zerfallen, zu Staub, wenn sie die Liebe am Leib gespürt hätte, anstatt nur in der Luft. Und so öffnete ich die Autotür, steckte den Flachmann in meine Tasche und stieg aus.

»Gute Nacht Bri.«

Dann ließ ich sie allein im Wagen zurück, ohne zu wissen, wann wir uns wiedersehen würden. Ich zwang mich dazu, mich nicht noch einmal umzudrehen. Auf dem Weg zur Haustür verschwamm das Bild, das ich sonst von uns vor Augen hatte, zu etwas Schemenhaftem. Und so zählte ich eine weitere ungenutzte Nacht, die endlos sein würde, ohne sie an meiner Seite, ohne ihre wilde pochende Seele.

DRITTER TEIL

Und von allem dem schwebt ein Erinnern
nur noch um das ungewisse Herz,
fühlt die alte Wahrheit ewig gleich im Innern,
und der neue Zustand wird ihm Schmerz.

Und wir schienen uns nur halb beseelet,
dämmernd ist um uns der hellste Tag.
Glücklich, dass das Schicksal, das uns quälet,
uns doch nicht verändern mag.

Johann Wolfgang von Goethe

Victoria Street, Edinburgh

I

CAROLINA

JANUAR 2015

Busse, Taxis und Autos fuhren ruppig die schlechten Straßen entlang und stießen mit ihren Reifen in die mit Regenwasser gefüllten Löcher im Teer, sodass man achtgeben musste, nicht von oben bis unten nassgespritzt zu werden. An vielen Stellen lag noch Schnee auf den Gehsteigen, schwer vom Regen. Edinburgh ist eine sehr hügelige Stadt, und als ich mich mit meinem schweren Koffer die Lothian Road nach oben quälte, sah ich nebelverhangene Kamine, Dächer und Turmspitzen, die aus der Stadt in den Himmel ragten. Sie verliehen ihr dieses mittelalterliche Aussehen, das mich sonst so euphorisch gemacht hätte. Doch in diesem Moment spürte ich nur die Nässe und die Kälte, die mir ins Gesicht schlugen, und Bri, die sich von Weitem leer anfühlte. Leer und wie in Beton gegossen.

Als ich endlich die langgezogene Straße überwunden hatte, stand ich am Tollcross, einer Kreuzung im Südwesten der Stadt, die durch eine große alte Säulenuhr gekennzeichnet war. Verschiedene Gerüche drängten sich mir auf. Rundherum befanden sich Restaurants, zwei Supermärkte, eine Bank, das älteste Kino der Stadt sowie ein kleines Café, das einen einladenden Eindruck machte, auch wenn ich wegen der angelaufenen Scheiben nicht viel von seinem Inneren ausmachen konnte. Menschen gingen eilig an mir vorbei. Jemand mit einer Zigarette im Mund, deren Rauch mich umwehte. Eine Joggerin in kurzen Hosen, die Schenkel rot von der Kälte. Ein Kind in Schuluniform ohne Winterjacke. Außerdem gab es eine Apotheke, ein paar der unzähligen Barbershops, die man überall in der Stadt fand, und eine Postfiliale. Ich hätte gerne an der Royal Mile gewohnt, im Herzen der Altstadt, aber ich wollte mein Budget nicht überstrapazieren. Wie lange ich bleiben würde, wusste ich nicht. Doch es war eine gute Gegend. Das Zentrum war zu Fuß zu erreichen, und sollte ich keine Lust haben, konnte ich immer noch an der Haltestelle, die sich gegenüber der Wohnung befand, in einen Bus steigen.

Ich überquerte die Straße an einer der Ampeln, bog in die Home Street ab und schmunzelte erneut über den Straßennamen. Der Vermieter saß in einem kleinen Büro, das sich direkt neben der Eingangstür der Wohnung befand, wo ich mir die Schlüssel abholen konnte. Alles ging schnell und unkompliziert. Das Apartment lag im obersten Stockwerk und er war so nett, mir dabei zu helfen, meinen Koffer nach oben zu tragen, auch wenn er anfangs zögerte, als er sah, wie schmutzig dieser bei meiner kleinen Odyssee von der Princess Street bis hierher geworden war. Das Gebäude war nicht gerade das, was man in Deutschland als renoviert bezeichnet hätte. Aber es war ausreichend.

Ich ließ den Koffer im Flur stehen und warf einen Blick aus dem Küchenfenster. Die Stadt war laut, der Verkehr dröhnte und die Sirene eines Feuerwehrautos erklang. »Fire Lane« stand in weißen Großbuchstaben auf einer der Seitenstraßen, die von der Home Street abgingen. Die Feuerwache befand sich genau um die Ecke. Zu all diesen Geräuschen mischten sich die Schreie der Möwen, die vor dem Fenster flogen.

Bri liebte den Gesang der Möwen. Es war eine seltsame, mir so vertraute Mischung aus Eindrücken, die ihr ebenso gefallen hätte wie mir. Ich begutachtete die anderen Räume. Dann setzte ich mich in die Küche, brühte einen Kaffee, aß ein Toastbrot mit Marmelade aus dem kleinen Carepaket, das ich zur Begrüßung vorgefunden hatte. Nach Schreiben war mir nicht. Ich lauschte in die Räume, in das Gebäude, in die Stadt hinein. Einige Minuten später setzte ich mich aufs Bett, weil ich nicht wusste, was ich sonst tun sollte. Das Fenster im Schlafzimmer befand sich direkt über dem Kopfende. Angezogen, wie ich von der Reise war, ließ ich mich in die Kissen sinken und verschränkte die Arme hinter dem Kopf. Ich sah Ziegelfassaden und wieder Möwen, die am kalten Himmel durch die Stadt kreisten, driftete weg in einen kurzen verschwommenen Schlaf, stürzte in einen Traum.

»Manchmal muss man den Dingen ihre Zeit geben. Weil nicht nur wir zu dieser Geschichte gehören, sondern noch andere Teil davon sind«, hörte ich jemanden sagen. »Sie müssen noch ein Stück mit uns gehen, bevor sich etwas ändern kann«, fuhr die unbekannte Stimme fort.

Dann änderte sich die Szene. Ich befand mich in einem Garten. Es roch nach feuchtem, frisch gemähtem Gras. Ich sah lange, warme Sommerschatten, die auf die alten Fliesen einer Terrasse fielen.

»Schläfst du mit mir?«, fragte sie, ihre Stimme war weich und transparent.

»Küss mich«, sagte ich. »Küss mich jetzt.«

Sie erhob sich, wischte sich mit dem Finger einen Tropfen Rotwein von der Lippe, beugte sich zu mir und küsste mich. Sie küsste mich. Lange und sehr langsam und in ihrem Mund fand ich alle Nuancen des Lebens. Salzig, süß, herb und bitter. Dann erwachte ich im Traum. Ich öffnete die Augen, spürte die Hitze von Bridas Körper neben mir. Sie roch nach der Nacht, die wir zusammen damit verbracht hatten, begierig unsere Körper aneinander zu drängen, nach Schlaf, nach Liebe. Wir lagen nackt unter kühlen dünnen Baumwolllaken.

Ich sah aus dem Fenster, wo der Himmel von einem blassen Lila durchzogen war, die Farbe, die er hier so oft annahm, wenn die Nacht sich dem Tag noch nicht vollständig hingegeben hatte. Dann schloss ich wieder die Augen und konzentrierte mich auf die Geräusche der Umgebung. Das Wasser aus dem Fluss rauschte über die kleine Staumauer unterhalb unseres Schlafzimmers, drückte sich durch ein paar Löcher im Holz, durch das Wehr, wo es in einen kleinen Fluss mündete, der unser Grundstück umgab. Die Vögel waren hier so laut, wie ich es noch nie zuvor gehört hatte. Die Luft so frisch und klar wie in den Highlands. Genauso satt und feucht und voller Wasser. Die Lindenbäume im Garten schienen niemals ruhig zu sein, wogten beständig hin und her, lullten mich mit dem Rauschen ihrer Blätter zurück in einen süßen Schlaf.

II

CAROLINA

JANUAR 2015

Während der Großstadtlärm vom Tollcross durch die alten Backsteinmauern in mein kleines Apartment vordrang, lief der Kaffee leise durch die Maschine. Hinter einer vermeintlichen Schranktür in der Küche befand sich der Boiler für die merkwürdigste Heizung, die ich je gesehen hatte. Beständig krochen Dampfwolken aus einem Rohr nach draußen, wehten dramatisch vor meinem Fenster umher und gaben mir das Gefühl, neben einer Großküche zu wohnen.

In den ersten Tagen hatte ich weder warmes Wasser noch eine Wohlfühltemperatur in den Zimmern gehabt. Bis ich herausgefunden hatte, wie man das geheimnisvolle Ding, das aussah wie eine komplizierte Sonnenuhr, bediente und damit die Heizung einstellte: Entweder man fror oder man hatte gemütliche fünfzig Grad in den Räumen. Doch ich bevorzugte die Hitze. Kalte Füße unterm Schreibtisch waren das Letzte, das ich gebrauchen konnte. Eigentlich war es gar kein Schreibtisch, an dem ich saß, sondern ein alter Sekretär. Er ähnelte dem meiner Mutter, der früher bei uns im Wohnzimmer gestanden hatte und jetzt ungenutzt in meinem Büro verweilte, und es war gut, etwas hier zu haben, das mich an zu Hause erinnerte, auch wenn ich gar kein Heimweh hatte. Das überraschte mich selbst etwas, ich erwähnte es jedoch nicht, wenn ich ab und zu zu Hause anrief. Edinburgh hatte schützend seine Arme um mich geschlossen wie ein Freund, der mich willkommen hieß ... Wie ein Freund, der wollte, dass ich blieb.

Ich nippte an meinem Kaffee. Der Blick aus dem Küchenfenster war mein täglicher Wetterbericht. Es war leicht, die Touristen von den Einheimischen zu unterscheiden. Touristen trugen passende Kleidung – Gummistiefel, Wanderschuhe, Wintermäntel, Mützen – während die Einheimischen ihre nackten Hälse und Hände in den garstigen Winterwind hielten, Regenschirme nur in Ausnahmefällen benutzten und Jacken trugen, die man sich in Deutschland höchsten im Übergang zwischen Frühling und Sommer oder Spätsommer und Herbst überwarf. An diesem Tag regnete es.

Ich räumte die Spülmaschine aus und beseitigte danach die Spuren, die ich am Vortag im Wohn- und Schlafzimmer hinterlassen hatte. Dazu gehörten halbvolle Kaffeetassen, angetrunkene Wasserflaschen sowie die rotgoldenen Papierfolien der Tunnocks' Schoko-Karamell-Waffeln, die ich in Unmengen verschlang. Das Aufräumen war meine notwendige Morgenroutine. Zum Wachwerden, um meinen Geist auf das Schreiben einzustimmen. Ich brauchte sie, denn während ich scheinbar unbedeutende Alltagsarbeiten erledigte, begann mein Geist bereits wieder, in die Geschichte einzutauchen, und warf mir wahllos Gedanken zu, die ich manchmal gleich abtippte, manchmal zu lange ruhen ließ, um sie für den Moment zu vergessen und sie vielleicht später wieder aufzugreifen. Schreibend verbrachte ich lange Tage und manchmal auch lange Nächte neben dem zugigen alten Sprossenfenster in meinem Schlafzimmer, wo sich der Sekretär befand. Dort streiften mir die Worte den Schmerz, die Sehnsucht und meine Leidenschaft vom Leib, wie Hände Kleidungsstücke.

Nur Bri konnte ich mir nicht abstreifen. Sie blieb. Auch wenn sie hier in Schottland ein Stück weit in die Ferne gerückt war. Nicht, dass mein Leid kleiner geworden wäre. Nur älter, dumpfer. Man könnte meinen: seiner anfänglichen Leidenschaft beraubt. Ich setzte mich an den Sekretär und las meinen letzten Tagebucheintrag, der rund eine Woche zurücklag:

Wo führen wir uns hin? Zur Lust, zur Liebe oder in all die Abscheulichkeiten des Lebens? Ich habe Angst. Zum ersten Mal, seit ich schreibe, habe ich Angst. Vor dem Schreiben selbst. Davor, was es aus mir und meinem Leben macht. Mit meinem alten und mit meinem neuen. Nach dem Aufwachen ist mir übel. Ich sage mir, das vergeht, so ist sie eben, die Angst, und sie ist normal. Ganz bestimmt vergeht sie. Wenn ich einfach nur weiter Buchstaben aneinanderreihe, wie nachts meine Erinnerungen an Brida, ihren Geruch oder ihren Herzschlag, den ich noch nie ganz aus der Nähe gehört habe. Ich spiele mit dem Gedanken, einfach mit dem Schreiben aufzuhören. Mitten im Satz, im Dialog, im Liebesakt. Mitten im Leben also. Ich denke an Theo. Ich muss ihn anrufen. Ich denke an Bri, wie sie sich sicherlich gerade mit Arbeit stumpf macht. Ich hoffe, es gibt noch eine andere Berufung für

mich. Vielleicht bedarf es des Zweifels und der Schwere.
Vielleicht könnte ich ohne sie nicht schreiben. Vielleicht
werden sie deshalb immer sehr viel mehr sein als das Glück
und die Leichtigkeit der Tage. Vielleicht werden die Leute
mit dem Finger auf mich zeigen. Vielleicht bin ich auch
einfach nur jemand, der auf der Flucht ist. Auf derselben
wie Brida, nur gebe ich ihr einen anderen Namen.
Vielleicht bin ich deshalb in einer fremden Stadt. Weil ich
glaube, dass anonym zu sein, einfacher ist. Weil ich glaube,
hier mein Leben noch einmal von vorn zu beginnen.

Dann holte mich der Februar ein. Ich hatte gezweifelt und schließlich doch weitergeschrieben. Im Bett, im Park, im Café oder im Pub. Manchmal, wenn die Sonne schien, zog es mich mit dem Bus nach Portobello, ein kleines Fischerdorf, das nur dreißig Minuten vom Stadtzentrum entfernt lag, mit langen Sandstränden, Muscheln und Möwen. Auch dort schrieb ich, bis meine Finger von der Kälte steif waren. Wenn ich nicht weiterkam, suchte ich in alten Texten, Museen oder Büchern nach Inspiration. Hin und wieder stöberte ich auf der West Port im »Edinburgh Books«, wo sich gebrauchte und antiquarische Bücher in Regalen bis dicht unter die Decke stapelten, nach längst vergessenen Geschichten. Oder ich setzte mich ins National Portrait Museum und starrte Bilder an.

Ich liebte diese Stadt, weil sie so viel zu bieten hatte. Weil sie voller Geschichte war. Weil sie voller Geschichten war. Wenn ich frische Luft brauchte, stieg ich - bei jedem Wetter - die sogenannte »Radical Road« auf den Arthur's Seat. Die Aussicht von dort oben war atemberaubend schön. Bei klarem Himmel überblickte man die ganze Stadt, eingebettet in Berge und Meer. Das gab mir Hoffnung, auch mein Leben wieder überblicken zu können. Und wenn ich melancholisch war, dann spazierte ich über einen der vielen Friedhöfe, dessen Steine von leuchtend grünem Moos bedeckt waren, und erschauderte wegen der Geschichten über die Knochen, die sich auf dem Greyfriars wie düstere Gedanken nach dem Winter durch die Erde nach oben arbeiteten. Am Ende war alles Inspiration. Selbst das kleinste Detail vermochte der Beginn einer neuen Szene in meinem Roman zu sein. Ich nannte es das Sammeln. Ich tat nicht viel, genoss das Leben und die Stadt, aber gleichzeitig sammelte ich. Das Sammeln war wie säen. Eindrücke, Gerüche, Gespräche, Menschen. Später konnten sie auf meinem Papier zu etwas heranreifen. Hätte Paul sich jemals für meine Träume interessiert, hätte er das gewusst. Und hätte er sich je getraut, mich nach dem Schreiben zu fragen, danach, warum ich es tat, dann hätte ich ihm geantwortet:

»Schreiben ist wie atmen. Für mich. Wenn ich schreibe, dann lebe ich. Schreiben befreit das, was im Alltag oft verborgen bleibt. Auch in dem, der es später liest. So, wie wenn der Mond den Ozean entkleidet, ihm bei Ebbe das Gewand aus salzigem Wasser vom Körper nimmt und seine Seele, den Meeresgrund zum Vorschein bringt, sodass wir auf ihm gehen können, ohne schwimmen zu müssen. Für eine Weile. Schreiben schafft Glauben. Daran, dass alles möglich ist.«

Er hatte nie danach gefragt. Es schmerzte ein wenig, aber es musste so sein. Ich kehrte mit den Gedanken zu meinem Schreibtisch zurück, ließ den Blick durchs Zimmer wandern. An der Wand neben dem Sekretär lehnte meine Geige. Ich hatte sie mitgenommen, wieder angefangen zu spielen. Es hatte eine Weile gedauert, bis meine Finger sich an die richtige Position erinnerten, der Arm den Bogen wieder mit dem richtigen Gefühl führte.

Irgendwann, vielleicht mit zwölf, hatte ich damit aufgehört, weil andere Dinge wichtiger geworden waren. Edinburgh hatte in mir die Sehnsucht nach dem Klang der Saiten geweckt, und es war mir wieder ein Leichtes geworden, auf ihnen zu spielen. Vor allem, wenn ich mich einsam fühlte, mir meine Finger die Worte versagten.

Als ich Anfang März kurz davor war, das Manuskript endlich fertig zu bekommen und wieder zweifelte, rief ich Theo an, den einzigen Menschen, der es vermochte, meine Schreibblockaden aus dem Weg zu räumen. Zumindest so lange, bis ich sie mir selbst wieder auferlegte.

»Das Buch könnte längst fertig sein«, sagte Theo streng.

»Mmpf« war das Einzige, das ich ins Telefon raunte, bevor er fortfuhr.

»Du hast eine scheiß Angst davor, dass es veröffentlicht wird, davor, dass deine Familie und die Menschen dich verurteilen.« Er machte eine Pause. »Und du hast Angst vor Bridas Reaktion.« Eine kurze Stille trat zwischen die Hörer. »Aber das muss dir egal sein, Carolina. Es ist dein Leben und das Schreiben gehört zu dir wie der Whisky zu Schottland. Weißt du, wie man das nennt?«

»Ich vermute mal, Selbstsabotage?«

»Na immerhin siehst du es ein.«

»Woher weißt du das alles? Sitzt du neben mir am Schreibtisch?«

»Ich habe eben ein gutes Gespür für dich.«

»Ich mag es überhaupt nicht, dir recht zu geben.« Ich lächelte in den Hörer und spürte, dass er das Lächeln erwiderte.

»Wie ist das Wetter in Edinburgh?«

»Reden wir jetzt über das Wetter? Ernsthaft?«

»Warum nicht?

»Wie soll das Wetter hier schon sein? So wie immer. Aber das spielt auch keine Rolle. Man wartet in dieser Stadt nicht, bis das Wetter günstig ist, um irgendwelche Dinge zu tun. Man tut sie einfach.«

»Aha.«

»Wie, aha?«

»Merkst du was?«

Ich dachte kurz nach. »Ha! Falls du es wissen willst, ich schüttle gerade beeindruckt den Kopf.«

»So wie es sich die Schotten nicht leisten können, auf einen wolkenlosen Himmel zu warten, kannst du es dir nicht leisten, auf die Muse zu warten. Schreib einfach, egal, ob du sie spürst oder nicht. Das ist dein Job.«

»Der Vergleich ist gut, das muss ich dir lassen. Dagegen habe ich kein Argument.«

Er lachte. »Hast du eigentlich nie versucht, sie zu küssen?«

»Bist du verrückt?«

»Wieso?«

»Sie geht nicht fremd. Ich gehe nicht fremd.«

»Ich denke, du musst es sie spüren lassen.«

»Sie weiß, was ich empfinde.«

»Ich habe mal eine Therapie gemacht. Und mein Therapeut sagte damals, ich hätte es mit dem Kopf verstanden, was er mir erklärte, aber ich müsste es erleben, um es mit dem Herzen zu fühlen.«

»Brida ist der sensibelste Mensch, den ich kenne. Ich weiß, sie spürt mich und das, was ich schreibe. Auch hier, knapp tausend Meilen weit entfernt. Wenn nicht sogar noch intensiver, weil ich in Schottland bin, und wahrscheinlich ist genau das der Grund, warum sie solche Angst hat.«

»Will sie dein Buch denn lesen?«

»Ja ... sagt sie jedenfalls.«

»Das heißt, sie öffnet sich dir mehr, als dass sie sich dir gegenüber verschließt.«

»Ach Theo, ich kann nichts tun. Ich kann nur schreiben, bis ich damit fertig bin.«

»Es muss der Punkt kommen, an dem sie sich auf dich einlässt oder du sie loslässt.«

»Ich weiß. Ich habe darüber nachgedacht, ihr einige Auszüge zu geben, bevor das Buch fertig ist, aber ich bin mir nicht sicher, ob das so eine gute Idee ist.«

»Lieber nicht, sonst ist es am Ende genauso ein großes Durcheinander wie dein unsortiertes Manuskript. Das solltest du übrigens als Erstes tun, bevor du weitermachst. Ordnung in dein Manuskript bringen, chronologisch weiterschreiben.«

»Ich schreibe so, wie ich lebe Theo. Ohne Plot, nur nach Gefühl. In dem Vertrauen, dass am Ende alles einen Sinn ergibt.«

Er seufzte und klang dabei resigniert. »Ich mache mir ernsthaft Sorgen.«

»Worüber?«

»Darüber, dass ihr beide füreinander bestimmt seid, aber nicht zueinander findet.«

Ich sagte nichts.

»Bei dir klopft jemand in der Leitung an.«

Ich nahm das Telefon vom Ohr und schaute aufs Display. »Sie ist es!«

»Dann leg auf.«

»Nein, schon gut, ich kann sie später zurückrufen.«

»Leg auf!«, sagte er noch einmal, doch noch bevor ich reagieren konnte, hörte ich ein leises Klicken in der Leitung, er war weg, und dann den drängenden Klingelton, der von Bri stammte und einfach nicht aufhören wollte. Bei dem Gedanken nach all den Wochen, in denen wir uns nur geschrieben hatten, ihre Stimme wieder zu hören, begann mein Herz wild zu rasen. Ich richtete mich auf, stellte beide Füße fest auf den Boden, als müsste ich mich auf etwas gefasst machen, womit ich nicht gerechnet hatte, und nahm das Gespräch an.

III

BRIDA

MÄRZ 2015

Nach einem langen Tag Anfang März betrat ich das Haus, als es bereits dunkel war. Beim Reinkommen bemerkte ich, dass alles noch genauso aussah, wie am frühen Morgen, als ich zur Arbeit gegangen war. Nichts, von den Dingen, um die ich Joh gebeten hatte, war erledigt.

Ich ging in die Küche und sah ihm nach einer wortkargen Begrüßung dabei zu, wie er seelenruhig Zwiebeln schnitt. Mit einem viel zu kleinen stumpfen Messer zerteilte er sie. Auf einem Schneidbrett, das seinen Dienst schon längst getan hatte. Seine Farbe war verblichen von den unzähligen heißen Durchgängen in der Spülmaschine. Es war krumm, wackelte auf der Arbeitsfläche hin und her, war verbogen und verzogen. Es war nicht mehr gut.

Wie unsere Beziehung.

Und auf einmal machte es mich unaussprechlich wütend, was er mit uns tat. Dass er uns weiter so zerlegte wie die Zwiebeln auf diesem Brett, das schon gequält genug unter seinen Fingern lag. Und ich erkannte, dass ich

220

mich in seiner Gegenwart schon lange fühlte wie dieses Brett, und hatte plötzlich einen bitteren Geschmack im Mund. Bitter wie der Saft der Zwiebeln.

»Bist du zu geizig, ein neues Schneidbrett zu kaufen?« Ich donnerte das Küchenhandtuch auf den Tisch und sah ihn wütend an.

Abrupt hielt er inne, das Messer in der Hand. »Was ist los? Sagst du mir als Nächstes, dass ich die Zwiebeln nicht richtig schneide?«

Ich starrte auf das kleine stumpfe Messer in seiner Hand und hörte Carolina in meinem Ohr. Schlechte Küchenutensilien waren ihr genauso ein Dorn im Auge wie mir unästhetisch angeordnete Gegenstände in Haus und Garten. Seit Wochen hatte ich sie nicht gesehen. Ich atmete tief ein.

»Mit so einem Messer schneidet man ja auch keine Zwiebeln. Es ist viel zu klein und stumpf ist es auch. Wozu um alles in der Welt hat Carolina uns das teure Küchenmesser besorgt?«, fragte ich.

»Du wolltest es haben. Mir war das alte gut genug!«

»Kannst du dich nicht mal bei einem beschissenen Küchengegenstand auf Veränderung einlassen? Herrgottnochmal, Joh!«

Unerwartet riss er sich die Schürze von der Hüfte. »Kann ich überhaupt noch irgendetwas richtigmachen?«

»Nein, wenn du schon so fragst! Du bist doch den ganzen Tag zu Hause. Und was mache ich, außer arbeiten und schlafen gehen? Jeden Morgen stehe ich um fünf Uhr auf, schufte bis acht Uhr abends, und wenn ich nach Hause komme, ist nichts von den Dingen erledigt, um die ich gebeten hatte. Wofür bin ich noch hier? Für das hier? Wir funktionieren nicht mehr zusammen, Joh. Willst du das nicht sehen? Wir sind genauso kaputt wie dein Brett und trotzdem schaffst du es nicht, dich von ihm zu trennen.«

Er roch nach Alkohol. Selbst aus einigen Metern Abstand nahm ich den Geruch wahr. Dann ballte er seine Faust und ließ sie auf die Küchentheke knallen. »Du warst nie gemein!«

»Na endlich.«

»Endlich was?«, fragte er in einem aufgebrachten Ton.

»Endlich zeigst du mal irgendeine andere Gefühlsregung außer Gleichgültigkeit und Apathie! Und du hast recht. Ich bin gemein. Aber findest du es nicht auch gemein, dass du mich gefangen hältst wie einen kranken Vogel? Ich kann die Verantwortung für dein Leben nicht mehr übernehmen. Ich ertrage es nicht mehr.«

»Aber ohne dich ist mein Leben sinnlos.« Und dann standen ihm schon wieder Tränen in den Augen, die ich auch nicht mehr ertragen konnte.

»Wie oft hast du mir in den letzten Jahren damit gedroht? Bitte, wenn du dir was antun willst, dann tue es. Ich glaube, dass du selbst dazu zu feige bist!« Ich zitterte am ganzen Leib, innerlich, und ich betete. Ich betete unaufhörlich, dass ich das Richtige tat.

Er hielt das Messer an seine Pulsader. Er hielt es so fest, dass die Knöchel seiner Finger weiß hervortraten und seine Hand vom Druck zitterte. Die Klinge schwebte wenige Millimeter über seiner Haut. Er starrte eine Weile auf sein Handgelenk, dann in mein Gesicht. Ich starrte zurück und ließ ihn keine Sekunde aus den Augen. Er zitterte weiter und ich spürte seine Verzweiflung darüber, dass er es nicht fertigbrachte. Dann plötzlich warf er das Messer rasend vor Wut auf den Boden, ballte die Fäuste und stampfte mit dem Fuß auf wie ein kleines Kind, das einen Tobsuchtsanfall hat.

»Und ich ertrage es nicht mehr, dass du immer mit

allem recht hast!«, schrie er, stieß mich zur Seite und stürzte taumelnd auf den Flur hinaus.

Als mein Blick ihm folgte, sah ich Marie im Türrahmen stehen, wie er sie beiseite stieß und die Treppe hinaufstolperte.

»Was davon hast du mitbekommen?«, fragte ich.

»Alles«, sagte sie, stürzte weinend auf mich zu und fiel mir in die Arme. Dann weinte auch ich.

Waverly Bridge, Edinburgh

IV

CAROLINA

MÄRZ 2015

Zu Frühlingsbeginn ging ich ein Stück die High Street nach oben und bog dann nach rechts in die Cockburn Street ab. Mit ihren hohen, schmalen Gebäuden, verziert mit treppenförmigen Giebeln, Türmchen und Erkerfenstern war sie eine sehr malerische Straße, die sich serpentinenartig zum Hauptbahnhof der Stadt hinabschlängelte. Die alten Fassaden warfen die Schatten der Nachmittagssonne auf den Boden.

Aufgeregt passierte ich das vertraute Durcheinander von bunten Souvenirläden, Restaurants und Coffee-Shops. Ich betrachtete die blankpolierten Pflastersteine, über die vor mir unzählige Generationen von Menschen gegangen sein mussten, schob mich an schlendernden Touristen vorbei, beherrschte mich, den Gehsteig nicht entlang zu rennen, als wäre ich in Eile, bis ich am Ende der Straße den Zebrastreifen am Travelshop überquerte, wo sich anscheinend alle Taxis der Stadt zu einer langen Kette aufgereiht hatten.

Dann stand ich schließlich auf der Waverly Bridge.

Aufgewühlt und ungeduldig. Diese Brücke überblickte den schmalen Graben, der zwischen dem alten und dem neuen Teil Edinburghs lag und in dessen Tiefe die Bahngleise verliefen. Es war dieselbe Brücke, von der aus Brida und ich nach unserer letzten gemeinsamen Reise in der Nacht die Stadt verlassen hatten. Damals war alles still und verlassen gewesen. Nun tobte hier der Verkehr der Großstadt und es wimmelte von Menschen, die das gute Wetter nach draußen gezogen hatte. Im Hintergrund ertönte der Klang eines Dudelsackspielers. Ich blickte mich um und dachte, dass ich mich genau wie diese Brücke in einem Zustand zwischen alt und neu befand. Genau hier wollte Brida mich treffen, hatte darauf bestanden, allein mit dem Bus in die Stadt zu fahren.

»Ich habe einen Flug gebucht«, hatte sie vor zwei Wochen am Telefon gesagt. »Ich meine ... ich hoffe, es ist dir recht?«, hatte sie gefragt.

Unruhig blinzelte ich in die Sonne, ging auf und ab, ließ meinen Blick vom Calton Hill hinüber zur Silhouette der Altstadt wandern. Meinem Magen, meinem Herzen schärfte ich ein, ruhig zu bleiben, was hoffnungslos war, bei dem Gedanken daran, dass sie hier war, in Schottland, unter demselben Himmel wie ich und auf dem Weg zu mir. Nach fast drei Monaten würde ich in wenigen Minuten wieder in ihr Gesicht blicken, in ihre Augen, in ihre Seele. Und dann tauchte unter der Kulisse des Edinburgh Castle, das am Horizont zu sehen war, einer der blauen Busse auf, die die Touristen vom Flughafen in die Stadt brachten. Kurz wurde mir übel, mein Puls beschleunigte sich. Doch aus dem ersten Bus stieg sie nicht aus. Als er fortfuhr, blieb der Gehsteig leer, da war kein blondes Haar, das in der Sonne glänzte. Kurze Zeit später bog erneut ein Bus um die Ecke und dann konnte ich ihn spüren, ihren Blick, der mich von einem unbestimmten

Punkt aus längst erfasst hatte, noch bevor sie meine Aufmerksamkeit mit ihrem Lächeln durch eine der großen Scheiben an sich riss, noch bevor ich begriff, dass ich immer noch ihr gehörte.

Mein Mund war trocken. Mein Herz laut. So laut, dass ich kaum noch Geräusche wahrnehmen konnte. Ich überquerte die Straße, ging von hinten um den Bus. Und dort stand sie. In der Sonne, mit einem großen Koffer und einem Leuchten im Gesicht, mit dem sie nicht aussah wie eine Reisende, die nach irgendwohin unterwegs war, sondern eher wie jemand, der da ankommt, wo er immer schon zu Hause gewesen ist. Mein Körper fühlte sich taub an, als hätte ich keine Kontrolle mehr über ihn.

Langsam gingen wir aufeinander zu. Sie umarmte mich. Es war eine dieser Umarmungen, die man sich wünscht, wenn man sich lange Zeit nicht gesehen hat. Und dann, als sich unsere Blicke trafen und ich in ihr schmaler gewordenes Gesicht sah, dachte ich: Mein Gott, sie wird es in zehn, in zwanzig Jahren noch schaffen, mich aus der Fassung zu bringen, mich völlig wild zu machen vor lauter Gefühl und lauter Leben. Und wahrscheinlich konnte ihr Auftreten alles stilllegen. Meinen Verstand, meinen Atem, mein Herz. Und vielleicht, wenn die Leute uns hier so stehen sahen, sogar die Begriffsstutzigkeit derer, die die Liebe nicht verstanden. Hier an dieser Bushaltestelle, an der alles beginnen und alles enden konnte.

Gemeinsam schleppten wir ihren schweren Koffer die steile Treppe zu meinem Apartment hinauf. Seinem Gewicht nach konnte sie sich mit seinem Inhalt mehrere Wochen einkleiden, ohne je meine Waschmaschine benutzen zu müssen.

Sie schaute sich um. »Hübsch hast du es hier«, sagte sie

und sah mich an. Ihr Blick ruhte etwas zu lange auf mir, mit einem Funkeln in den Augen, über dessen Bedeutung ich mir nicht ganz sicher war. Seit wir uns das letzte Mal gesehen hatten, war viel Zeit vergangen. Es hatte nur ein paar Nachrichten gegeben, während ich so tief in meine Arbeit versunken war. Ich dachte daran, dass mein Apartment nur ein Schlafzimmer besaß, und daran, dass ich frei war, sie aber gebunden. Mein Hals war wie zugeschnürt, doch ich blickte ihr fest in die Augen.

»Bri, warum bist du gekommen?«

»Na was glaubst du denn, warum ich gekommen bin?« Sie grinste.

»Ganz ehrlich ... Ich weiß es nicht.« Meine Stimme war leise und distanziert, doch ich war mir sicher, sie spürte, dass mein Herz unter meinen Pullover laut pochte. »Bist du hier wegen mir, oder weil du Edinburgh vermisst hast?« Ihre Nähe machte mich nervös und so wandte ich mich ab und trat ans Fenster. Es dämmerte und die Straßen wurden ruhiger. Dann drehte ich mich wieder um und sah sie vorwurfsvoll an. »Ich meine, ich kenne deine Fürsorge für andere Menschen. Bist du hier, weil du dachtest, du bist es mir schuldig, oder weil du mich sehen wolltest?«

Sie trat einen Schritt auf mich zu und strich mir mit ihrer warmen Hand den Arm entlang. »Weil ich dich vermisst habe.«

»Bitte ...«, sachte schob ich sie mit meiner Hand beiseite und trat an ihr vorbei, »sag das nicht ... berühr mich nicht so.« Ich kannte uns viel zu gut, weshalb ich fest entschlossen war, mich nicht mehr von diesen Momenten, die so voller Gefühl waren, blenden zu lassen. Sie verblendeten die Zukunft, die Sicht auf die Tatsachen.

»Was ist los?« Ihre Miene wurde ernst.

»Dass du überhaupt fragst.« Ich schüttelte ungläubig

den Kopf und spürte, wie mir ein Gefühl die Kehle nach oben kroch, das nicht mehr länger aufzuhalten war.

Es muss der Moment kommen, wo sie sich auf dich einlässt oder du sie loslässt.

»Weißt du, was ich denke?« Ich streckte das Kinn nach vorn. »Dass du dir nicht eingestehen willst, dass du ihn noch liebst.«

»Was redest du da?« Sie klang aufgebracht, noch bevor das Gespräch begonnen hatte.

»Du liebst ihn noch, obwohl er dich betrogen hat. Und du kannst dich deshalb selbst nicht leiden.« Es fiel mir plötzlich schwer zu atmen, und gleichzeitig hatte ich das Gefühl, mich von einer schweren Last zu befreien. »Und zu mir bist du nicht ehrlich. Weil du mich nicht verlieren willst. Weil du mich nicht verletzen willst. Das ist zutiefst egoistisch. Und ich fühle mich dabei wie ein Idiot, der sich die ganze Zeit schon lächerlich macht!«

Sie presste die Lippen aufeinander. »Das hat Marie also zu dir gesagt, nicht wahr? An dem Abend, an dem ihr zusammen ins Kino gefahren seid.« Bri nickte mehrmals, wie sie es immer in solchen Situationen tat.

»Wovon redest du?«

»Das weißt du genau«, sagte sie kühl, ihr Gespür scharf wie ein Messer.

»Oh nein. Das sind meine Gedanken. Sie hat nur bestätigt, was ich schon lange denke. Sie hat keine Ahnung von all dem hier, also zieh sie nicht mit rein. Ja, ich musste mir anhören, dass du ihn nie verlassen würdest, weil du ihn zu sehr liebst. Und dass er das ganz genau wisse. Du drohst es ihm an, immer wieder, aber am Ende ... am Ende liegst du doch wieder jede Nacht neben ihm. Oh Gott ...« Ich biss die Zähne aufeinander, blickte nach oben und warf die Arme über den Kopf, als könnte der Himmel mir helfen, mich zu erklären.

»Du denkst, du wüsstest Bescheid über mich und meine Gefühle, was?«

»Nein, wie könnte ich auch, wenn du nie mit mir darüber redest!«

»Weil du nicht zuhörst! Oder nur hörst, was du hören willst, um weiter in deinem Selbstmitleid zu versinken! Ich habe dir gesagt, dass ich meilenweit von ihm entfernt bin und dass mir manchmal ganz übel davon war und ich gebetet habe, dass ich irgendwie aus meiner Ehe rauskomme.« Sie steckte sich eine Zigarette an und nahm einen tiefen Zug. Ihre Bewegungen waren schroff und angespannt. »Und meine Tochter ...« Geräuschvoll kroch der Rauch aus ihrem Mund und ihrer Nase. »Sie sieht, was sie sehen muss als Tochter und das, was ich als Maske zu Hause aufsetze, um irgendwie alles zusammenzuhalten, um selbst nicht verrückt zu werden.«

»Ich habe diese ganze Maskerade so satt! Es gibt nicht das kleine Glück mit mir und nebenher die Beziehung mit ihm, die gar keine mehr ist, verstehst du das? Ich kann das nicht mehr. Ich kann nicht mehr so leben ... wartend, weil ich jede Minute, die mein Tag hergibt, bei dir sein will. Nur ich habe die Wahl getroffen, Bri. Nur ich!« Mit dem ausgestreckten Zeigefinger hämmerte ich mir auf die Brust.

»Nur du?« Auf ihrem Gesicht lag ein verächtliches Lächeln.

»Ja, mich meiner Angst zu stellen«, sagte ich. Bewusst versetzte ich meinen Worten einen herausfordernden, provozierenden Ton. »Du weißt es und du drückst dich vor deinen eigenen Gefühlen. Vor der Angst zu scheitern. Vor mir.«

Wortlos starrte sie mich an und rang um Fassung. Dann ging sie zum Tisch und drückte ihre Zigarette im

Aschenbecher aus. Als sie den Kopf wieder hob, blitzte mir das Blau ihrer Augen scharf entgegen.

»Warum erst jetzt?« Warum sagst du das alles genau jetzt und nicht schon, bevor du gegangen bist?«

»Warum?« Mit einem Hauch von Feindseligkeit schaute ich sie an. »Weil ich so lange Angst davor hatte, dich zu verlieren. Aber jetzt spielt es keine Rolle mehr. Ich hätte längst selbst über mein Schicksal entscheiden müssen.« Ich spürte, dass es stimmte, was ich sagte, weil sich in den letzten Wochen etwas in mir verändert hatte.

»Und was für ein Schicksal soll das sein, verdammt?«

»Ein Leben ohne dich!«

»Du gibst also auf, einfach so?«, fragte sie provozierend. Und das war so typisch für sie und machte mich noch wütender.

»Ha ...« Ich stieß ein Geräusch aus, das nach einem verachtenden Lächeln klingen sollte, und drehte mich einmal halb um die eigene Achse und wieder zurück, bevor ich wütend auf sie zu stapfte und die Worte so nah an ihrem Gesicht ausstieß, dass sie meinen Atem spüren musste. »Du wagst es, mir zu sagen, ich würde aufgeben? Ich könnte dich ohrfeigen für den ganzen Schmerz, den du mir bereitet hast. Für die Tage, in denen ich mich so sehr nach dir verzehrt habe. Gott, ich habe so viel falsch gemacht. Glaubst du, ich warte auch nur noch einen Tag länger auf eine Lösung?« Ihr Duft stieg mir in die Nase, doch meine Wut verbot es mir, ihn wahrzunehmen. Nur mit Mühe konnte ich verhindern, die Augen zu schließen und ihn tief einzuatmen. Mein ganzer Körper war angespannt.

»Ich habe nie von dir verlangt, dass du wartest!« Ihre Stimme war jetzt laut.

»Nein? Aber losgelassen hast du mich auch nicht. Also! Dann sprich es endlich aus! Komm schon! Sag es! Sag, dass du dich deiner Angst nicht stellen willst und in deiner Starre verharrst, in deinem Gefängnis, das du Leben nennst. Sag es: Ich werde ihn nie verlassen.« Unverhohlen starrte ich ihr in die Augen.

Sie hielt die Luft an und funkelte mit festem Blick zurück. So standen wir eine Weile da. Starrend und wütend. Die Fäuste geballt und die Luft um uns herum so angespannt, als könnte sie wie hauchdünnes Glas in tausend Scherben zerbersten, wenn ich auch nur noch ein einziges Wort sprach. Doch dann bewegte sie sich plötzlich, packte mein Gesicht mit beiden Händen und presste mir für einige Sekunden die Lippen fest auf den Mund, sodass mir mit einem Mal die Luft wegblieb. Es lag nichts Behutsames darin, sondern ihr ganzer Stolz und ein wilder Besitzanspruch. Dann drückte sie mich weg.

»Ich habe ihn längst verlassen! Schon an dem Tag, an dem ich dich das erste Mal gesehen habe.«

Ich taumelte ein paar Schritte zurück und fasste mir mit den Fingern an die Lippen, die brannten. Ob von der Heftigkeit des Kusses oder von ihrer Berührung wusste ich nicht.

»Ich bin gekommen, weil ich endlich frei bin!«, sagte sie.

Fassungslos starrte ich sie an, und bevor ich Zeit hatte, weiter darüber nachzudenken, strömten wir wie zwei Magneten aufeinander zu. Verzweifelt fielen wir übereinander her, getrieben von einem Gemisch aus Wut und Sehnsucht. Und der Kuss war eine gewaltige Frage, die mit aller Kraft an uns zerrte und schrie: »Willst du mich? Willst du mich mit allem, was dazugehört? Mit all dem Schmerz und der Scham und der Verachtung, die uns die Menschen entgegenbringen werden! Willst du meinen Körper und meine Seele mit all ihren Unzulänglichkeiten?«

232

Und unsere Herzen antworteten stumm: »Ja verdammt! Ich will dich und wenn die ganze Welt uns dafür hasst!«

Als könnten wir all die verstrichene Zeit durch einen einzigen Kuss aufholen, rissen und zerrten wir, pressten unsere Körper aneinander, um endlich eins zu sein.

Unfähig zu sagen, wie lange dieser Zustand andauerte, sanken wir erschöpft zu Boden. Und da saßen wir und sprachen kein Wort, während uns ein Gefühl der Zeitlosigkeit umgab, das immer da war, wenn wir zusammen waren.

V

CAROLINA

MÄRZ 2015

Nachdem wir eine Weile so auf dem Boden gesessen hatten, stand ich auf und öffnete das Fenster. Die kühle Luft traf meine heißen Wangen. Ich nahm einen tiefen Atemzug und das Gefühl des Kusses auf meinen Lippen fühlte sich an wie das leiser werdende Nachklingen eines sanften Liedes.

»Was hat sich verändert?«, fragte sie.

»Ich vergleiche uns nicht mehr mit den Menschen aus anderen Geschichten oder mit dem, was wir in anderen Leben vielleicht einmal waren. Das alles gibt uns nur Hinweise, Anhaltspunkte, um zu verstehen. Mehr nicht.« Ich stand mit dem Rücken zu ihr. Wahrscheinlich klang es für sie, als spräche ich zu mir selbst. Ich blickte in die Nacht hinein und in den Himmel, der von den Lichtern der Stadt erhellt war. »Aber am Ende ist jedes unserer Leben anders.« Ich wandte mich ihr zu. »Wir können alles sein, Bri.« Sie sah mich an und wartete, bis ich weitersprach. »Weißt du noch? Wir haben viele Sätze mit den Worten angefangen: ›Wenn es so sein soll ...‹«

Sie nickte. »Weil uns das die Verantwortung abnimmt.«

»Ja, weil wir sonst sagen müssten, wir hätten uns freiwillig dazu entschieden, eine Frau zu lieben. Ist es nicht so? Du eine, die viel zu jung ist, ich eine, die viel zu alt ist ... wenn es nach dem Geschwätz der Leute ginge.«

Ohne mich aus den Augen zu lassen, erhob sie sich und setzte sich aufs Sofa.

»Ich hatte eine Menge Zeit, in Ruhe nachzudenken«, fuhr ich fort. »Wenn alle Hindernisse nichts als eine Illusion sind ... Wenn der Schmerz nur eine Illusion ist und die Liebe das einzig Wahre, dann ist alles, was wir als etwas betrachten, das uns im Weg steht, nur unsere Angst, die wir als Entschuldigung vorschieben, die wir bewusst zu einem Hindernis formen, um nicht mutig sein zu müssen. Um uns vor der Liebe zu verstecken.« Ich machte eine Pause, um meinen Worten mehr Nachdruck zu verleihen. »Um uns davor zu drücken, die Kontrolle zu verlieren. Weil uns das verletzlich macht. Und du wolltest nie mehr verletzlich sein.«

Sie schaute mich eine Weile nachdenklich an. »Das ist es, was sich verändert hat.« Ihre Stimme klang sanft und leise. »Dir wurde klar, dass du mich nicht vor meiner Angst retten kannst.«

Ich nickte. »Es tat weh, dir dabei zuzusehen, Bri.«

Sie blinzelte den feuchten Schleier weg, der in ihren Augen lag. »Was glaubst du, warum die Sexualität in so vielen Religionen verpönt ist?«, fragte sie plötzlich.

»Weil sie uns Macht verleiht«, sagte ich mit Bestimmtheit. Ich sah, dass bei meinen Worten etwas über ihr Gesicht huschte. »Du dachtest, du verlierst an Macht, wenn du die Kontrolle aufgibst, dabei ist es genau das Gegenteil. Erst, wenn du die Kontrolle verlierst, gerätst du in deine ganze Macht«, sagte ich mit der Gewissheit, dass wir unglaublich mächtig sein würden, wenn wir uns liebten. Ich wusste es, denn ich hatte es in meinen Träumen gesehen. Die Erotik war wie ein Tor, hinein in eine andere Welt, wie eine Pforte zu uns selbst, die sich nicht mit jedem durchschreiten ließ. Ohne diese Verbindung, die zwischen ihr und mir bestand, war sie nicht mehr als ein dumpfer Trieb. Etwas, das uns befriedigte und uns für kurze Zeit ein gutes Gefühl gab. Jedoch nichts, das uns zutiefst transformierte, nichts, das uns einen Einblick verlieh in einen Teil von uns, den wir noch nicht kannten. In meinen Träumen sah ich, dass jede ihrer Berührungen wie ein heilsames Gebet sein würde, das sie über mir aussprach. Ich hatte begriffen, dass die Erotik eine heilsame Kraft war, mit der wir einander unsere wunden Seelen heilten. Unsere sexuelle Hingabe aneinander würde eine spirituelle Reise sein, die wir gemeinsam antraten. Diese Hingabe würde es sein, die die Liebe zwischen uns zum Leuchten brachte und ihr eine Macht verlieh, die weit über unsere Körper hinaustrat.

»Die Kontrolle verlieren kann man nur mit jemandem, dem man bedingungslos vertraut.« Sie sagte es, als hätte sie meine Gedanken erraten, und ihr Blick hielt mich fest im Griff. Sie war gekommen, weil ich es war, der sie vertraute, doch sie musste wissen, ob ich es noch tat, und so fragte sie: »Vertraust du mir?«

Und ich antwortete: »Unter all den Lügen, die uns umgeben, bist du das Wahrste, das ich habe, Brida.«

»Und ... wie bist du mit dem Buch vorangekommen?«, fragte sie, nachdem sie ein paar ihrer Sachen im Bad verstaut hatte und wir mit einer Tasse Tee im Wohnzimmer saßen.

»Nun ...« Ich zögerte den Moment etwas in die Länge

und schaute in ihr fragendes Gesicht, das mich erwartungsvoll anblickte. »Es ist fertig.«

Bridas Augen wurden größer und sie lächelte breit. »Du kannst dir nicht vorstellen, wie sehr ich mich freue!« Dann trat ein anderer Ausdruck in ihr Gesicht, der es schwerer werden ließ. »Das heißt, du fährst wieder nach Hause?«

»Nein.« Ich schüttelte den Kopf. »Ich wollte morgen in die Highlands fahren, ich habe mir ein Cottage gemietet. Wegen des Lärms der Stadt«, ich zeigte mit der Hand nach draußen, »und weil ich mir ein wenig Erholung nach den vielen Stunden am Schreibtisch gönnen wollte.«

Wehmut huschte über ihr Gesicht. Dann erschien ihr Blick wie leer und rückte in weite Ferne.

»Du kommst doch sicher mit, oder?« Ihre Augen kehrten zurück zu mir und meine Kehle verengte sich. »Um es zu lesen. Willst du?«

Ihr Gesicht erhellte sich, ihre Augen waren wieder voller Leben. »Natürlich will ich.«

»Dann bin ich froh«, sagte ich, »sehr froh.« Kurz blieben wir stumm. »Hast du eigentlich schon was gegessen, bist du hungrig?

»Ich bin aufgeregt.« Sie strich sich mit beiden Händen die Haare aus der Stirn. »Und außer dem Frühstück heute Morgen hatte ich noch nichts.«

»Dann lass uns irgendwohin gehen und später packen. Ich kenne ein Restaurant, einfach, aber gut, und danach können wir im Pub ganz in der Nähe noch ein Bier trinken, wenn du Lust hast. Sie spielen dort schöne Live-Musik.«

»Perfekt«, sagte sie.

»Wohin gehen wir?«, fragte sie, nachdem wir mit vollen Mägen das Restaurant verlassen hatten und die steile Royal Mile hinaufliefen.

»Ins Oak.« Ich hakte mich bei ihr ein und führte sie auf die George IV Bridge. »Komm hier entlang, es ist nicht weit.«

Am National Museum bogen wir links in die Chambers Street ab, der wir noch knapp zweihundert Meter folgten. Vor dem Pub standen ein paar Leute, die rauchten. Die Luft war kalt, sodass Kondenswasser über das Glas der Fenster rann und die Sicht in das Lokal versperrte. Ein Anblick, der mir in Edinburgh vertraut geworden war.

Ich ging voraus und öffnete die alten Schwingtüren des Royal Oak. Es war ein sehr kleines Pub, ein quadratischer Schankraum, an dessen Eingang sich ein winziger, unbenutzter Kamin befand und an der gegenüberliegenden Wand die Bar mit einer gut sortierten Auswahl an Whiskysorten. Der Raum war warm und voller Menschen, doch man hörte lediglich die Stimme des Gitarristen und den Klang seiner Saiten, der die Luft bereits zum Zittern gebracht hatte. Der Raum war erfüllt von der wehmütigen Stimmung schottischer Folk Music. Ich hatte einige meiner Abende hier verbracht und so erhoben sich hier und da ein paar bekannte Gesichter, um mich zu begrüßen, als wir uns durchs Gedränge bewegten, um ein Bier zu bestellen.

Brida trank immer ein Guinness. Sie mochte den süßen malzigen Geschmack. Ich reichte ihr das Pint und bestellte für mich ein lokales Lager. Dann genossen wir die Musik und sprachen kaum. Doch wir teilten uns ohne Worte mit. Ein Blick, eine flüchtige unbeabsichtigte oder gewollte Berührung. Da war es wieder, etwas, das Schottland mit uns machte.

»Die Leute sind ganz still und hören zu«, flüsterte sie.

»Ja, das liebe ich so am Oak. Man kann die Musik genießen.« Ich wies mit dem Bierglas auf den Gitarristen.

»Siehst du den alten Mann, der dort sitzt?« Sie nickte. »Er ist selten hier. Aber wenn, dann singt er alte Lieder auf Gälisch.«

Bridas Augen wurden größer. »Singt er heute noch?

»Ich weiß nicht.« Ich wandte meinen Kopf zu der Uhr, die über der Bar hing. »Schon halb zwei. Ich glaube nicht, sie schließen gleich.«

Da kündigte der Musiker bereits sein letztes Lied an und ließ ein leeres Bierglas für etwas Trinkgeld durch die Hände der Menge wandern. Bri grinste und schaute mich flehend an.

»Ich soll ihn für dich fragen, stimmt's?«

»Bitte!«, sagte sie.

Bridas Englischkenntnisse beschränkten sich nur auf das Allernötigste, also kämpfte ich mich durch die Menge zu dem alten Schotten. Er schien sich geschmeichelt zu fühlen, dass jemand gälische Musik hören wollte, willigte ein und gab mir dankend einen Handkuss. Bri war aufgestanden, als ich zu ihr zurückkam, und hatte rote Wangen vor lauter Vorfreude oder vielleicht auch wegen der Wirkung des Biers.

Der alte Mann erhob sich von seinem Sitzplatz, während das Gemurmel im Raum anschwoll und die Menge in Bewegung kam. Die Leute waren in Aufbruchstimmung, wie ein Boot wiegte die Menge unruhig im Raum hin und her.

»Haud yer wheescht.«, »Seid ruhig!« Das ruppige Organ der Bardame durchschnitt den Raum. Der Geräuschpegel senkte sich schlagartig.

Bri ergriff meine Hand, um mich von einem Gast wegzuziehen, der sein Bierglas gefährlich schwankend über meinem Kopf jonglierte. Sie ließ nicht mehr los. Hand in Hand standen wir in der Mitte des Raumes, eingepfercht zwischen Fremden, als der Mann zu singen begann. Bei den ersten gälischen Worten, die aus der Kehle des alten Schotten erklangen, tat mein Herz einen Sprung. Ich hielt die Luft an und drückte Bridas Hand. Sie erwiderte den Druck und ich spürte, dass sie sich ebenso nach den Highlands sehnte wie ich. Es war Zeit aufzubrechen. Edinburgh hielt uns ein letztes Mal fest, bevor wir ins Hochland fahren würden. Und der Mann mit dem weißen Haar und dem weißen Bart sang.

»B'fheàrr leam gun robh mi air ais aig baile.«

»I wish I was back home ...«

VI

CAROLINA

APRIL 2015

Einige Tage später, nach einem ausgedehnten Spaziergang am Meer, kehrte ich erst abends in unser Cottage zurück. Es war ein sonniger, aber dennoch kühler Apriltag gewesen, und nach einigen langen Stunden an der frischen Luft sehnte ich mich nach einem heißen Bad, das mich von innen aufwärmte. Zur Mittagszeit hatte ich mir einen kleinen Abstecher in ein Pub gegönnt, eine warme Fischsuppe gegessen und ein halbes Pint dazu getrunken. Nun saß ich mit einem Glas Rotwein auf dem Sofa und beobachtete das Spiel der Flammen im Kamin. Wir waren von einer mondlosen Nacht umgeben und das Feuer knisterte leise, wie ein Flüstern, das versuchte, mich zu beruhigen. Bri hatte sich nach dem Frühstück mit dem Manuskript zurückgezogen. Seit ich kurz danach das Haus verlassen hatte, weil ich es nicht ertragen konnte, währenddessen in ihrer Nähe zu sein, hatte ich sie nicht mehr gesehen. Wie ich sie kannte, war sie nur hin und wieder vor die Tür gegangen, um eine Zigarette zu rauchen.

Ich lächelte, griff nach einem Buch, das unter dem Wohnzimmertisch lag, und startete erneut einen Versuch, mich abzulenken.

»Was liest du da?«

»Ein Buch über die Lachswanderung in Schottland«, sagte ich.

Brida war ins Wohnzimmer gekommen und ließ sich neben mir aufs Sofa fallen.

»Wusstest du, dass die Highlands die Heimat der Lachse sind?«

Sie schüttelte den Kopf, lehnte sich zu mir und blickte neugierig in das Buch. Sie war so nah, dass ich die Wärme ihres Körpers spürte.

»Sie leben im Atlantik, aber woher auch immer, wissen sie, dass ihre Heimat in den Highlands liegt, und so kehren sie immer wieder hierher zurück. Da draußen«, ich zeigte mit dem Finger zum Fenster, hinter dem in der Ferne der Horizont ein klein wenig zwischen den Bergen hervorblitzte, »wo sich Meer und Himmel berühren, beginnen sie ihre Reise zu den engen Tälern und Flüssen und zum Heidekraut. Sogar zu dem Abschnitt des Flusses, in dem sie geboren wurden.« Ich klappte das Buch zu und legte es zurück an seinen Platz. »Gott weiß, wie sie den Weg finden.«

»Was bringt einen Lachs dazu, den weiten Atlantik zu verlassen und sich durch schmale Flüsse in die Highlands durchzukämpfen?«, fragte sie.

»Vielleicht haben sie Heimweh«, sagte ich.

Ihr Blick hatte sich verändert und ruhte unnachgiebig auf meinem Gesicht. »So wie wir«, gab sie zurück und es war nicht nur das Heimweh nach den Highlands, das aus ihren Augen sprach. Es war das Heimweh nach uns.

»Möchtest du ein Glas Wein?«, fragte ich, um dem

Knistern zu entkommen, das zwischen uns lag, und bereute es im nächsten Moment.

»Gerne.«

Auf dem Weg zur Küche bemerkte ich, dass mein Herzschlag sich beschleunigte. Mit zittrigen Fingern nahm ich ein Glas aus dem Küchenschrank und kehrte ins Wohnzimmer zurück. Ich schenkte ihr ein. Sie hatte sich seit dem Frühstück nicht umgezogen, trug immer noch ihr Nachthemd und darüber einen Kimono. Als ich ihr das Glas reichte, berührten sich unsere Hände und Blicke. Etwas im Raum hatte sich verändert. Die Luft war schwerer, wärmer. Sie war elektrisiert. Wie bei einem Gewitter, bevor sich Blitze in der Atmosphäre entladen. Ich setzte mich.

»Mein Vater weiß viel über Lachse. Weißt du noch? Unser erster Abend bei mir im Garten?« Bri ließ ihren Finger nachdenklich über den Rand ihres Weinglases gleiten und blickte in die dunkelrote Flüssigkeit, als könnte sie dort die Reise der Lachse vor ihrem geistigen Auge sehen. »Er hat mir erzählt, dass sie im Salzwasser und im Süßwasser leben können. Und dass sie gegen den Strom schwimmen, um zu ihrer Heimat zurückzukehren, wo sie sich fürs Leben binden.«

»Ja«, sagte ich. »Sie schwimmen gegen den Strom, aber nicht, indem sie gegen ihn ankämpfen, sondern, indem sie das Wissen über die Unterströmungen nutzen. Erschöpft von der Reise kehren die meisten nie mehr in den Atlantik zurück. Sie bleiben und sterben in den Highlands.«

Es wurde stiller. Noch stiller, als es überhaupt möglich zu sein schien. Als hätte die Welt sich ein Stück zurückgezogen, um uns diesen Moment zu geben, um uns alleine zu lassen, aber keineswegs einsam.

Wir blickten uns an, ohne zu sprechen. Lange. Und

dann erkannte ich etwas in ihren Augen, die im warmen Schein des Feuers glänzten. Sie hatte alles gelesen. Es war die Veränderung unserer Zukunft. Ich sah sie in den Blautönen ihrer Iris, die vor mir lagen wie Gischt und Wellen. Und ich fragte mich, ob sie es auch wahrnahm, in dem Grün und dem Braun meiner Augen. Sie, das Fließende, das flüssige Blau des Meeres, auf das ich heute so lange hinausgeblickt hatte, und ich, das Feste, das dem Meer eine Fläche gebende Ufer aus Stein und Sand und grünen Wiesen, an dem es ankommen konnte, branden konnte. Und ich wünschte mir, das Ufer zu sein, auf das sie traf, auf das sie langsam zufloss, wenn die Gezeiten sich entschieden, geräuschvoll mit der Flut ans Land zurückzukehren.

Und dann bewegten sich unsere glühenden Gesichter wie in Zeitlupe aufeinander zu. Ich schloss die Augen. Ich spürte sie. Ihre weichen Lippen, die mich küssten. Anders als beim ersten Mal in Edinburgh. Nicht verzweifelt oder wütend. Nicht laut wie die Stadt. Sondern still und langsam wie das Hochland.

Als wir uns wieder voneinander lösten, waren unser Atem und das Knistern des Feuers die einzigen Geräusche im Raum. Wir schauten uns an, bevor ich schließlich die Hand hob und ihr zuerst vorsichtig den Kimono und dann die dünnen Träger ihres Negligés von den Schultern streifte. Lautlos glitt der zarte Stoff von ihrem Körper. Ich zuckte zusammen. Ihr nackter Anblick raubte mir für einen Moment den Atem. Nun wusste ich, warum ich mir gewünscht hatte, diesen Moment bis ins Unerträgliche auszudehnen. Der zerbrechliche Augenblick des Unentdeckten würde nicht wiederkommen, und ich wollte ihn auskosten. Sie das erste Mal zu lieben, trug einen besonderen Zauber in sich, der danach durch einen anderen, ganz eigenen Zauber ersetzt werden würde.

»Willst du mich noch?«, fragte sie nach einigen langen Sekunden des Schweigens. »Jetzt, wo du mich so siehst ...«

Ungläubig blickte ich sie an, wie sie vor mir saß, aufrecht und stolz, trotz der Verlegenheit, die in ihrer Stimme schwang, die Arme seitlich an ihrem Körper, sodass ich sie ganz sehen konnte.

»Nie warst du schöner für mich.« Ich stockte, weil meine Stimme erstickt klang und ich nach Worten rang. »Ich will dich, Bri. Jetzt. Immer. In diesem Leben und in allen anderen.«

Sie atmete hörbar ein und aus.

Langsam ließ ich meine Finger über ihr Schlüsselbein gleiten. »Dein Puls rast.« Ihre Haut fühlte sich warm an, fast heiß. Ich berührte eine ihrer lockigen Strähnen, bevor ich meine Hand sanft zu ihrem Nacken führte, wo ich sie schließlich tief in ihr Haar gleiten ließ. Sie legte den Kopf in meine Hand, ohne den Blick von mir abzuwenden. Ich beugte mich zu ihr, hauchte ihr einen Kuss auf die Schulter, küsste sanft ihren Hals. Sie atmete tief ein, senkte den Blick und schaute dann dabei zu, wie ich meine Hand auf die Stelle legte, unter der ihr Herz genauso hektisch schlug wie meins. Ihr wildes, mutiges Herz. Ein Gefühl wie Strom durchfloss mich, doch ich riss mich zusammen und ließ schwer atmend von ihr ab. Zieh mich aus, bat ich sie mit den Augen, ohne die Worte in meinem Mund zu formen, und sie verstand.

Einen kurzen Moment später floss ihr Körper über mich wie seidige Tinte auf nacktes Papier. Ich spürte ihre Weichheit und ihre Angst. Ich spürte ihre Seele. Wie wund sie war und wie sie nachgab, um sich in ihrem Verlangen zu verlieren. Ich spürte ihre Lippen auf meinen. Wir küssten unsere Zweifel weg. Ich spürte ihr Haar, das meine Haut berührte. Mit ihrem Mund umschloss sie nacheinander meine Brustwarzen, küsste mich überall und verweilte in meinem Schoß, sodass ich dachte, ich müsste wahnsinnig werden.

Wir verwehten. Wie feiner Nebel, wie feiner Sand, wie feine Wolkenfetzen.

Ich beugte mich über sie, nahm ihre Handgelenke und zog sie über ihren Kopf. Hilflos ausgestreckt lag sie unter mir. Ich spürte, dass die Lust wie ein Sturm über ihren Körper jagte. Wir küssten unsere Angst weg. Zuerst sanft, dann fordernd.

»Berühr mich«, bat sie.

Ich gab ihre Handgelenke frei und glitt wie in Trance mit meinen Lippen ihren Körper entlang nach unten zwischen ihre Beine. Sie öffnete sich mir mit einem leisen Stöhnen. Ich tat, was ich unzählige Male zuvor in meinen Träumen durchlebt hatte. Doch kurz bevor sie sich in ihrer Erregung verlieren konnte, hörte ich auf. Unsere Münder fanden sich wieder und gemeinsam brachten wir zu Ende, was wir angefangen hatten. Wie ein reißender Fluss schoss mir das Blut durch die Adern. Die Sicht vor meinen Augen wurde unklar, Geräusche und Gerüche verflüchtigten sich und mein Tastsinn verlor seine Macht. Ich wusste nicht mehr, ob ich Brida oder mich selbst berührte. Eine erotische Kraft von ungeheurer Intensität durchdrang meinen Körper. Und als wir zusammen durch einen Schleier der Ekstase gingen, wurden wir formlos und verschwammen zu einer einzigen dichten Masse, die keine Grenze hatte, keinen Rand, der benannt werden konnte. Wie Licht, das ebenso formlos war. Und ich fühlte Bridas Leuchten, das immer kraftvoller wurde, bis es schließlich in unzählige sternenartige Formen von Licht zerbarst.

Als wir langsam wieder zu uns kamen, lagen wir heiß und schwitzend wie frisch zusammengeschmiedetes Eisen nebeneinander. Die Befangenheit war verflogen. Bri bettete ihren Kopf an meine Schulter. Schweigend ruhten wir auf dem Boden vor dem Feuer, von dem nur noch eine schwache Glut übrig war. Ich genoss das Gefühl, sie wie selbstverständlich bei mir zu haben. Wir waren zeitlos, wir waren ortlos.

»Ist es besser als mit einem Mann?«, fragte ich nach einer Weile.

»Ich bin mir nicht sicher.« In ihrer Stimme hörte ich ein verschmitztes Lächeln, während sie mit dem Finger meinen Bauchnabel umkreiste. Sie klang glücklich.

»Du hast recht, ich denke, wir sollten es noch mal tun. Nur, um ganz sicherzugehen. Wenn du schon wieder kannst.«

»Ich bin doch keine alte Frau. Zumindest noch nicht.«

»Gut, ich hab nämlich noch einiges mit dir vor.«

»Hast du es eilig oder kann ich vorher noch eine rauchen?« Ohne meine Antwort abzuwarten, stand sie auf und kam einige, mir endlos lang erscheinende Sekunden später zurück zu mir - mit einer Zigarette im Mundwinkel und zwei Decken im Arm. »Also«, sie nahm einen tiefen Zug und blies den Rauch an mir vorbei, »was hast du denn noch vor mit mir?«

»Dinge«, sagte ich.

»Was für Dinge?«, fragte sie, obwohl sie genau wusste, worum es ging.

»Verbotene«, sagte ich mit einem verschmitzten Lächeln im Gesicht. »Und schmutzige.« Ich fixierte ihre Lippen, hielt mich jedoch zurück.

Ein anzügliches Lächeln umspielte ihren Mund. »Das gefällt mir«, sagte sie und zog mein Gesicht zu sich, um mich zu küssen. Ich schmeckte den Rauch auf ihrer Zunge. Doch kurz, bevor wir richtig in den Kuss versinken konnten, zog ich mich zurück. »Verboten klingt gut.« Sie rückte mit ihrem Kopf hinterher.

»Ich weiß, dass dir das gefällt.«

»Ach ja, woher denn?

»Weil ich dir deine Verdorbenheit von Anfang an im Gesicht ablesen konnte.«

Ein Lachen entfloh ihrer Kehle. Eines von der Sorte, in dem etwas sehr Sinnliches und zugleich etwas sehr Verruchtes lag. Eines dieser Lachen, das sie so oft lachte, und das mich wahnsinnig machte. »Ich bin völlig prüde«, sagte sie.

»Ganz bestimmt. Das habe ich heute gesehen«, sagte ich grinsend und bat sie, mir die Zigarette zu reichen. »Auf der Straße eine Dame und im Bett eine Hure.« Ich nahm einen langsamen Zug.

»Himmel, Carolina!«, sagte sie mit gespielter Empörung in der Stimme und einem aufgesetzten Entsetzen im Gesicht.

»Das waren deine Worte.«

»Das habe ich nie gesagt. Und überhaupt, seit wann rauchst du?

»Seit ich Sex mit dir habe. Lenk nicht vom Thema ab.«

»Das muss ein gutes Zeichen sein.«

»Ich wusste, dass du dabei von dir gesprochen hast. Seither habe ich mich gefragt, wie du klingst, wenn du erregt bist, und wie sich dein Körper unter meiner Berührung windet.« Ich schlang meine Arme um sie und zog sie an mich. »Wie du dich wohl anstellen würdest im Bett. Wie du mich anfassen und was du alles mit mir treiben würdest.«

»Schriftsteller haben eine blühende Fantasie«, stellte sie fest.

»Stimmt genau.«

Sie drückte die Zigarette aus. Ihre Augen glitzerten im Schein der Kerzen. »Ich will jetzt nicht sanft sein mit dir«, flüsterte sie.

»Dann sei es nicht«, gab ich zurück.

Stunden später wurde ich von der Sonne geweckt, die durch die Jalousie ins Zimmer drang und in Streifen auf das Bett fiel. Als langsam die Erinnerungen in mein Bewusstsein zurückkehrten, wälzte ich mich schlaftrunken zur Seite, um nachzusehen, ob sie wirklich neben mir lag. Doch noch bevor mein Blick sie erfasste, nahm ich bereits ihren Duft wahr, der wie Parfum auf meiner Haut haftete. Weiche Schatten lagen auf ihrem Gesicht, das ich friedlich schlafend im warmen Licht des anbrechenden Tages neben mir erblickte. Ich hauchte ihr einen Kuss auf die Stirn, worauf sie langsam die Augen öffnete.

»Mmmh«, murmelte Bri lächelnd.

»Guten Morgen.«

»Ich mag es, so geweckt zu werden.«

»Du bist tatsächlich hier bei mir.« Zärtlich schob ich ihr ein paar Strähnen aus der Stirn und streichelte ihr Haar.

»Wo auf der Welt sollte ich sonst sein, wenn nicht hier bei dir?« Bri fasste unter dem Laken nach meinem Po und zog mich an sich.

Genüsslich nahm ich die Wärme ihres Körpers wahr. »Hast du letzte Nacht nicht genug bekommen?«

»Offensichtlich nicht«, erwiderte sie und umschloss mit ihren Lippen meine Brustwarze.

Ich stöhnte auf. »So könnte jeder Tag beginnen.«

»Wir haben genug Zeit, genug zu essen im Kühlschrank und mein Vorrat an Zigaretten reicht mindestens noch für eine Woche«, erwiderte sie lächelnd und ihr weicher Mund löschte die Worte aus, die mir auf den Lippen lagen.

VII
CAROLINA

APRIL 2015

A m nächsten Tag fuhren wir Richtung Dunvegan.
Wir waren auf dem Weg zum Coral Beach. Da der
Strand nur zu Fuß erreichbar war, ließen wir den Wagen
auf einem Parkplatz zurück. Der Ort kam mir seltsam
entrückt vor, schien nicht in die wirkliche Welt zu passen.
Wir gingen eine Weile entspannt durch das Naturschutz-
gebiet, vorbei an freilaufenden Kühen, über kleine Bäche,
bis der weiße Strand von einer Kuppe aus sichtbar vor uns
lag. Halbmondförmig schmiegte sich das Ufer in die
Landschaft, grenzte an eine mit Gänseblümchen bedeckte
Wiese, auf der unzählige Kaninchen umherhüpften. Ich
sog den Duft nach Meer ein, freute mich über den Wind,
der mir durchs Haar strich.

»Unglaublich, ich komme mir vor wie Alice im
Wunderland«, sagte ich zu Bri, als wir unten angekommen
waren, und versuchte, die Tiere mit meiner Kamera einzu-
fangen, was sich als schwierig herausstellte, da sie sofort in
einem ihrer vielen Löcher verschwanden.

»Strahlend weiß ist das hier«, rief sie, »und sieh dir bloß das Blau des Wassers an.«

Wir setzten uns, zogen die Gummistiefel aus, die wir in Schottland zu jeder Jahreszeit trugen, weil wir nie wussten, wohin uns die Spaziergänge führten, und das Wetter so wechselhaft war. Nachdem wir uns auch von den Socken befreit hatten, steckten wir unsere nackten Füße in der Sand. Das Wasser kam, ich zuckte zusammen, als mich seine Kühle traf. Es nahm den Sand unter meinen Fußsohlen mit und spülte ihn dann wieder an. In alter Tradition holte Bri den Flachmann aus ihrem Rucksack. Wir tranken ein paar kleine Schlückchen Whisky. Bri ließ den Blick über die Inseln auf der gegenüberliegenden Seite schweifen und atmete tief durch. »Wie lange wolltest du hierbleiben?«, fragte sie.

»Zwei Wochen, wieso?«

»Was hältst du davon, dass wir den Urlaub noch etwas ausdehnen?«, fragte sie. Einfach so. Schlicht und rein, als wäre es wie selbstverständlich möglich, dass wir uns für längere Zeit hierher zurückzogen.

»Ja, bis das Buch durchs Lektorat gegangen ist. Kurz bevor du angekommen bist, habe ich es abgeschickt. Es wird wohl ein paar Wochen dauern«, sagte ich, als hätte ich ihre Gedanken erraten.

Sie nickte und nahm meine Hand, streichelte sie. »Ich könnte mich erholen, endlich mal richtig lange Urlaub machen und dir dabei helfen, die Texte zu überarbeiten.« Sie ließ sich auf den Rücken fallen und bettete ihren Kopf auf den verschränkten Armen. »Wenn du magst. Nur, wenn du magst.«

Im Hintergrund rauschte sanft die Brandung, als die Wellen auf den Sand trafen. Ich näherte mich, beugte mich über sie, fuhr mit meinem Finger die Kontur ihrer Augenbrauen nach, die im Schein der Sonne glänzte. Bri schloss die Augen. Ich küsste sie. Sie schmeckte salzig von der Gischt, die der Wind auf uns zurückgelassen hatte. Dann erfasste mich ein heftiges Glück, ein sehr wildes Gefühl des Glücks und der Freude. Es nahm mich für einen kurzen, überschwänglichen Moment mit, so wie der Mond das Wasser mitgenommen hatte. Es war Ebbe, auf deren feuchter Landschaft wir beim Zurückgehen unsere Spuren zurücklassen würden. So wie unsere Geschichte ihre Spuren in unseren Leben zurücklassen würde. Ich legte mich neben sie, beobachtete die Wolkenformationen am Himmel und versuchte, bestimmte Formen in ihnen zu erkennen. Vielleicht eine Feder, vielleicht ein Herz oder einen Vogel.

»Wohin fließt das Wasser bei Ebbe? Weißt du das?«, fragte ich.

»Es hat etwas mit der Anziehung der Himmelskörper und der Fliehkraft zu tun. So entstehen Flutberge aus Wasser. Bei Neu- und Vollmond, wenn alle drei Himmelskörper in einer Linie stehen, also Sonne, Mond und Erde, dann ist die Tide viel stärker als gewöhnlich.«

»Faszinierend, findest du nicht?«

»Welchen Einfluss der Mond auf uns hat? Ja, und dass die Kräfte bei Neu- und Vollmond schon drei Tage zuvor und noch drei Tage danach wirken.«

»Deswegen würde ich das Buch auch gern an deinem Geburtstag veröffentlichen.«

Sie fuhr hoch und stützte sich auf einen Arm. »Ist das dein Ernst?«

Ich nickte. »Am 13. Oktober ist Neumond.«

»Du hast sogar schon nachgeschaut?« Sie strahlte bis über beide Backen. »Fällt also genau in den Zeitraum, in dem die Kräfte für neue Vorhaben noch am stärksten wirken.«

»Ganz genau.«

»Darauf trinken wir noch einen Whisky«, rief Bri volle Freude, hob den Flachmann in die Höhe und küsste mich.

VIII
CAROLINA

APRIL 2015

In der Abenddämmerung lagen wir im Schlafzimmer. In einem Nebel aus matten Farben, den ich in einem halb wachen, halb schlaftrunkenen Zustand wahrnahm, setzte sich Bri auf, nahm eine Zigarette vom Nachttischchen und steckte sie sich an. Beim ersten Zug fuhr sie sich mit der Hand durch ihre Locken, warf den Kopf in den Nacken und blies den Rauch ins Zimmer. Ich lächelte, als ich diese Geste sah, die so typisch für sie war, und konnte mir nicht vorstellen, jemals genug davon zu bekommen, sie anzusehen.

»Spielst du Geige für mich?«, fragte sie.

Wortlos und nackt erhob ich mich aus dem Bett, griff den schwarzen Kimono vom Stuhl und warf ihn mir über. Während ich den Bogen zur Hand nahm und ihn spannte, ließ ich meinen Blick über ihren Körper gleiten. Das feine Laken bedeckte kaum mehr als die glühende Stelle zwischen ihren Beinen. Über ihrer Haut schwebte ein perlmuttartiger Schimmer, den ich an anderen Körpern noch nie zuvor gesehen hatte. Er gehörte ihr. Nur ihr. Sie war wie eine Perle, die das schwache Licht des Zimmers zu reflektieren schien, und ich verspürte den Wunsch, sie erneut zu berühren wie ein wertvolles Schmuckstück. Stattdessen nahm ich die Geige und setzte mich auf einen Stuhl vors Bett. Ich spielte mit geschlossenen Augen und spürte deutlich, wie sie ihren Blick über meinen Körper gleiten ließ. Meine Brüste waren nur halbverdeckt, mein Schoß entblößt vor Bri, die gegenüber im Bett saß. Mir gefiel diese Szene. Als ich die Augen wieder öffnete, blickten mich die ihren fordernd an.

Sie stand auf und trat langsam auf mich zu. Da hörte ich auf zu spielen. Sie nahm mir Bogen und Geige aus der Hand und legte beides beiseite. Dann kniete sie sich vor mich und streifte mir mit beiden Händen sanft den Kimono vom Körper. Ich liebte den Anblick ihrer Hände und wie sie sich bewegten. Ihr Gesicht näherte sich, und als mich ihr Atem streifte, spürte ich, wie meine Brustwarzen hart wurden. Sie ließ ihre Hände über meinen Körper gleiten, als bewunderte sie die Form und Textur eines Kunstobjektes.

»Du bist so schön.« Ihr Blick wanderte auf meiner Haut hin und her, erforschte mich wie ein Gemälde. »Und wenn du spielst, dann leuchtest du«, sagte sie.

Ich lächelte. Bris Hände wanderten zu meinen Schenkeln. Angefangene und zu Ende gebrachte Augenblicke der Leidenschaft, die wir in den letzten Tagen und Nächten erlebten, stiegen in mir auf und setzten sich einfach so fort, als hätte es nie eine Unterbrechung gegeben. Sie spreizte meine Beine, rückte näher an mich heran und betrachtete still meine Mitte. Ihr Blick wirkte fasziniert von dem, was sie sah, obwohl sie mich nun schon so viele Male berührt hatte. Dann senkte sie den Kopf, um mich mit ihrem Mund zu umfangen. Ihre Zunge war warm und weich. Still genoss ich den Anblick ihrer

Locken zwischen meinen Beinen und ließ meine Hände durch ihr Haar gleiten. Schließlich bäumte ich mich unter ihrer zarten Berührung auf. Sie bewegte ihre Zunge langsam. Und so ging auch die Zeit langsamer, bevor sie vollkommen ihre Bedeutung verlor. Ein sanftes Stöhnen entfloh meiner Kehle und ich tauchte tief in das ein, was ich fühlte. Und ich wollte nichts als fühlen. Ich befand mich in einem rauschhaften Zustand, trunken von ihrer Gegenwart. Als ich kam, umfloss mich ein farbiges Licht der Leidenschaft.

Dann zog ich Bri an den Schultern nach oben und küsste sie, bevor wir zusammen aufstanden. Sie ließ sich auf das zerwühlte Bett fallen und ich folgte ihr, beugte mich über sie, legte meine Hand auf ihre Wange und ließ meinen Daumen sanft über ihre Lippen wandern.

»Du bist wie die vier Elemente, weißt du das?« Bri entrang mir Gedanken, von denen ich nicht gewusst hatte, dass ich fähig war, sie zu denken. »Dein Atem, er ist die Luft.« Ich strich ihr mit beiden Händen die Locken aus dem Gesicht, ließ meine Finger über Ihre Wangen hinab zu ihrem Hals und auf ihr Dekolleté gleiten. »Dein Schweiß und deine Tränen, sie sind das Wasser.«

Bri senkte die Lider. An der kleinen Falte zwischen ihren Augenbrauen konnte ich erkennen, dass sie es genoss, meine Stimme so zu hören. Meine Hände wanderten ein Stück weiter nach unten und öffneten ihre Beine. Mit meinen Lippen fuhr ich sanft die Innenseiten ihrer Oberschenkel ab. Leise stöhnte sie auf.

»Dein Verlangen und deine Leidenschaft, deine Haut, die glüht, wenn wir uns lieben ... Sie sind wie Feuer.« Die sanften Härchen auf Bris Haut stellten sich unter meiner Berührung auf und sie atmete hörbar ein und aus. »Und diese Stelle hier ...«, ich ließ meine Hand zu ihrer Mitte gleiten, »... diese Stelle und dein Duft der Erregung ...« Ich war jetzt so voller Leidenschaft, dass ich Mühe hatte, weiterzusprechen. »... die Erde«, brachte ich schließlich keuchend hervor und betrachtete sie genau, um mir jedes Detail einzuprägen. »Gott Bri ... ich brauche dich so sehr zum Leben«, raunte ich. Dann senkte ich den Kopf in ihre Mitte und atmete ihre Erregung tief ein, bevor ich mit meiner Zunge eintauchte in ihre geheimnisvollen Tiefen. Ich liebte es, wenn sie ganz losließ und sich voll blindem Vertrauen meiner Berührung hingab.

Ihr Atem schwoll an und ab wie Ebbe und Flut und ihr Körper glitt unter meinen Lippen hin und her. Wie sanfte Wellen floss mir ihre Hüfte entgegen und entzog sich mir wieder. Sie war das Wasser, das mich wie Sand unter ihren Berührungen formte, mich umspülte und aus dem ich jedes Mal, wenn wir uns liebten, verändert hervortrat. Ja. Wir waren Sand und Wasser. Und zusammen waren wir der Ozean.

IX

CAROLINA

APRIL 2015

»Ist alles in Ordnung mit dir?« Bri stellte zwei dampfende Tassen Kräutertee vor uns auf den Tisch und setzte sich zu mir aufs Sofa. »Freust du dich nicht, dass dein Buch bald veröffentlicht wird?« Sie sprach mit sanfter Stimme, blickte mich dermaßen zärtlich an, dass ich für einen kurzen Moment unter dem Gefühl für sie litt, das mich dabei überkam. Doch dann beugte sie sich zu mir und befreite mich mit einem Kuss von meinem süßen Leiden.

»Glaubst du, die Welt wird jemals bereit dafür sein?«, fragte ich und blickte sie an. »Bin ich selbst bereit dazu? Ich würde es so gerne glauben, Bri. Ich wünschte, die Menschen könnten erkennen, dass die Seele kein Geschlecht hat und auch kein Alter. Aber ich fürchte, so einfach wird es nicht.«

»Aber genau deshalb schreibst du es doch, dieses Buch. Sieh dir an, um welch großes Stück sich die Dinge in der Welt schon verändert haben. Auch wenn immer noch viel zu tun ist, jeder kleine Schritt lohnt sich. Für jedes einzelne Herz, das von unserer Geschichte und der Liebe, um die es in deinem Buch geht, berührt wird, lohnt es sich.«

»Du meinst jedes Herz, das erkennt, dass es egal ist, wen wir lieben, sondern dass es darauf ankommt, dass wir lieben?«

»Ja.«

»So, wie ich immer zu dir gesagt habe, dass jeder Einzelne wichtig ist, der zu dir kommt, um zu lernen. Auch wenn nur ein Einziger von ihnen beginnen würde, seine Gedanken zu verschönern oder zu beten.«

Sie nickte und lehnte sich entspannt zurück. »Du hast mich immer ermutigt, wenn ich Zweifel an meiner Arbeit hatte. Stell dir nur vor, wie viele Menschen du mit deinen Worten erreichen kannst, und darum geht es. So vielen wie möglich zu helfen.«

»Dann ist sie das, nicht wahr?« Ich nahm einen Schluck Tee, der mir angenehm den aufgewühlten Magen wärmte. »Unsere gemeinsame Aufgabe, die all den Seelen zuteil ist, die aus zwei Hälften bestehen, aber in Wahrheit eins sind? Den Menschen unsere Liebe weiterzugeben und ihnen zu zeigen, dass sie nicht an Bedingungen geknüpft ist. Denn wenn die Liebe bedingungslos ist, wie kann sie dann davon abhängen, wer wir als Menschen sind?

»Wir entscheiden nicht bewusst, wen wir lieben. Es ist eine Entscheidung unserer Seelen, die wir treffen, bevor wir hierherkommen. Nur die, die im Geiste eins sind, können ein gemeinsames Ziel verfolgen.« Bri lächelte. »Und um das zu tun ... um das Versprechen einzulösen, das wir gegeben haben, dafür kehren wir immer wieder hierher zurück. Wenn auch immer in anderer Form. Es ist ein altes Wissen, das wir da in uns tragen«, sagte sie.

»Weißt du, ich habe alles gelesen, was mir über Seelen-verbindungen unter die Finger gekommen ist. Nur, um für mich einen Beweis zu finden. Oder weil ich glaubte, die Welt verkrafte es besser, wenn es irgendeinen handfesten Beweis gäbe.«

»Auch, wenn du ihn in Wahrheit nie gebraucht hättest?« Bri formulierte es als Frage, doch aus ihren Augen sprach ihre Weisheit, ihre tiefe Erkenntnis der Dinge um sie herum, die ich bewunderte und die ihr stets eine Aura verlieh, die sie strahlen ließ.

»Ich brauchte ihn nicht, diesen Beweis, natürlich nicht. Aber ich wollte trotzdem etwas finden, das mir zeigt, dass ich meiner Intuition vertrauen kann und darauf, dass sie mich führt. Dieses heilige Geheimnis, das zwischen uns ist, Bri, das jeder spürt, wenn er uns begegnet, aber nicht versteht, wenn er es nicht selbst einmal gefühlt hat ... Ich ... ich würde es so gerne der ganzen Welt zugänglich machen. Aber muss ich dafür wirklich wissen, was die Mythologie darüber schreibt? Oder einen Beweis dafür finden, was Gott dazu sagt? Dass er sein schriftliches Einverständnis dafür gibt? Es gibt ihn nicht, diesen einen eindeutigen Beweis. Am Ende stammt doch alles, was irgendwo geschrieben steht, aus der Feder eines Menschen.«

»Diesen Beweis finden wir nur an einem Ort«, sagte sie.

»Ich weiß, in unserem Herzen.«

Unsere Blicke ruhten eine Weile ineinander verschlungen auf unseren Gesichtern. Ich versuchte, mir das Gefühl und die Erfahrung unserer Vereinigung in Erinnerung zu rufen, doch sie war nur schwer mit meinen Gedanken zu erfassen.

»Wie oft wir wohl schon hier waren?«, fragte Bri und stellte die Frage mehr sich selbst als mir.

»Und immer zurückkehren, um uns wiederzufinden?«

Sie schaute mich an. »Es ist so selig.«

»Und manchmal so schwer«, sagte ich. »Alles, was ich bis hierher erlebt habe, seit ich dich kenne, war wichtig. Sonst hätte ich vielleicht nie den Mut gehabt, der nötig war. Das ist fast wie ein unerbittliches Gesetz. So fühlt es sich jedenfalls an. Dass wir immer wieder das Gleiche durchlaufen, wenn auch in anderer Form, aber dass es doch immer ein Stück leichter und besser wird, weil die Welt sich mit uns verändert und unsere Seele jedes Mal größer wird und weiterwächst.«

Ich nahm ihr Gesicht und zog sie an mich, um sie zu küssen. Es fiel mir schwer, die Hände von ihr zu lassen, am liebsten wäre ich schon wieder zurück ins Bett mit ihr gekrochen.

»Brauchst du noch mehr Beweise?«, fragte sie, als ich mich von ihr löste.

Ich verneinte und lehnte mich zurück. Doch es brannte noch eine andere Sache auf meiner Seele. »Wissen sie es?« Ich schluckte, denn bis jetzt hatte ich mich nicht getraut, sie nach ihnen zu fragen. »Deine Kinder?«

»Nicht, dass ich es ihnen gesagt hätte, aber ich glaube, sie spüren es schon lange.« Ihre Augen lächelten, aber in ihrer Stimme hörte ich die Angst.

Und dann dachte ich an all die Dinge, mit denen wir konfrontiert werden würden. An die Scheidung, an die Feindseligkeit, an das Urteil der Familie, an das Urteil, das ihre Kinder darüber fällen würden. Daran, was ihre Klienten über sie denken würden und ob sie noch zu ihr kommen würden.

»Was, wenn ich dir und deiner Arbeit schade? Ich meine ... Deine Klienten, wenn sie erst einmal wissen, dass du mit mir zusammenlebst ...«

»Es wird sicherlich welche geben, die nicht mehr kommen würden. Aber dafür werden neue kommen, Menschen, die uns genau so brauchen, wie wir jetzt sind.

Und wer weiß, vielleicht wird sich die Art meiner Arbeit ohnehin verändern.«

»Und was ist mit Joh?«, fragte ich. »Erzählst du mir endlich, was passiert ist? Hast du ihn verlassen, um nach Schottland zu kommen?«

Sie schüttelte langsam den Kopf. »All diese Lügen, Carolina ... Er hat die ganze Zeit nur auf den richtigen Zeitpunkt gewartet.« Sie lachte bitter, vertieft in die Erinnerungen an die vergangenen Wochen.

Und dann erzählte sie mir davon, was in den letzten Wochen alles geschehen war. Eine Geschichte, die klang wie ein Kinofilm, aber keinesfalls wie etwas, das einem tatsächlich im Leben passieren konnte. Joh hatte von seinem Onkel geerbt, als dieser starb, und sich dann sofort aus dem Staub gemacht, als das Geld auf seinem Konto gelandet war. Er hätte diesen ganzen Demütigungen satt, habe er zu ihr gesagt, und sie solle froh sein, dass er überhaupt so lange bei ihr geblieben sei. Nachdem er sich die ganze Zeit um seinen Onkel gekümmert hatte, fand sie heraus, dass dieser eine sehr konservative Einstellung zum Thema Beziehungen hatte und Joh sofort aus dem Testament entfernt hätte, hätte er sich von Bri getrennt und scheiden lassen.

»Deshalb hat er immer so ein Theater veranstaltet, wenn du dich trennen wolltest, und mit Selbstmord gedroht?«

Sie erzählte mir von einem Abend in der Küche, als er sich das Messer an die Pulsader gehalten hatte, und dass sein Onkel ausgerechnet in dieser Nacht starb. »Ganz genau. Und das ist auch der Grund, warum ich damals die Heiratsurkunde auf dem Schreibtisch gefunden habe. Kannst du das glauben? Er hat ihm sogar eine Kopie davon geben müssen.«

»Das ist unglaublich.« Ich war schockiert, hatte von

seiner Niedergeschlagenheit gewusst, doch nie vermutet, dass er sie auf diese Weise hintergehen würde. Und als ich in ihre traurigen Augen blickte, da tat es sehr weh zu begreifen, dass ich nicht bei ihr gewesen war, als all das passierte.

»Was für eine unglaublich fiese Masche. Zum Schluss hat er mich regelrecht gehasst, Carolina. Du hättest seine Blicke sehen sollen.«

Ich zog sie an mich, bettete sie in meine Arme und küsste ihren Scheitel. Ich mochte den Gedanken, dass wir uns gegenseitig über das Vergangene trösten konnten.

»Wenn das alles nicht so lange gedauert hätte ... wir uns nicht über die Jahre so voneinander entfernt hätten, ich weiß nicht, ob ich das verkraftet hätte. Zum Schluss war ich so weit weg von ihm ...« Sie schüttelte sich, als hoffte sie, die schaurigen Erinnerungen würden von ihr abfallen. »Ich habe mir in den letzten Tagen viele Gedanken gemacht und ich glaube, wir werden nach der Veröffentlichung einen Rückzugsort brauchen, der uns Kraft gibt«, fuhr sie fort.

»Ich weiß. Das habe ich mir auch überlegt. Hättest du Lust, danach noch eine Weile in Schottland zu bleiben?«

»Mein Herz hängt an diesem Land«, sagte sie und warf einen Blick durchs Fenster nach draußen, wo sich der Himmel, der vollständig von einer Decke aus Wolken bedeckt war, in verschiedenen Grautönen zeigte. »Was schlägst du vor? So wie du fragst, hast doch bestimmt schon was gefunden?«

Ich grinste breit. »Na ja, ich bin da auf etwas gestoßen. Komm, ich zeige es dir.« Ich nahm den Laptop vom Tisch, legte ihn auf meinen Schoß und öffnete eine Internetseite, die verschiedene Immobilien anbot. Bri kuschelte sich an mich und sah auf den Bildschirm.

»Eine alte Mühle?« Ihre Augen wurden groß. »Mein Gott, Carolina, sie ist wunderschön!«

Wir scrollten durch die verschiedenen Bilder, die insgesamt drei Steinhäuschen im schottischen Baustil zeigten sowie einen angebauten Wintergarten. Auf einem großen Grundstück waren sie wie ein kleines Dorf angeordnet, umgeben von hohen Bäumen, Büschen und Pflanzen.

»Es ist eine alte Walkmühle. Ursprünglich stand das Anwesen zum Verkauf, aber nach einiger Zeit war die Anzeige nicht mehr zu finden. Als ich kürzlich wieder nach der Mühle schauen wollte, habe ich festgestellt, dass die Besitzer ihr Gewerbe zwar abgemeldet haben, das kleine Ferienhotel jetzt aber doch weiter betreiben. Sie konnten es bisher wohl nicht verkaufen.«

»Wie alt sind die Gebäude?«

»Hier steht, dass die Mühle zum ersten Mal im dreizehnten Jahrhundert schriftlich erwähnt wurde. Das hier muss das Wohnhaus sein, siehst du?« Ich zeigte mit dem Finger auf das Häuschen, das in der Mitte stand. Es war aus altem Stein gebaut und genau wie die anderen Gebäude mit weißen Sprossenfenstern ausgestattet. Neben dem Eingang blühten rote Rosen, die sich an der Hauswand nach oben schlängelten. »Und im Gebäude nebenan, hier mit Blick auf den Fluss, befindet sich das Apartment, das die Besitzer vermieten. Der Garten ... er ist groß genug, um sich den ganzen Tag darin aufzuhalten.« Am Rande des Grundstücks, das sich zu einem offenen Feld wandte, das endlos zu sein schien und bis zum Horizont reichte, gab es eine kleine Terrasse, an der sich noch ein weiterer kleiner Wintergarten befand.

»Oh das wäre perfekt als Atelier.«

»Wenn es dir gehören würde, könntest du eins draus machen.«

»Dann lass es uns kaufen!« Mit einem Satz richtete sich Bri vor mir auf, eine Freude und Aufregung im Gesicht, die mir sagte, dass sie es ernst meinte.

»Hast du vergessen, dass du mit einer armen Künstlerin zusammen bist?«

Sie machte eine beschwichtigende Handbewegung. »Du schreibst einfach einen Bestseller.«

Ich lachte. »Klar, mach ich gerne.«

Brida hörte nicht auf zu grinsen.

»Aber wir haben es ja noch nicht mal in echt gesehen. Ich würde vorschlagen, wir mieten das Apartment und schauen mal, ob wir uns wohlfühlen«, sagte ich.

»Es ist unseres«, bekräftigte sie mit einer Überzeugung in der Stimme, die mich innerlich hoffen ließ. Als sie vor Freude schließlich die Arme um mich schlang, konnte ich nicht mehr denken und legte den Laptop beiseite. Den Rest des Tages verbrachten wir im Wohnzimmer und setzten im Schein des Kaminfeuers fort, womit wir seit Tagen nicht aufgehört hatten.

X

CAROLINA

MAI 2015

Nach einer Woche in unserer neuen Unterkunft kam der Besitzer der Mühle auf uns zu. »Wenn es Ihnen nichts ausmacht, fahren wir für ein paar Tage weg.«

»Bräuchten Sie vielleicht Hilfe mit Ihrem Garten?«, warf Bri eilig ein.

Der Mann blickte seine Frau skeptisch an. »Haben Sie denn Erfahrung mit so etwas?«

»Oh, Brida ist eine hervorragende Gärtnerin. Ich kenne keine bessere«, mischte ich mich ein.

»Ich liebe Pflanzen und beschäftige mich schon seit Jahren damit. Außerdem ist mein Sohn ausgebildeter Landschaftsgärtner, weshalb ich mir über die Jahre ziemlich viel Wissen angeeignet habe.«

Innerlich grinste ich, denn ich wusste, dass es bei Weitem nicht bei gewöhnlichen Arbeiten wie dem Rasenmähen, dem Blumengießen oder dem Abzupfen alter Knospen bleiben würde. Ich war mir sicher, Brida würde dem Garten so viel Energie schicken, dass die beiden bei ihrer Rückkehr überwältigt sein würden über den Wachstumssprung, den die Pflanzen in dieser Zeit gemacht hätten, ganz zu schweigen von den leuchtenden Farben und dem überwältigenden Duft, den die Rosen anschließend ausstrahlten.

»Na gut, dann lassen Sie es uns versuchen.« Der Besitzer nickte erfreut. »Kommen Sie, ich zeige Ihnen, wo Sie alles finden. Ich habe hier drüben einen kleinen Raum mit allem, was Sie für die Gartenarbeit benötigen werden.«

Der Mann ging voraus und Brida folgte ihm. Kurz drehte sie sich um und warf mir über die Schulter ein freches Lächeln zu.

»Oh, und selbstverständlich können Sie, solange wir weg sind, die Küche im Wintergarten für sich nutzen. Normalerweise ist sie nicht für die Gäste gedacht, da Sie aber momentan die einzigen sind ...« Und dann verschluckte die Ferne den Rest seiner Worte, als die beiden am Wohnhaus um die Ecke bogen.

XI

CAROLINA

Ein Jahr später

Hast du schon alles erledigt?« Bri kniete vor ihrem Kräuterbeet und blickte überrascht zu mir auf. Ihr Haar hatte sie zusammengebunden und zu einem kleinen Wuschel aus Locken hoch auf ihrem Kopf aufgetürmt. Einzelne Haarsträhnen standen wild ab. Mit dem Unterarm wischte sie sich ein wenig Erde von der Stirn. Sie sah hinreißend aus. Glauben würde uns das sowieso keiner, doch die Buchverkäufe waren tatsächlich so gut gelaufen (und taten es immer noch), dass wir die Besitzer der Mühle eines frühen Morgens schließlich unverblümt gefragt hatten, ob sie das Anwesen nicht an uns verkaufen wollten. Und nachdem sie gesehen hatten, wie Brida mit dem Garten umging und dass wir uns an diesem Ort bewegten, als gehörten wir schon immer hierher, hatten sie zu unserer eigenen Verblüffung einfach zugestimmt. Alt und müde geworden, schienen sie am Ende froh zu sein, das Grundstück los zu werden und sich in einer kleinen Wohnung am Stadtrand Edinburghs zur Ruhe setzen zu können. Seither war Brida ununterbrochen damit beschäftigt gewesen, das Grundstück nach ihren Vorstellungen umzugestalten.

»Alles erledigt«, antwortete ich, als ich eine Decke vor mir auf dem Gras ausbreitete. »Ich habe die Bäder geputzt, die Betten frisch überzogen, alles fürs Abendessen vorbereitet. Und ich habe ein paar deiner schönsten Duftrosen auf die Zimmer gestellt.« Ich grinste und ließ mich im Schneidersitz auf den Boden fallen.

»Du bist ein Engel, weißt du das? Jetzt bin ich richtig aufgeregt. Glaubst du, Marie und Aron werden es mögen?«

»Sie werden es lieben«, gab ich zurück und strahlte sie an. »Wie kann man das hier nicht lieben?« Ich breitete die Arme aus und streckte mit geschlossenen Augen mein Gesicht in den sonnigen Himmel.

Am späten Abend würden Bridas Kinder bei uns eintreffen, um für ein paar Wochen zu bleiben. Sie würden uns mit dem Umbau und der Renovierung helfen. Es würde das erste Mal sein, dass sie uns so sahen. Zusammen. Und um ehrlich zu sein, platzte ich fast vor Aufregung. Deshalb war ich auch so schnell fertig geworden mit meinen Erledigungen. Die Nervosität hatte mir einen ordentlichen Energieschub verpasst. Ich beobachtete, wie Bri ihre kleine Schaufel weglegte, sich die Gartenhandschuhe auszog und grinste. Dann kam sie auf allen vieren zu mir auf die Decke gekrochen. Als ich sah, dass sie ihrem Blick dabei absichtlich eine verruchte Note beigab, entfloh mir ein Lachen.

»Jetzt habe ich noch etwas Zeit zum Schreiben«, sagte ich wohl wissend, dass sie etwas anderes vorhatte, und öffnete mein Notizbuch.

Sie hob mein Kinn mit einem Finger, damit ich sie ansah. »Und Zeit zum Lieben«, sagte sie.

Meine Augen glitten über alle Facetten ihres Gesichtes. Ein leichter Wind kam auf, fuhr mir durchs Haar und über die nun glühenden Wangen. Doch in ihrem Blick lag trotz ihres Lächelns eine kleine Angst, eine Unsicherheit, die vielleicht nur ich wahrnahm. Ich legte meine Hand auf ihre erhitzte Wange.

»Brida, machst du dir große Sorgen?«

Sie senkte den Blick und schluckte. »Ein wenig. Ich meine, wir haben uns lange nicht gesehen ... Telefonieren ist nicht dasselbe.« Sie stockte. »Sie haben mir sehr gefehlt.«

»Ja«, sagte ich. »Es sind deine Kinder. Deine. Verstehst du?« Ich sah direkt in ihre blauen Augen. »Sie glauben doch an die Liebe? Das hast du ihnen beigebracht, nicht wahr?«

Sie nickte.

»Und sie lieben dich. Und weil so vieles von dir in ihnen steckt, wird irgendwie alles gut werden.« Ihrem Augenwinkel entwich eine einzelne Träne, die ich mit meinem Daumen auffing, bevor wir uns küssten.

»Ja, irgendwie wird alles gut werden. So wie es immer war«, erwiderte sie.

Die Blätter der Bäume in unserem Garten rauschten und sahen uns dabei zu, wie wir uns näherkamen. Außer der Natur gab es keine Geräusche. Kein Stimmengewirr von Nachbarn, keine Motorengeräusche, keine Flugzeuge, die lärmend über unsere Köpfe hinwegstoben. Die Nachmittagssonne wärmte uns und warf lange Lichtstrahlen durch die Baumstämme auf das Gras um uns herum. Als ich die Wärme ihrer Lippen spürte, durchfuhr mich ein Kribbeln. Ich saugte ihren Duft so tief ein, wie es nur ging. Ihr Haar roch nach sommerwarmer Erde, ihre Haut nach unserem Garten, nach Leben. Ich kostete von ihr wie von dem Öl, das ich heute Morgen mit frischen Kräutern zubereitet hatte. Sie schmeckte nach Rosmarin und Thymian, nach Salbei und süßem Basilikum. Ihre Haut war aufgeheizt von der Sonne und von der Arbeit. Der Garten und Bri vermischten sich zu einem Meer an Eindrücken, denen ich mich nur zu gerne hingab. Ich öffnete ihr Haar, das sich jetzt wild um ihr Gesicht lockte, und vergrub meine Hände darin. Die Lust, sie zu spüren, ließ nicht nach. Wir hatten Schottland und die Sonne. Das Wasser, das um uns rauschte, und die Liebe. Wir hatten uns.

»Wo bist du, wenn du schreibst, Carolina?«, flüsterte sie zärtlich in mein Ohr.

»In dir bin ich. In dir, Bri. In deinen Gedanken, auf deiner Haut, in deinem Haar, in deinem Blick und zwischen deinen Händen.« Und dann vergaß ich den Garten und den Besuch, der bevorstand. Ich vergaß mein ganzes Leben. Der Raum, in dem wir uns befanden, war so groß, dass er in diesem Leben allein nicht zu entdecken war.

Während ihre Hände an mir entlangglitten und ich ihren Mund überall auf meinem Körper spürte, sah ich wieder nur Blau. Zuerst das Blau in Bridas Augen, dann das Blau des wolkenlosen Himmels über uns, als ich mich auf den Rücken fallen ließ. Die Sonne schien mir ins Gesicht, als wir uns liebten, hier, wo uns keiner sehen konnte, nackt im Gras unter den Lindenbäumen, die jetzt uns gehörten.

Zuerst war Schottland Aufbruch gewesen, Aufruhr und Werden. Jetzt war es Formen, Ankommen, Sein.

Als ich aus diesem betörenden Zustand wieder zurückkehrte in die Welt, zurück in den Garten, lag Bri halb auf mir. Ich genoss das Gewicht ihres Körpers, das mich auf die Erde drückte, ihr Lächeln, das sich über mir ausbreitete.

»Du, die mir nicht sagt ...«, flüsterte sie.

»... wenn sie wacht meinetwillen«, erwiderte ich.

BOTSCHAFT AN MEINE LESER
DANKE FÜR DEINE REZENSION

Liebe Leserin, lieber Leser,

ich danke dir von Herzen, dass du mein Buch in den Händen hältst und bis hierhin gelesen hast. Das bedeutet mir sehr viel. Ich schreibe voller Hingabe und Leidenschaft und möchte auch weiterhin Geschichten mit dir teilen.

Wenn dir meine Arbeit gefällt, dann möchte ich dich bitten, dir einige Minuten Zeit zu nehmen, um mein Buch auf einer deiner Lieblingsplattformen zu rezensieren. Warum?

Viele Menschen lesen zuerst Rezensionen, bevor sie ein Buch kaufen. Es hilft einen Eindruck davon zu bekommen, ob und wie die Geschichte den Leser erreicht und berührt hat. Kurz gesagt:

Eine Rezension ist heutzutage die größte Wertschätzung und die beste Werbung für das Werk eines Autors.

Wenn du mich neben dem Buchkauf also noch anderweitig unterstützen möchtest, dann bitte ich dich von Herzen: Schreibe eine Rezension für mich. Dadurch erfährt mein Buch nicht nur Wertschätzung, es hilft mir auch dabei, sichtbarer zu werden und meinen Weg als Autorin erfolgreich weiterzugehen.

Wie schreibt man eine Rezension?

Egal ob kurz oder lang: Jede Rezension zählt. Grundsätzlich geht es dabei um deine eigene, subjektive Meinung zum Buch. Du kannst dich mit nur wenigen Worten zu der Geschichte äußern, oder auch gerne eine längere Rezension schreiben. Falls du nicht genau weißt, wie du anfangen sollst, können folgende Fragen als Anregung dienen:

- Hat die Geschichte dein Herz berührt oder dich gut unterhalten?
- Konntest du dich selbst oder Teile von dir in den Protagonisten wiederfinden?
- Hast du vielleicht sogar etwas aus der Geschichte gelernt oder neue, andere Sichtweisen für dich mitgenommen?
- Gibt es bestimmte Textpassagen/Zitate, die dir besonders gefallen haben?
- Hat das Buch hinsichtlich Titel, Cover oder Beschreibung deine Erwartungen erfüllt?
- Was macht das Buch besonders? Sticht es heraus im Vergleich zu anderen Büchern mit ähnlichen Themen?
- Würdest du das Buch weiterempfehlen oder verschenken?

Lass uns in Kontakt bleiben

Möchtest du mehr über mich und meine aktuellen Buchprojekte erfahren? Dann melde dich jetzt für meinen kostenlosen Inspirations-Letter an:

www.johannakramer.de/inspirationsletter

Einmal im Monat schicke ich dir exklusive Einblicke in mein Autorenleben, erzähle dir, was mich inspiriert und informiere dich über Gewinnspiele oder neue Veröffentlichungen.

Herzlichen Dank und alles Liebe,

deine Johanna

MONDJOURNAL

WEITERE BÜCHER VON JOHANNA KRAMER

Welche Botschaft überbringt uns der Mond und wie kann sie uns helfen, unser Leben zu verbessern?

Über Jahrtausende hinweg hat der Mensch seinen Blick in den Himmel gerichtet und lebte mit den Rhythmen der Natur. Bis heute ist der Mond eine Quelle der Inspiration.

Das Mondjournal erzählt von der Poesie und den Wundern, die sich in unserem Kosmos verbergen. Es hilft uns dabei, die Symbolik des Mondes zu verstehen, sie zu verinnerlichen und auf unser Leben zu übertragen. Es zeigt, warum Schreiben heilsam ist und leitet zu einem Schreibritual zu Neu- und Vollmond an.

DIN A5, 296 Seiten | ISBN: 978-3966983433

inklusive gratis Mondkalender zum Download

Danksagung

Ich danke allen, die an mich geglaubt haben und die mit guten Gedanken bei mir waren, während dieses Buch entstanden ist.

Rainer Wekwerth, es gibt keine Worte für das, was du für mich getan hast. Mein Dank ist unermesslich und ich weiß nicht, wie ich jemals zurückgeben kann, was ich durch dich bekommen habe.

Claudia Pietschmann, als meine Lektorin hast du genau die richtigen Fragen gestellt. Ohne dich hätte ich nicht so an den Texten geschliffen, wie ich es getan habe. Danke für die schönen Gespräche. Danke für alles.

Ich danke Steven für die gälische Übersetzung.

Und ich danke Barbara Pachl-Eberhart, bei der ich meinen ersten Kurs zum Thema „Kreatives Schreiben" belegt habe.

Warum gabst Du uns die tiefen Blicke

Warum gabst Du uns die tiefen Blicke,
unsre Zukunft ahnungsvoll zu schaun,
unsrer Liebe, unsrem Erdenglücke,
wähnend selig nimmer hinzutraun?
Warum gabst uns, Schicksal, die Gefühle,
uns einander in das Herz zu sehn,
um durch all die seltenen Gewühle
unser wahr Verhältnis auszuspähn?

Ach, so viele tausend Menschen kennen,
dumpf sich treibend, kaum ihr eigen Herz,
schweben zwecklos hin und her und rennen
hoffnungslos in unversehnem Schmerz;
Jauchzen wieder, wenn der schnellen Freuden
unerwart'te Morgenröte tagt.

Nur uns armen liebevollen beiden
ist das wechelseit'ge Glück versagt,
uns zu lieben, ohn uns zu verstehen,
in dem andern sehn, was er nie war,
immer frisch auf Traumglück auszugehen
und zu schwanken auch in Traumgefahr.

Glücklich, den ein leerer Traum beschäftigt!
Glücklich, dem die Ahnung eitel wär!
Jede Gegenwart und jeder Blick bekräftigt
Traum und Ahnung leider uns noch mehr.
Sag, was will das Schicksal uns bereiten?
Sag, wie band es uns so rein genau?

Ach du warst in abgelebten Zeiten
meine Schwester oder meine Frau.

Kanntest jeden Zug in meinem Wesen,
spähtest, wie die reinste Nerve klingt,
konntest mich mit einem Blicke lesen,
den so schwer ein sterblich Aug durchdringt;
Tropftest Mäßigung dem heißen Blute,
richtetest den wilden, irren Lauf,
und in deinen Engelsarmen ruhte
die zerstörte Brust sich wieder auf;

Hieltest zauberleicht ihn angebunden
und vergaukeltest ihm manchen Tag.
Welche Seligkeit glich jenen Wonnestunden,
da er dankbar dir zu Füßen lag,
fühlt sein Herz an deinem Herzen schwellen,
fühlte sich in deinem Auge gut,
alle seine Sinnen sich erhellen
und beruhigen sein brausend Blut!

Und von allem dem schwebt ein Erinnern
nur noch um das ungewisse Herz,
fühlt die alte Wahrheit ewig gleich im Innern,
und der neue Zustand wird im Schmerz.
Und wir scheinen uns nur halb beseelet,
dämmernd ist um uns der hellste Tag.
Glücklich, dass das Schicksal, das uns quälet,
uns doch nicht verändern mag.

Johann Wolfgang von Goethe

Du, der ichs nicht sage

Du, der ichs nicht sage,
dass ich bei Nacht weinend liege,
deren Wesen mich müde macht wie eine Wiege.
Du, die mir nicht sagt,
wenn sie wacht meinetwillen:
wie, wenn wir diese Pracht
ohne zu stillen
in uns ertrügen?

Sieh dir die Liebenden an,
wenn erst das Bekennen begann,
wie bald sie lügen.

Du machst mich allein.
Dich einzig kann ich vertauschen.
Eine Weile bist du es,
dann wieder ist es das Rauschen,
oder es ist ein Duft ohne Rest.
Ach, in den Armen hab ich sie alle verloren,
du nur, du wirst immer wieder geboren:
weil ich niemals dich anhielt, halt ich dich fest.

Rainer Maria Rilke